ÜBER STOCK UND MÖRDERSTEIN

Carla Capellmann wurde 1963 in Jülich geboren. Nach Stationen in Trier, Regensburg, Koblenz und Darmstadt hat sie zurück ins Rheinland gefunden, wo sie in der Nähe von Bonn lebt. Neben ihrer Arbeit als Informatikerin gilt ihre Leidenschaft dem Schreiben. Ob Krimi oder Liebe, ein Augenzwinkern darf nie fehlen. Die besten Ideen kommen ihr beim Wandern in der Natur, auf dem Rad und beim Wäscheaufhängen.

CARLA CAPELLMANN

ÜBER STOCK UND MÖRDER-STEIN

EIN WANDERKRIMI

emons:

Bibliografische Information der Deutschen Nationalbibliothek
Die Deutsche Nationalbibliothek verzeichnet diese Publikation
in der Deutschen Nationalbibliografie; detaillierte bibliografische
Daten sind im Internet über http://dnb.d-nb.de abrufbar.

© Emons Verlag GmbH
Cäcilienstraße 48, 50667 Köln
info@emons-verlag.de
Alle Rechte vorbehalten
Umschlaggestaltung: Nina Schäfer
Gestaltung Innenteil: DÜDE Satz und Grafik, Odenthal,
nach einem Layout von Nina Schäfer, unter Verwendung von
shutterstock.com/LovedDesign, shutterstock.com/Octopik,
shutterstock.com/SunshineVector
Lektorat: Julia Lorenzer
Druck und Bindung: GGP Media GmbH, Pößneck
Printed in Germany 2025
ISBN 978-3-7408-2386-3
Ein Wanderkrimi
Originalausgabe

Unser Newsletter informiert Sie
regelmäßig über Neues von emons:
Kostenlos bestellen unter
www.emons-verlag.de

DER AUFTRAG

»Hast du ein Date mit Max?«

Als hätte sie auf der Lauer gelegen, war Macy aus dem Haus auf sie zugeschossen gekommen, hatte sich direkt vor Ellen aufgebaut und versperrte ihr den Weg zum Auto.

Ellen seufzte. So schön es war, einen Unterschlupf auf Nickis umgebautem Hof gefunden zu haben, und sosehr sie die Tochter ihrer besten Freundin liebte – manchmal konnte die Achtzehnjährige echt die Pest sein. Vor allem, wenn ihr langweilig war, und seit Macy die Abi-Prüfungen hinter sich gebracht hatte, passierte das ziemlich oft. Zu allem Übel hatte sie sich neuerdings in den Kopf gesetzt, wie sie Privatdetektivin zu werden.

»Wie kommst du darauf, dass ich Max treffe?« Ellen zog die Augenbrauen hoch. »Noch dazu mitten am Tag?«

»Warum nicht? Soll ich dich fahren? Mach ich gern. Dann kannst du was trinken.« Macy steuerte die Fahrertür an.

Ellen beeilte sich, ihr zuvorzukommen. Wenn Macy einmal drinsaß, würde es schwer werden, sie wieder loszuwerden. »Kein Treffen mit Max. Ich hab einen Termin.«

Das war das falsche Stichwort.

»Mit einem Kunden?« Macys Augen leuchteten auf.

»Ja, aber du bleibst hier.« Ellen öffnete die Tür, setzte sich ins Auto und ließ die Fensterscheibe herunter. »Und jetzt mal im Ernst. Für Max richte ich mich doch nicht so her. Gib's zu. Das hast du nur so gesagt.«

»Hab ich nicht.« Macy schob die Unterlippe vor, wie sie es schon als Fünfjährige gemacht hatte, wenn sie Ellen rumkriegen wollte.

Ein Trick, der leider allzu oft funktionierte. Heute nicht. Ellen ließ den Motor an, hupte und fuhr los. Manchmal war

Flucht die einzige Lösung. Nur gut, dass sie standhaft geblieben war und sich kein Büro auf Nickis Hof eingerichtet hatte. Da würde sie Macy niemals raushalten können.

Ihr reichte es, wenn sie ihre potenziellen Auftraggeberinnen – ja, die meisten waren Frauen – im Café traf. Oft genügte auch ein Videocall. Und falls nicht, war es unverfänglicher, sich bei Kaffee und Kuchen zusammenzusetzen. Zwei Frauen, die sich austauschten. Die eine klagte der anderen ihr Leid. Dass es sich dabei um eine Auftragsklärung handelte, darauf kam garantiert niemand.

Ellen war neugierig auf Margot Feldmann. Am Telefon hatte sie ihr nicht viel verraten. Den Mann oder Partner zu observieren, darum ging es so gut wie immer. Die Details wollte ihre mögliche Auftraggeberin lieber bei einem Treffen besprechen. Und das bitte sofort. Daher hatte sich Ellen nur oberflächlich über die Frau informieren können. Etwas, das sie sich in ihrer Zeit als Personenschützerin angewöhnt hatte. Die Augen offen zu halten war das eine, das Umfeld und die Hintergründe zu kennen das andere. Es half dabei, zu entscheiden, in welche Richtung man schauen sollte.

Am Treffpunkt angekommen, parkte Ellen das Auto und ging zum Café. Wie immer war sie etwas früher dran, wählte einen ruhigen Tisch im hinteren Bereich und setzte sich so, dass sie den Eingang im Blick hatte. Dann rief sie sich ins Gedächtnis, was sie über Margot Feldmann in Erfahrung gebracht hatte. Mit siebenundfünfzig war die Goldschmiedin sieben Jahre älter als Ellen, sie war verheiratet und besaß einen Juwelierladen in Kornelimünster. Deswegen hatte Ellen das »Kaffeehaus« für ihr Treffen vorgeschlagen. Die stuckverzierten Decken, die stilvollen Kronleuchter und nicht zuletzt die Macarons würden der eleganten Frau, deren Foto Ellen auf der Website der Goldschmiede gesehen hatte, hoffentlich gefallen. Das passende Ambiente half gerade zu Beginn des Gesprächs. Fühlten sich ihre Kundinnen wohl, erzählten sie offener. Und je mehr Ellen erfuhr, desto besser war das später für die Arbeit.

Eine Frau trat ein. Das feine graublonde Haar fiel ihr in

einem asymmetrischen Bob weich über die linke Stirnseite, apart und natürlich. Das war sie. Margot Feldmann trug eine klassische weiße Bluse, Jeans und Sneaker. Sportlich clean und ohne übertrieben viel Schmuck. Sympathisch sah sie aus, frisch und energiegeladen. Mit ihren circa hundertfünfundsechzig Zentimetern war sie etwa einen halben Kopf kleiner als Ellen und auch deutlich schmaler. Ellen stand auf und winkte ihr.

Mit raschen Schritten kam Margot Feldmann auf sie zu. Sie begrüßten sich. Ein fester Händedruck, genau wie Ellen es mochte. Eine Frau, die zupacken konnte. Kleine und zugleich kräftige Hände mit gepflegten kurzen Fingernägeln, die die Nagelringe an den Fingerspitzen wunderbar in Szene setzten. Wenn das der Schmuck war, den die Goldschmiedin anfertigte, würde Ellen sich glatt mal in ihrem Geschäft umgucken wollen.

Sie ließen sich nieder, bestellten und warteten mit dem Geschäftlichen, bis Kaffee und Tee vor ihnen standen.

»Sie möchten also, dass ich Ihren Mann observiere.« Ellen musterte ihr Gegenüber. Margot Feldmann erwiderte ihren Blick offen. Auch das gefiel Ellen. »Was versprechen Sie sich davon?«

Margot strich sich die Haare hinter das rechte Ohr. »Ich weiß, es hört sich an wie in einem schlechten Film, aber ich bin mir sicher, dass Jörg mir etwas verheimlicht. Zuerst dachte ich mir nichts dabei, als seine Vereinstreffen immer häufiger wurden, doch dann …« Sie hob die Schultern.

»Um was für einen Verein handelt es sich denn?« Ellen nahm einen Schluck Kaffee und beobachtete, wie Margot das Teesieb aus der kleinen Kanne zog und sich eingoss, bevor sie antwortete.

»Es ist ein ortsansässiger Verein zur Förderung von Natur, Kultur und Literatur: NaKuLi. Jörg ist Gründungsmitglied und sehr engagiert. Zum fünfjährigen Bestehen wollen sie ein Buch herausbringen und müssen dafür angeblich ständig zusammensitzen und obendrein noch auf diese mehrtägige Wandertour gehen.« Margot probierte den Tee, stellte die Tasse wieder ab und schaute Ellen an. »Dazu die verstohlenen Telefonate. Sogar den Laptop hat er neulich hastig zugeklappt, als ich hereinkam.«

»Eine Überraschung zum Geburts- oder Hochzeitstag?«

Margot schüttelte den Kopf. »Die liegen beide noch nicht lange zurück. Abgesehen davon ist er auch nicht der Typ für so was.«

»Was für ein Typ ist er denn?«

»Einer, der nichts für sich behalten kann. Wenn ihn etwas begeistert, dann stürzt er sich mit Herz und Seele hinein und reißt die anderen mit. Er kann sehr überzeugend sein. Das hat sich auch bei diesem Buchprojekt gezeigt. In null Komma nichts hat er einen Verlag gefunden, was wohl normalerweise nicht so einfach ist. Auch deswegen habe ich anfangs nichts Böses vermutet, aber inzwischen …« Margot berührte ihren Ehering. Zwei verschiedene Goldtöne, in der Mitte veredelt durch einen schmalen Streif aus Diamanten. Zwei Menschen, die durch die Verbindung, die sie eingingen, das Beste in sich hervorbrachten.

Wenn es doch nur wirklich so wäre. Ellen unterdrückte ein Seufzen.

»Eines unserer wertvollsten Stücke. Gefällt er Ihnen?« Margot hatte wohl ihren Blick bemerkt. »Jörg findet, wir dürfen ruhig zeigen, was wir haben.«

»Selbst angefertigt?« Ellen beugte sich vor.

»Ja. Genauso wie die Nagelringe.« Margot hob die Hand und wackelte mit dem kleinen Finger. »Der hier wäre was für Sie, oder?«

Der Knöchelring saß auf dem obersten Glied. Wie eine Flamme bog er sich zu beiden Seiten des Nagels und wölbte sich über die Fingerkuppe. In der Mitte schimmerte ein gelblicher Edelstein.

Ellen nickte. »Sind Sie beide schon lange verheiratet?«

»Etwas über fünf Jahre. Die meiste Zeit davon glücklich. Aber jetzt … Vielleicht bin ich ja paranoid. Jörg ist mein zweiter Mann. Mein erster hat mich jahrelang betrogen, ohne dass ich etwas bemerkt habe. Ich begreife bis heute nicht, warum.« Margot senkte den Kopf, ihre linke Hand ging zum Ehering und bedeckte ihn. Dann richtete sie sich wieder auf und sah Ellen an. »Mag sein, dass ich jetzt zum anderen Extrem neige, aber ich will so etwas nicht noch einmal erleben.«

»Das verstehe ich. Könnte denn eine andere Frau etwas mit dem merkwürdigen Verhalten Ihres Mannes zu tun haben?«

»Genau darum geht es ja. Dass alle Bescheid wissen, nur ich nicht. Dass er mehrere Tage wandern und vor aller Augen fremdgeht. Das würde ich nicht ertragen. Ich trau mich gar nicht mehr aus dem Haus. Was, wenn ich jemanden aus dem Verein treffe? Ich muss einfach Gewissheit haben.«

»Sie kennen die Leute aus seinem Verein?«

»Das kann man wohl sagen. Durch mich hat er Rita und Philipp doch erst kennengelernt. Diese Wandertour ist keine Ausrede. Er fiebert richtiggehend darauf hin. Dabei haben wir weiß Gott gerade andere Sorgen.«

Ellen hob die Augenbrauen.

»Vor einem Monat ist bei uns im Laden eingebrochen worden. Die Diebe haben Diamanten gestohlen, und jetzt streiten wir mit der Versicherung. Ein Alptraum.«

»Könnte es nicht sein, dass Ihr Mann einfach mal etwas Abstand braucht? Eine kleine Auszeit von all dem Ärger?«

»Wer braucht das nicht?« Margot atmete durch. »Nein, ich bin mir sicher. Irgendetwas hat er vor. Deswegen bitte ich Sie: Beobachten Sie ihn. Nehmen Sie an der Tour in zwei Tagen teil und stellen Sie fest, ob er sich heimlich abseilt oder sich mit einer anderen Frau trifft.«

Jetzt verstand Ellen auch, warum Margot Feldmann auf einen schnellen Termin gedrängt hatte. Sie zückte ihren Kalender. »Wie lange dauert die Tour? Und wo geht es überhaupt hin?«

»In die Eifel. Sie wollen eine Woche lang ausgesuchte Etappen des Eifelsteigs laufen. Deswegen habe ich mich an Sie gewandt. Privatdetektivin, Eifel – da stehen Sie ganz oben. Außerdem …« Margot rückte ihr Teegeschirr zurecht. Dann hob sie den Kopf und lächelte verlegen. »Ihr Name hat mir gefallen. Ellen Engels. Das klingt wie ein Künstlername. Ist es einer?«

»Nein.« Ellen lachte. »Aber das ist gar keine schlechte Idee. Für die Wanderung werde ich mir einen zulegen.«

»Dann übernehmen Sie den Auftrag?«

Ellen nickte. »Wollen wir die Details bei Macarons oder einem Stück Kuchen besprechen?«

»Nur zu gern.« Margot deutete zur Kühlvitrine. »Die Kuchen sehen phantastisch aus.«

»Der Cheesecake ist ein Traum.« Ellen winkte der Bedienung und bestellte ein Stück mit Salzkaramellsoße.

Margot schloss sich ihr an, entschied sich aber für das Himbeertopping.

Dieser Auftrag geriet mehr und mehr nach Ellens Geschmack. Allerdings würde sie Max erneut absagen müssen. Was ihr ganz recht war. Er schien auf mehr aus zu sein, und Ellen wusste nicht, ob sie das wollte. Während sie sich den Kuchen schmecken ließen, bewunderte Ellen erneut Margots Nagelringe.

»Versuch den mal.« Schon hatte Margot den Ring abgenommen und hielt ihn Ellen hin. »Tut mir leid, das Du ist mir so herausgerutscht. Wahrscheinlich, weil du, sorry, weil Sie auch ein Nagelringtyp sind.«

»Wir können gern beim Du bleiben.« Ellen nahm den Ring und schob ihn sich aufs Gelenk. Wider Erwarten passte er. Sie spreizte den kleinen Finger ab und grinste. Das Teil hatte was.

»Steht dir.« Margot lächelte sie an.

»Führ mich nicht in Versuchung.« Ellen streifte den Ring ab und entdeckte eine kleine Gravur an der Innenseite. MF7. Sie gab Margot das Schmuckstück zurück. »Lass uns weitermachen.«

Gemeinsam tüftelten sie das weitere Vorgehen aus. Margot würde sie in die Gruppe einschleusen. Die Wanderwütigen hatten die Suche nach einem professionellen Fotografen schon fast aufgegeben, dabei sollte gerade die Tour im Buch abgebildet werden. Jetzt würden sie doch noch Glück haben, denn wer wäre dafür besser geeignet als Ellen? Zukünftige Naturfotografin und passionierte Wanderin, eine Bekannte einer Bekannten von Margot.

»Und schick mir bitte die Teilnehmerliste zu. Meine E-Mail-Adresse hast du ja.« Ellen erhob sich.

Zufrieden schüttelten sie einander die Hände. Ab Montag würde Ellen wandern. Undercover auf dem Eifelsteig.

TAG 1

AUS DER NAKULI-TOURENBESCHREIBUNG:

Auf unserer ersten Etappe geht es von Roetgen durchs Hohe Venn nach Monschau. Laut Wanderführer sind das achtzehn Kilometer. Circa fünf Stunden. Stellt euch darauf ein, dass wir länger unterwegs sein werden. Gruppen brauchen immer länger. Zudem wollen wir ja die Eindrücke in uns aufnehmen und wirken lassen.

NULLPUNKT

An der Wanderstation Roetgen stieg Ellen aus dem Bus. Von hier waren es nur wenige Schritte zum Hotel, wo die Gruppe neben einem Transporter mit dem Schriftzug »EIFELwanderungen LEICHT gemacht« auf sie wartete. Vier Frauen und vier Männer sollten außer ihr an der Tour teilnehmen, doch es waren mehr Personen, die ihr Gepäck vor dem Wagen abstellten. Fünf Männer und fünf Frauen zählte Ellen, während sie ihren Koffer auf die Ladefläche verfrachtete. Das fing ja gut an.

Ein Mädel mit Pixie-Cut und eifelgrünen Strähnen im blonden Haar, das ein zum Wagen passendes T-Shirt trug, sah Ellen fragend an.

»Ellen van de Duiveltjes.«

»Cooler Name.« Die junge Frau grinste und hakte sie auf ihrer Liste ab. Dann wandte sie sich an die versammelten Wanderer, wartete, bis der Verkehrslärm auf der nahe gelegenen Bundesstraße etwas weniger wurde, und legte los. »Willkommen bei EIFEL LEICHT. Mein Name ist Tina, und ich bin euer Engel für alles in den nächsten Tagen. Zur Begrüßung gibt's ein kleines Willkommensgeschenk. ›Juckt-mich-nicht‹ hilft gegen Mückenstiche. Einfach den Stick ans Handy anschließen, dann öffnet sich die Steuer-App. Ich hab sie für Apple- und für Android-Smartphones.«

Ellen runzelte die Stirn. Mal abgesehen davon, dass sie keinem technischen Gerät traute, das sie nicht vorher hatte prüfen lassen, fragte sie sich, was diese App denn steuern sollte. Die Mücken würden sich ja wohl kaum kontrollieren lassen. Widerstrebend ließ sie sich einen der Sticks in die Hand drücken. Ihre Mitwanderer schienen keine Bedenken zu haben. Allen voran Jörg. Ellen hatte ihn sofort erkannt: breite Schultern, Sommersprossen im Gesicht, die ehemals roten Haare überwiegend grau, aber immer noch voll. Kaum hatte er den Stick in Händen, steckte er ihn auch schon ins Handy. Sofort überlegte sie, ob sie ihre Babyfon-Software darauf installieren sollte. Eigentlich wollte sie nur im Notfall zu solchen Mitteln greifen. Doch wer wusste, wann es zu einem Notfall kam? Und sie würde die Daten ja nicht missbrauchen, sondern lediglich mithören beziehungsweise -lesen, sollte er sich mit jemandem verabreden. Etwas, das sie mit ein bisschen mehr Mühe auch auf die herkömmliche Art herausfinden würde.

»Die Viecher stehen auf mich«, sagte er achselzuckend, als er ihren Blick auffing.

»Typisch Mann. Denkt immer, er wäre unwiderstehlich.« Eine Frau trat neben Ellen und lächelte ihr zu. »Hallo, ich bin Rita. Du musst Ellen sein. Schön, dass du uns begleitest.«

»Ist es in Ordnung, wenn ich gleich loslege?« Ellen hob die Kamera vors Auge, was ihr die Gelegenheit gab, Rita in Ruhe zu betrachten, während sie sich in den Kopf rief, was sie über die Teilnehmer recherchiert hatte. Vor ihr stand die Vorsitzende des Vereins. Sechzig Jahre, Dichterin, verheiratet, eine Tochter. Mann wie Tochter im Verein, sogar im Vorstand und mit auf der Wanderung. Obwohl es heute warm werden würde, trug Rita Schwarz, von den Wanderschuhen über die Hose bis hin zur Bluse. Um den Hals hatte sie ein rotes Tuch gebunden, Ton in Ton zu der rot-schwarzen Brille, die sie sich gerade in die silbergraue Kurzhaarfrisur schob. Ellen zoomte auf das Gesicht. Kleine Augen, die größer geschminkt waren, schmale Lippen, ein energisches Kinn.

»Sicher kannst du loslegen. Wir wollen hauptsächlich Naturaufnahmen, aber ein paar Fotos von uns dürfen schon auch dabei sein.« Rita kniff die Augen zusammen, als sie ihrerseits Ellen musterte.

Vielleicht hatte Ellen es übertrieben, als sie sich für ihre Rolle als Undercover-Naturfotografin angezogen hatte. Eine naturverbundene Amazone hatte sie sich vorgestellt und sich einen Rock gekauft. Weit und bequem wurde er oben von einem

Gummizug zusammengehalten. Dazu trug sie eines ihrer T-Shirts, die seit einigen Monaten alle eng saßen, aber anders als in ihre Hosen kam sie wenigstens noch hinein.

»Endlich mal eine Frau mit Mut zum Wanderrock.« Jörg nickte ihr anerkennend zu, bevor er sich an Rita wandte. »Lass uns ein erstes Gruppenfoto an der Wanderstation machen. Tag eins, Seite eins. Überschrift: ›Frisch und fröhlich‹.«

Rita verdrehte die Augen. »Überlass das Texten lieber mir.« Sie klatschte in die Hände. »Auf geht's, Leute! Ich sage gleich was, wenn wir im Grünen sind.«

Gehorsam machte sich die Gruppe auf den Weg. In dem letzten verbleibenden Tagesrucksack auf der Bank vor dem Hotel brummte es. Anscheinend hatte Ellen das Geräusch falsch verortet, denn Margots Mann fingerte sein Handy aus der Hosentasche, warf einen Blick darauf, schüttelte den Kopf und steckte es wieder weg, als er bemerkte, dass Ellen ihn beobachtete.

»So ist sie, unsere erste Vorsitzende.« Jörg zwinkerte ihr zu und griff nach dem Rucksack. »Muss immer das Sagen haben, aber keine Bange, sonst ist sie eigentlich ganz in Ordnung.«

»Oh, verflixt, geht es schon los? Ich hatte gehofft, mir vorher noch schnell einen Kaffee auf die Hand holen zu können.« Ellen nickte zum »Coffee to go«-Schild im Fenster der Hotelgaststätte. Hastig schwang sie ihren offenen Rucksack vor den Bauch, sodass sich der Inhalt über die Bank ergoss. Sie stöhnte auf. »Das kann ich dann jetzt wohl vergessen.«

»Soll ich dir eben einen holen?«

»Das wäre super. Willst du auch einen? Ich geb ihn dir aus.« Sie kramte einen Zehn-Euro-Schein aus dem Portemonnaie.

Jörg nahm das Geld und ging in das Lokal. Seinen Rucksack ließ er wie erhofft auf der Bank zurück. Rasch zog Ellen einen Mini-GPS-Tracker aus ihrem Ausrüstungsset und versteckte ihn in Jörgs Rucksack. Bis sie herausgefunden hätte, wie er sein Handy entsperrte, würde sie sich damit behelfen. Ein Sicherheitsfanatiker schien er nicht zu sein, sonst hätte er den Juckt-mich-nicht-Stick nicht, ohne zu zögern, in sein Handy gesteckt.

Wenn sie Glück hatte, war er so sorglos, dass er zum Entsperren des Smartphones auch nur eine PIN oder ein Muster verwendete. Neben ihr hupte es. Ellen winkte Tina zu, die mit dem Gepäck abfuhr, und verstaute ihre Sachen wieder im Rucksack.

Mit je einem Kaffeebecher in der Hand folgten Jörg und sie den anderen in die nächste Querstraße, und Ellen fragte Jörg nach den Mitwanderern aus. Anscheinend waren kurzfristig noch zwei dazugestoßen, was erklärte, warum sie nicht auf der Liste standen, die Margot ihr geschickt hatte. Doch bevor er zu den beiden kam, die Ellen nicht einordnen konnte – einer rothaarigen Frau und ihrem Begleiter –, machte die Gruppe hinter einer Unterführung halt an einer stillgelegten Bahntrasse, die zum Radweg ausgebaut worden war. Vor einem großen Schild mit dem Eifelsteig-Symbol versammelten sie sich.

»NaKuLi auf dem Nullpunkt«, sagte ein schlaksiger Mann Anfang vierzig mit Grabesstimme, was ihm sogleich böse Blicke der älteren Garde einbrachte.

»Florian ist unser Witzbold«, raunte Jörg Ellen zu und verzog das Gesicht. »Etwas spezieller Humor. Er ist Professor für Germanistische Mediävistik.«

»Oh, sich mit der älteren deutschen Literatur zu beschäftigen färbt auf den Humor ab?« Mit übertrieben aufgerissenen Augen schaute Ellen Jörg an und verkniff sich ein Grinsen, als er sie überrascht ansah. Damit hatte er nicht gerechnet, dass sie mit dem Begriff etwas anfangen konnte. Konnte sie nur dank der Vorbereitung, aber sie würde ein *duiveltje* tun und ihm das verraten.

»Diese Farben werden uns begleiten.« Rita deutete auf die Wandermarkierung und nickte Ellen zu, was wohl hieß, dass sie fotografieren sollte, während Rita ein paar Worte zur Einführung sprach. »Grün, Blau, Gelb, die Farben des Eifelsteigs stehen für Wald, Wasser …«

Ellen blendete die Stimme aus, entsorgte ihren Kaffeebecher und kletterte ein kleines Stück den Bahndamm hinauf, wo sie so tat, als würde sie sich aufs Fotoschießen konzentrieren. Unauffällig behielt sie Jörg im Blick. Er schob sich an den Rand der Gruppe, griff erneut nach seinem Handy. Rasch richtete sie die Kamera auf sein Telefon und machte eine Videoaufnahme, schwenkte das Objektiv erst, als er sein Gerät wieder wegsteckte. Mit ein bisschen Glück hatte sie seine Eingabe erfasst. Und ansonsten gab es ja noch Geduld und Spucke.

Sie scannte die anderen Teilnehmer, fokussierte sich auf die Frauen. Wenn sie die Paare sowie die Vereinsvorstandstochter aussortierte, blieben zwei Frauen, Jette und Katja, mit zweiundfünfzig und neunundvierzig waren sie fünf beziehungsweise acht Jahre jünger als Jörg, die eine geschieden, die andere getrennt lebend. Die beiden standen weiter vorne und schienen Rita aufmerksam zuzuhören.

»Auf eine wunderbare Kreativwanderung!«, sagte die gerade. »Ich freue mich schon auf die Wortskizzen, Gedichte und Naturprosa, die auf dieser Wanderung entstehen werden. Ellen wird sie mit Fotos unterlegen. Bittet sie einfach, wenn ihr einen Eindruck festgehalten haben möchtet.«

Die Wanderer wandten sich zu ihr um. Ellen lächelte freundlich in die Runde.

»Schließen möchte ich mit einem Haiku«, fuhr Rita fort. »Und verzeiht mir bitte, wenn es aus meiner Feder stammt.«

Wie wohl beabsichtigt, lachten die anderen.

Rita hob die Hände, wartete, bis Stille einkehrte, und richtete ihren Blick in die Ferne, bevor sie anhob: »*Weicher Flügelschlag. Auf dem Schmetterlingsflieder. Goldgelb ein Weißling!*«

Die Gruppe applaudierte. Ellen war froh, dass sie nur fotografieren und nicht dichten musste. Doch so einfach kam sie nicht davon. Auf dem nächsten Wegstück führte Rita sie in die hohe Kunst der japanischen Haiku-Tradition ein. Das Silbenzählen war noch das Geringste. Den Moment sollte sie einfangen, ein jahreszeitlich typisches Merkmal verwenden und ein überraschendes Element am Ende. Rita gab nicht eher Ruhe, bis Ellen es versuchte.

»*Im Grünen rauschen. Automotoren nonstop. Ruhe, wo bist du?*«

Ihre Finger zählten mit. Die Silben stimmten, fünf, sieben,

fünf. Grün deutete die Jahreszeit an, zumindest, dass es sich nicht um Winter handelte. Und der Schluss war, wenn auch vielleicht nicht überraschend, so doch wenigstens anders. Ellen gefiel ihr erstes Haiku. Von Ritas Feedback verstand sie allerdings nur Bruchstücke, denn der Weg wurde zum Trampelpfad zwischen zwei Hecken, und sie mussten hintereinandergehen, was ihr nur recht war.

Ellen bildete das Schlusslicht der Gruppe und nutzte die Gelegenheit, ungestört einen Blick auf das Video zu werfen, das sie von Jörgs Händen gemacht hatte. Bingo! Sieben, vier, neun, drei – nein, zwei. Noch eine Zwei, dann eine Eins. Zufrieden steckte Ellen die Kamera weg und freute sich schon jetzt auf die erste Rast.

RUHE

»Wasser?« Ein hagerer, hochgewachsener Mann in kakifarbener Wanderkleidung und mit einer Schirmmütze auf dem kahlen Schädel ließ sich neben sie zurückfallen, als der Weg wieder breiter wurde, und hielt ihr eine Edelstahlflasche hin. »Ich bin Günther.«

»Ellen. Und nein, danke. Ist ganz schön warm, oder?« Sie zog ihren Fächer aus der für die Trinkflasche vorgesehenen Seitentasche des Tagesrucksacks, öffnete ihn schwungvoll aus dem Handgelenk heraus und wedelte sich Luft zu, während sie sich vergegenwärtigte, was sie über Günther wusste. Fünfundsechzig, Richter im Ruhestand, Witwer. Ein Sohn, Florian, der Professor, der vorhin den dummen Spruch losgelassen hatte. Beide ohne besondere Rolle im Verein.

Günther steckte seine Flasche wieder weg, blieb stehen und betrachtete den Himmel. Weil sie gesagt hatte, dass es warm war? Es gab doch noch nicht mal Wolken, die man bewundern konnte. Jetzt ließ er vom Himmel ab und wandte sich wieder ihr zu.

Ellen bewegte den Fächer schneller. Sie schwitzte, als wäre sie die ganze Strecke gerannt und bräuchte dringend eine Pause. Darauf, dass sie mal Leistungssportlerin gewesen war, würde wohl heute keiner mehr kommen. Dass Günthers Blick auf ihr ruhte, machte es auch nicht besser.

»Wollen wir weitergehen?«, fragte sie.

»Gern.« Ein wenig verlegen nahm er die Mütze vom Kopf, fuhr mit der Hand über seinen braun gebrannten Schädel und setzte sie wieder auf.

Sie erreichten eine Wohnsiedlung. Nach einem Stück über Asphalt führte ein Weg in den Wald. Federnder Boden, kühle

Luft. Ellen atmete durch und genoss die Frische. Sie klappte den Fächer zu und steckte ihn weg.

»Wild und urwüchsig.« Günthers Stimme klang sehnsüchtig. Er deutete zur Seite, wo ein Baum quer über einem anderen lag. »Warte mal einen Augenblick.« Als wollte er nach dem Puls der Bäume tasten, beugte er sich über die Stämme.

Ellen schmunzelte. Sie blieb stehen, setzte den Rucksack ab, nahm die Kamera und schoss ein Bild von Günther. Dann richtete sie das Objektiv auf die Gruppe, die wenige Meter vor ihnen offenbar vergeblich nach der Markierung suchte. Die Wanderer gestikulierten wild, bis es Jörg wohl zu bunt wurde. Entschlossen stapfte er auf einem der schmalen Pfade weiter. Eine junge Frau lief ihm nach. Das musste Frieda sein, die Tochter von Rita und deren Mann Philipp. Dreiunddreißig, Sozialpädagogin, Single. In ihrer Freizeit engagierte sie sich im von ihr ins Leben gerufenen »Weltkulturencafé«. Im Verein war sie für den Bereich Kultur zuständig. Jetzt hatte sie Jörg eingeholt, und die beiden marschierten einträchtig nebeneinander. Hatten sich da etwa gerade ihre Hände berührt?

Ellen drückte auf den Auslöser, senkte die Kamera und wandte sich Günther zu. »Darf ich dich ein bisschen was zum Verein und seinen Mitgliedern fragen? Ich kenn euch ja noch nicht. Das da neben Jörg ist Frieda, richtig?«

Günther richtete sich auf und warf einen Blick nach vorn. »Genau, die Tochter von Rita und Philipp.«

»Ups.« Ellen lachte. »Ich dachte, sie ist Jörgs Tochter.«

»Könnte man vom Alter her meinen. Aber sag mal, du kennst doch Jörg und seine Frau, oder?« Seine Stirn wies eine steile Furche auf, die einem Richter alle Ehre machte.

Ellen strich sich die Haare aus dem Gesicht. »Nein, eine gemeinsame Bekannte hat mich weiterempfohlen.«

Der gestrenge Richter nickte, wurde wieder zum hilfsbereiten Mitwanderer und erklärte ihr im Polizeiaktenstil, wer wer war. Nannte Fakten, die sie schon kannte. Über die einzigen zwei, die nicht auf ihrer Liste standen, wusste er nur zu sagen, dass Kevin nicht im Verein war und seine Frau Sophie begleitete.

Die gehörte seit einem Dreivierteljahr dazu. Sparte Literatur, insbesondere Märchen. Im wirklichen Leben Empfangsdame in einem Autohaus. Es folgten ein paar Worte über den Verein. Auch hier nichts Neues. Günther selbst ging es um die Natur. Er wollte sie wieder natürlich werden lassen.

»Also so wie hier …« Rasch machte Ellen einige Aufnahmen, das Licht fiel so schön zwischen die Bäume. Dann verstaute sie die Kamera. »Fertig. Bereit zur Aufholjagd?«

Sie hängte sich den Rucksack über die Schulter. Prompt fiel ihr Fächer heraus. Ellen bückte sich und sammelte ihn wieder ein.

»Lass dir Zeit.« Günther nahm ein Blatt in die Hand und betrachtete es, zeichnete die Adern nach. Er lächelte und ließ das Blatt wieder los. »Wir machen eine Wanderung, kein Rennen.«

Ellen erwiderte sein Lächeln. »Ich will nur vermeiden, dass jemand sauer wird, weil er auch ein Profifoto möchte. Schließlich habt ihr mich genau deswegen mitgenommen.«

Auch wenn sie nicht glaubte, dass Jörg es hier mitten im Wald trieb, wollte sie ihn dennoch nicht zu lange aus den Augen lassen. Und deshalb lief sie jetzt lieber los. Erneut plumpste der Fächer aus dem Seitenfach. Ellen stöhnte. Eilig setzte sie ihren Rucksack noch einmal ab, holte Kabelbinder und Kordel heraus und befestigte den Fächer so am Rucksack, dass sie ihn benutzen, aber nicht verlieren konnte.

Günther hatte sie beobachtet und nickte anerkennend.

Ellen grinste. Ob er sie jetzt für eine Pfadfinderin hielt? Allzeit bereit und gut ausgerüstet war sie ja.

DIE REINARTZHÖFE

Auch nachdem sie den Wald verlassen hatten, stieg der Weg weiter an. Die offene Landschaft wich erneut. Zwischen hohen Kiefern kamen Sophie und ihr Mann in Sicht. Das rote Haar der Frau leuchtete in der Sonne. Wild und erotisch. Gerade als Ellen und Günther sich an die beiden herangearbeitet hatten, hörten sie die Stimmen der Wanderer vor ihnen.

Neben einem Gedenkstein am Wegesrand schwenkte Philipp – es musste Philipp sein, Ritas Mann und Friedas Vater, Lehrer, seit Kurzem im Ruhestand, buschige Augenbrauen, runde Nickelbrille, Grübchen am Kinn – seinen Wanderstock. Ein Spazierstock, der vom Griff bis zur Spitze – oder von der Spitze bis zum Griff? – mit Wanderplaketten übersät war.

»Da seid ihr ja. Wir wollten schon einen Suchtrupp losschicken.« Philipp lachte und warf einen Blick auf seine Uhr, die gar nicht so smart aussah, wie sie anscheinend war. Denn er verkündete, dass sie die ersten fünf Kilometer für heute geschafft hätten. »Hunderteinunddreißig Meter bergauf, zweiundfünfzig wieder hinunter, siebentausendzweihundertsechsundfünfzig Schritte.«

»Siebentausendzweihundertsechsundfünfzig zu viel.« Kevin stöhnte und blieb stehen. »Ich versteh echt nicht, was am Wandern Spaß machen soll.«

»Na, ich!« Sophie schob ihren Arm hinter seinen Rücken und schmiegte sich an ihn.

»Was zu essen wär mir lieber.«

»Keine Bange. Die anderen haben sich schon an den Reinartzhöfen niedergelassen. Das sind nur noch wenige Meter.« Philipp wies zum Weg und nickte dann zum Gedenkstein. »Kannst du bitte ein Foto von dem Spruch machen, Ellen?«

»›Wanderer, sei eingedenk der Abgeschiedenheit‹«, las Sophie die Anfangsworte und rieb sich die Unterarme. »Wenn das nicht nach einer Geschichte schreit. Da stellen sich mir sofort die Haare auf.«

Günther nahm seine Mütze ab, strich über den kahlen Schädel und zwinkerte Ellen ganz unrichterlich zu. Sie erwiderte sein Lächeln, zückte die Kamera und lichtete den Stein ab.

»Kommst du, Soph? Ich hab Durst.« Kevin war erst weitergegangen, wartete nun aber doch auf Sophie, die gerade noch für ein Foto posierte.

Ellen drückte ab und packte die Kamera weg. Ihr ging es wie Kevin. Sie hatte Durst, und hungrig war sie auch. Und vielleicht würde sich während der Rast ja eine Gelegenheit ergeben, auf Jörgs Handy »aufzupassen«. Entschlossen marschierte sie los und erreichte mit den anderen zusammen die Lichtung, wo der Rest der Gruppe sich ausgebreitet hatte.

»Was? Hier gibt's ja nix.«

Ellen wäre beinahe in Kevin hineingelaufen, der abrupt vor ihr stehen geblieben war und offensichtlich nicht wahrhaben wollte, was er sah. Eine Schutzhütte, Bänke, eine kleine Kapelle. Ein großes Kreuz. Wenn Ellen die Unterlagen nicht gründlich studiert und sich im Netz sämtliche Details der Etappe angeschaut hätte, hätte sie vielleicht auch einen Gasthof erwartet, aber den hatte es hier allenfalls vor langer Zeit mal gegeben.

Während Sophie Kevin zum Picknicktisch zog, schlenderte Ellen zu Jörg hinüber, der sich ein paar Schritte entfernt auf einer Bank mit Rückenlehne niedergelassen hatte.

»Darf ich?«, fragte sie, stellte ihren Rucksack neben seinen, als er nickte, und setzte sich. Lehnte sich zurück. Streckte die Beine. »Ah, das tut gut.«

Den unschlüssigen Blick von Günther, der sich wohl fragte, ob er sich zu ihnen gesellen sollte, ignorierte Ellen. Sie packte ihre Brotzeit aus und erkundigte sich bei Jörg nach seinen Fotowünschen. Der schob sich gerade den letzten Rest seines Brötchens in den Mund, kaute und zuckte mit den Achseln. Und das sollte der Mann sein, der alle mit seiner Begeisterung mitriss?

»Entschuldige mich bitte. Muss mal ums Eck«, nuschelte er und verzog sich ins Gebüsch.

Ellen vergeudete keine Zeit und beugte sich über die Rucksäcke, als würde sie etwas in ihrem suchen, während sie das vordere Fach von Jörgs Rucksack öffnete. Sie tastete. Eine Packung Papiertaschentücher, ein Taschenmesser, Hustenbonbons, eine Dose mit Kaugummis. Sie schloss den Reißverschluss wieder und warf einen Blick in das Hauptfach. Ein Innenfach mit Portemonnaie und Handy. Rasch nahm sie das Gerät, tippte. Falsche PIN. Verflixt. War die drittletzte Ziffer doch eine Drei? Sie tippte erneut. Dieses Mal klappte es. Ellen verband das Smartphone mit ihrem und installierte die Babyfon-App auf Jörgs Handy. Die würde dafür sorgen, dass sie mitbekam, wenn Jörg auch nur einen Mucks machte. Heimlich, still und leise würde sie im Hintergrund laufen und alle Aktivitäten an ihre Nummer senden. Zufrieden ließ Ellen das Gerät zurück in Jörgs Rucksack gleiten.

Gerade noch rechtzeitig, denn Rita war im Anmarsch. Und die nächste Hitzewallung. Schon spürte Ellen das Kribbeln auf der Stirn, die Schweißtropfen bildeten sich immer erst oben am Haaransatz. Nicht schon wieder! Rasch zerrte sie den Fächer aus dem Seitenfach ihres Rucksacks. Wehret den Anfängen, das galt auch für Hitzewellen. Wobei diese ihr gar nicht so ungelegen kam.

»Alles in Ordnung?« Rita sah sie besorgt an.

»Ich denke gerade nach«, sagte Ellen, was nicht einmal gelogen war. Ein Haiku auf die Schnelle, um Rita vollends abzulenken. Nur worüber? *»Erster Wandertag«*, sie fächelte sich Luft zu. *»Das Eis brechen, Sonne satt.«* Sie machte eine Pause, damit Rita auch mitbekam, dass es sich um ein Gedicht handelte. *»Sekt oder Selters?«*

Rita schloss die Augen.

Ellen wedelte erneut mit dem Fächer und zählte still. »Soll ich es noch mal wiederholen?«

»Ja, bitte. Am besten sagst du es zweimal, und beim zweiten Mal drehst du die Zeilen um, also erst die dritte, dann die zweite, dann die erste. Das erhöht die Wirkung.«

Ellen blieb die Spucke weg. Rita nahm ihr Gedicht ernst.

»Ich bin für Sekt.« Jörg setzte sich wieder neben sie. »Eine Genussdichterin. Wenn du so weitermachst, kommen nicht nur deine Bilder ins Buch.«

»Wenigstens kommt von ihr was rein.« Rita zog ihre Sonnenbrille aus dem Haar und schob sie auf die Nase, sodass Ellen den Blick, den sie Jörg zuwarf, nicht deuten konnte. Wütend, sauer, enttäuscht? Was auch immer es war, es prallte an ihm ab. Ungerührt sammelte er seinen Müll ein.

»Möchte noch jemand Kaffee?« Philipp schwenkte seine Thermoskanne und guckte fragend zu ihnen herüber.

»Ja gern!«, rief Ellen. Ihr Mund war wieder einmal schneller als das Gehirn, die Gewohnheit – oder die Sucht? – stärker als die Vernunft. Es würde sich rächen, aber hey, hieß es nicht, dass Schwitzen gesund war? Und jetzt war es eh zu spät. Philipp stand bereits vor ihr und reichte ihr einen Becher.

Sie nahm einen Schluck. »Mmh, danke dir, Philipp. Sag mal, ist NaKuLi eigentlich so eine Art Familienverein? Rita, Frieda und du, dann Günther und Florian«, sie nickte zu Sophie rüber und schaute zu Jörg. »Seid ihr beide etwa auch verwandt?«

»Was? Nein. Wie kommst du denn darauf?« Jörg warf ihr einen entrüsteten Blick zu.

Philipp hingegen grinste breit. »Unsere Fotografin hat ein verflixt gutes Auge. Unter all dem Grau kann man doch gar nicht mehr erkennen, dass deine Haare mal rot waren.«

»Haha.« Jörg fuhr sich mit der Hand über den Kopf. »Immerhin hab ich noch welche.«

War das nur harmloses Geplänkel, oder steckte da mehr dahinter? Ellen sah von einem zum anderen.

»Hallo.« Eine Frau grüßte vom Weg her. Lockiges Haar, eng anliegendes Top, Stretch-Minirock, lange braun gebrannte Beine und ein dicker, fetter Rucksack auf dem Rücken, den sie mit einer Leichtigkeit trug, die einen vor Neid glatt abheben ließ.

»Sollen wir Platz machen?« Philipp deutete auf die Bank.

»*Bedankt.* Das ist nett, aber so lange bin ich noch nicht unterwegs.« Sie lächelte. Ruhte ihr Blick etwa einen Tick länger auf Jörg, als es normal gewesen wäre?

Ellen schaute zu ihm. Er hatte den Kopf gesenkt und sah wieder mal auf sein Handy.

»Noch eine schöne Tag«, wünschte die Wanderin – der Sprache nach zu urteilen, war sie Niederländerin oder Belgierin – und zog mit ausholenden Schritten weiter.

Ein leiser Pfiff war zu hören. Von Kevin? Nicht nur Ellen sah zu ihm rüber.

Er hob die Schultern. »Was denn?«

»Seid ihr fertig mit dem Essen? Wollen wir dann unsere erste kleine Loslass-Zeremonie machen?« Schwungvoll stand Frieda auf und hielt einen kleinen Jutesack in die Höhe. »Ihr habt euren Beutel doch alle dabei und mit etwas gefüllt, das ihr hinter euch lassen wollt, oder?«

Während die anderen in ihren Rucksäcken, Westen- oder Hosentaschen wühlten, griff Ellen zur Kamera.

»Nein, Ellen, bitte keine Fotos.« Frieda hob die Hand. »Ich möchte, dass wir jetzt innehalten und ganz bei uns sind. Bilder lenken die Aufmerksamkeit nach außen.«

»Kein Problem.« Ellen zuckte mit den Achseln und packte die Kamera wieder weg. »Ich warte einfach, bis ihr fertig seid.«

»Nichts da. Du machst selbstverständlich mit. Du gehörst doch dazu.« Frieda konnte genauso energisch sein wie ihre Mutter. Sie ging zu ihrem Tagesrucksack, kramte darin und zog einen leeren Jutebeutel heraus. »Hier. Ich habe extra Ersatzbeutel mitgenommen. Fülle ihn mit etwas, das du loslassen möchtest. Das kann was ganz Kleines sein, was immer bei dir Thema ist. Du kannst auch was auf einen Zettel schreiben oder malen, wenn du keinen geeigneten Gegenstand dabeihast. Nur denk bitte daran, dass der Inhalt umweltverträglich sein sollte.«

Also durchsuchte nun Ellen ihren Rucksack, bis sie im Bodensatz etwas Passendes entdeckte. Klein genug und ohne die Plastikverpackung kompostierbar. Wollte sie das wirklich loswerden? Definitiv. Mit einem Gefühl von innerer Genugtuung, das sie selbst erstaunte, befüllte sie ihren Beutel. Einen Vorteil hatten die Wechseljahre ja doch.

Mit dem Beutel in der Hand gesellte sie sich zu ihren Mitwanderern, die bereits einen Kreis gebildet hatten. Was die wohl in ihren Jutesäckchen hatten?

»Vielen Dank, dass ihr bereit seid, die Loslass-Übungen mit mir auszuprobieren. Ich bin gespannt auf eure Eindrücke und würde mich riesig über Feedback freuen, damit ich die Übungen anpassen kann, bevor ich sie im Café anbiete.« Frieda nahm die Hände vor die Brust und schaute dankend in die Runde, ehe sie nach ihrem Beutel griff. »Bevor wir gleich unseren ersten Beutelmoment haben werden, gebe ich euch einen kurzen Überblick, was euch in den kommenden Tagen erwartet. Wenn man etwas loslässt, durchläuft man mehrere Phasen. Passend zu unserer Wanderung könnte man auch sagen, dass es sieben Schritte oder Etappen sind, bis wir am Ende der Tour, wortwörtlich auf dem Höhepunkt, unserer Ballonfahrt, symbolisch unsere Beutel abwerfen und die Leichtigkeit genießen werden. Tragt den Beutel daher bitte immer bei euch, damit wir die Übungen dort, wo es passt, abhalten können. Und damit kommen wir auch schon zu unserem ersten Beutelmoment.«

»Beutelmoment.« Florian ließ sich das Wort auf der Zunge zergehen. »Klingt irgendwie … ich weiß auch nicht. Ich habe einen Beutelmoment.«

»Hast du eine andere Idee? Ich suche noch nach einem besseren Begriff.« Frieda hatte ihr Jutesäckchen auf die Bank hinter sich gelegt und hielt nun Kabelbinder in der Hand. »Im ersten Schritt geht es darum, sich das, was wir loslassen möchten, noch mal genau anzusehen. Dazu möchte ich euch bitten, eure Beutel zu öffnen und hineinzuschauen. Wenn ihr so weit seid, verschließt den Beutel bitte mit einem Kabelbinder. Der erste Schritt ist also ein Abschiednehmen. Ein bewusstes letztes Betrachten dessen, was ihr loswerden wollt. Alles klar so weit?«

»Machen wir den Kabelbinder dann wieder ab, bevor wir unseren Beutel loswerden?« Philipp sah mit gerunzelter Stirn auf die schmalen dunklen Teile in Friedas Hand. »Ist trotzdem nicht schön. Müll zu produzieren, meine ich. Schon mal so als erstes Feedback.«

»Stimmt. Deswegen gebe ich euch natürlich biobasierte Binder.« Gelassen zählte Frieda für jeden einen Kabelbinder ab und reichte sie herum. »Wenn ihr keine Fragen mehr habt, lasst uns loslegen.«

Frieda wandte sich zur Bank und schwang einen Klöppel gegen die Klangschale, die sie dort bereitgestellt hatte. Nachdem der Ton verklungen war, führte sie die Teilnehmer in eine Art Meditation.

Beutelmeditation. Hörte sich auch nicht besser an. Überhaupt musste Ellen immer an »Beute« denken, wenn sie das Wort hörte. Sie öffnete ihr Jutesäckchen wie angewiesen und betrachtete die Tampons. Es freute sie, sich darüber keine Gedanken mehr machen zu müssen. Rasch schloss sie das Säckchen und zurrte den Kabelbinder fest. Wenn es nach ihr ginge, könnten sie auch gleich zum Ende springen. Oder kurz davor. Auf eine Ballonfahrt konnte Ellen gut verzichten. Seit Patricks Tod mied sie sämtliche Aktivitäten, bei denen sie in die Luft musste.

EIFELBLICK

Nach der Pause zog sich der Trupp rasch auseinander. Ellen hatte an der Spitze begonnen und sich dann von Grüppchen zu Grüppchen zurückfallen lassen, um mit allen zu plaudern und sich nach den jeweiligen Fotowünschen zu erkundigen. Gerade sprach sie mit Jette und Katja. Sie hätten sich vor Jahren über die Kinder kennengelernt, sähen sich inzwischen nicht mehr so oft und hätten sich dann umso mehr zu erzählen, erklärten sie Ellen und fragten nach Margot. Jette wollte wissen, wer sie denn vermittelt habe. Als Immobilienmaklerin umfasste ihr Adressbuch Gott und die Welt, die ja bekanntlich eh klein war, in diesem Fall dann aber doch größer als gedacht, denn der Name Antje Winkel sagte ihr nichts. Katja hatte sich auf dem Kunsthandwerkermarkt mit Margot angefreundet. Frisch getrennt, die Kinder aus dem Haus, gab sie neuerdings Online-Handarbeitskurse und bat Ellen um möglichst viele Nahaufnahmen von Blumen, Blättern, Schmetterlingen und Vögeln, die sie als Motive in ihren Kursen nutzen wollte.

»Aber pst, Rita muss das nicht wissen.« Sie zwinkerte Ellen zu.

»Klingt spannend.« Ellen schob ihre Daumen unter die Tragegurte. »Jedenfalls mal was anderes als einfarbige Schals oder Socken. Daran versuche ich mich, allerdings mit mäßigem Erfolg.«

Nachdenklich ließ Ellen die beiden Frauen weiterziehen. Beide schienen mit Margot befreundet zu sein. Was natürlich nichts heißen musste. Sie wären nicht die Ersten, die einer Freundin oder Bekannten den Mann ausspannten.

Ellen seufzte und schaute sich nach Sophie und Kevin um. Neben Frieda waren sie die Jüngsten in der Gruppe, weshalb

Ellen gedacht hatte, dass sie ein Dreiergespann bilden würden, doch bislang hatten sie kaum ein Wort miteinander gewechselt.

Dahinten kamen sie. Still trotteten sie nebeneinanderher und gaben kein Werbebild fürs Wandern ab. Jetzt entdeckte Sophie Ellen und winkte ihr zu. Sie angelte nach Kevins Hand, doch er entzog sie ihr. Wenn das Liebe war, dann war sie gerade im Tief und schien immer weiter abzustürzen, je höher sie kamen.

Ellen hob die Kamera vors Auge. Im Unterschied zum Rest der Truppe trugen die zwei keine Funktionskleidung. Sophies Blümchenkleid hätte auch als Strandfummel durchgehen können. Dazu billige Stoffsneaker, knöchelhoch, vorne eine Gummikappe über die Zehen, was sie von Weitem wie Retrowanderschuhe wirken ließ. Die roten Wollsocken waren auf Wadenhöhe umgeschlagen. Ihre langen Locken hatte sie in der Pause zusammengebunden und einen schützenden Strohhut aufgesetzt. Kevin war etwa einen halben Kopf größer als seine Frau. Auch er hatte wilde Locken, allerdings waren seine dunkel. An den Seiten kurz geschoren, fielen sie ihm über die Stirn und fast bis in die Augen. Er hatte einen süßen kleinen Ziegenbart, den er sich garantiert männlicher vorstellte, als er war. Seine hippe Hose, eine Mischung aus Jogging- und Cargohose, war karamellbraun. Dazu trug er ein Muscleshirt. Seine Oberarme konnten sich sehen lassen.

Kaum hatten die beiden Ellen erreicht, beugte er sich auch schon vor und zerrte an den unter einer Lasche versteckten Schnürsenkeln seiner High-Top-Sneaker, die ehemals weiß gewesen waren, jetzt aber einen von Staub und Dreck verursachten dunklen Grauton aufwiesen. Er zog seinen rechten Fuß heraus, drehte den Schuh um und klopfte ihn aus, steckte den Fuß dann wieder in den Sneaker und stöhnte.

Der Mann konnte leiden.

Sofort spürte Ellen ihre eigenen Füße. Die fühlten sich an, als wären ihre Wanderschuhe mindestens eine Nummer zu klein. Was sie nicht waren. Mit einem Seufzer lockerte sie die Schnürung. Reichte es nicht, dass ihr keine Hose mehr passte?

Selbst der neue Rock zwickte am Bauch, obwohl das nicht sein konnte. Gummizüge zwickten nicht. Und an den Füßen zunehmen konnte man auch nicht, oder?

»Hast du extra auf uns gewartet, um Fotos zu machen?« Sophie strahlte Ellen an. »Das ist aber lieb.«

»Dafür bin ich ja da. Hast du besondere Wünsche? Suchst du bestimmte Motive? Hast du ein Thema, das sich auf allen Bildern wiederfinden soll?«

Aus dem anfänglichen Kopfschütteln wurde ein Nicken. »Moos, das im dunklen Wald geheimnisvoll leuchtet, wäre cool, speziell geformte Steine, bizarre Bäume, alles, was mysteriös wirkt. Ich schreibe Märchen, weißt du.« Sie stupste Kevin in die Seite. »Hey, jetzt guck doch nicht so finster.«

»Du hast gut reden. Ich hab bestimmt 'ne Blutblase am kleinen Zeh, und hinten scheuert auch alles.«

»Mein armer Mausebär. Soll ich sie dir wegpusten?«

»Das ist nicht lustig.«

»Weiß ich doch.« Sophie stellte sich auf die Zehenspitzen, aber Kevin drehte sich unwillig weg, sodass ihr Kuss auf seiner Wange landete.

»Soll ich auch Fotos von euch machen? Tu ich gern.« Erneut griff Ellen zur Kamera. »Ihr seid noch nicht lange verheiratet, oder?«

»Oh, sieht man das?« Sophie schmiegte sich an ihren Liebsten, der verlegen etwas in sein Ziegenbärtchen murmelte.

»Wie habt ihr das denn mit dem Nachnamen geregelt?« Plump, aber so könnte sie sich vielleicht ein unerlaubtes Nachsehen bei der Anmeldung im Hotel sparen.

»Ganz klassisch.« Sophie machte es ihr leider nicht so leicht.

Ellen verstaute die Kamera. »Und wie habt ihr euch kennengelernt? Ich liebe romantische Geschichten.«

»Ich auch.« Sophie kicherte. »Es war einmal … so fangen die besten Geschichten an, und unsere ist die allerbeste, nicht wahr, mein Mausebär?«

Kevin Mausebär brummte genervt, aber Sophie hatte ja jetzt Ellen als Zuhörerin, was ihr zu genügen schien.

Während Sophie erzählte, wurde der Weg schmaler, schlängelte sich um Büsche, vereinzelte Bäume und kleine Heidestücke. Immer noch ging es bergauf, doch jetzt waren sie gezwungen, hintereinander zu gehen, was die Unterhaltung einschlafen ließ. Kurz darauf gelangten sie in ein Waldstück und erreichten eine Weggabelung, an der Günther auf sie wartete.

»Für dich.« Er hielt Ellen einen kleinen Stein hin, der grün, blau und gelb angemalt war. »Zur Erinnerung an unsere Tour.«

»Och, wie schön. Sieh nur, Kevin. Kaufst du uns auch einen?« Sophie begutachtete die Exemplare, die in einem an einem Baum befestigten Holzkasten lagen, suchte sich einen aus, entschied sich um und verwarf erneut.

Kevin lehnte sich gegen den Stamm und schloss die Augen. Ein leidender Mann in Perfektion.

»Wo steckt denn der Rest der Truppe?« Ellen sah sich um, aber die dicht stehenden Bäume verwehrten ihr die Sicht.

»Auf dem Weg zum Steling. Dem höchsten Punkt auf unserer Wanderung.« Günther hielt ihr immer noch den Stein hin.

Kinderwerk. Ellen dankte ihm und stopfte das Andenken in das vordere Fach ihres Rucksacks. »Na, dann auf zum Höhepunkt. Ganz schön früh, gleich am ersten Tag.«

In Reih und Glied folgten sie Günther aus dem Wald hinaus zu ihrem ersten Eifelblick.

KAISER KARLS BETTSTATT

Jörg stand am Aussichtspunkt, hatte aber kein Auge für die Eifel. Am liebsten wäre er durchgelaufen, ohne Pause, ohne Innehalten, direkt nach Monschau, *fast forward* in den Abend, die Nacht … Er atmete durch. Wenigstens hatte er hier mal einen Moment für sich.

Seitlich von ihm raschelte es, knackte. Er fuhr herum. Ein beigefarbener Sonnenhut, ein altertümlicher Wanderstock – Philipp schälte sich aus den Büschen.

»Hast du sie noch alle?« Jörgs Herz raste. Wütend funkelte er Philipp an.

»Sag bloß, ich hab dich erschreckt.« Philipp grinste, bückte sich und nestelte an seinen Schuhriemen herum, in denen sich ein Zweig verfangen hatte. »Wo sind denn die anderen?«

»Na, wo schon?« Manchmal fragte sich Jörg wirklich, ob Philipp noch was anderes im Kopf hatte als seine Wanderwege. Allerdings war er normalerweise ein strikter Verfechter davon, auf ebendiesen zu bleiben. Aus vielerlei Gründen. Nicht zuletzt der Zecken wegen. »Sie sind gleich zum vereinbarten Treffpunkt für die Rast gegangen, und das mach ich jetzt auch.«

»Warte.« Philipp richtete sich auf. Er nickte zur Aussicht. »Ist das nicht wunderschön? Ein Eifelblick vom Feinsten! Den muss Ellen unbedingt mit der Kamera einfangen. Welche Schande, dass der Steig nicht direkt hier vorbeiführt. Das muss man ändern.«

Ob er deswegen ins Gebüsch gekrochen war? Jörg wandte sich ab. Verrückt genug dazu wäre er. Jetzt fummelte Philipp an seiner Hosentasche herum und zog das kleine Heft heraus, in das er schon den ganzen Tag über Punkte notierte, die es seiner Meinung nach zu verbessern galt.

Wortlos ging Jörg zurück zum Weg. Philipp war schon an guten Tagen kaum zu ertragen, und ob das heute einer war, würde sich leider erst später entscheiden. Bis dahin musste er seine Sinne und seine Nerven behalten. Da ging er Mr. Eifelsteig-Verbesserer lieber aus dem Wanderweg. Dessen Enthusiasmus war ihm sowieso ein Rätsel. Höher sollte der Eifelsteig werden, vielfältiger, eine Attraktion sollte nach der nächsten kommen und die Wanderer aus ihren Ahs und Ohs nicht mehr heraus. Dabei war der Steig doch längst prämiert. Was wollte Philipp denn noch? Jörgs Magen knurrte. Kein Wunder. Viel hatte er heute noch nicht hinuntergebracht.

»Mensch, jetzt lauf doch nicht weg.« Keuchend schob sich Philipp neben ihn. »Hast du Ellen gesehen? Die müsste noch kommen, oder?«

»Woher soll ich das wissen?« Jörg legte einen Schritt zu.

»Was hast du es denn so eilig? Man könnte fast meinen, in Monschau wartet ein Schatz auf dich.« Philipp lachte dröhnend über seinen dämlichen Spruch.

Jörg spürte, wie er die Zähne fest aufeinanderbiss. Er hob die Hände und massierte seine verhärteten Muskeln. Wenn das so weiterging, musste er diese Knirscherschiene bald auch tagsüber tragen. Er ließ die Hände wieder sinken, blies die Backen auf, hielt die Luftkugel fest und bewegte sie langsam im Mund umher. Eine Übung, die ihm seine Zahnärztin verordnet hatte. Und natürlich sollte er autogenes Training machen, meditieren oder andere Entspannungsübungen, was immer ihm läge. Wandern. Seine Hand tastete die Hosentasche ab. Alles da, wo es hingehörte.

»Eifel an Jörg. Huhu.« Philipp klopfte mit seinem Wanderstock gegen einen Stein.

Jörg zuckte zusammen und ließ die Luftkugel entweichen. Er spürte Philipps Blick auf sich und presste die Zähne erneut zusammen. Loslassen, mahnte er sich. Gähnen wäre gut, aber nicht vor Philipp.

Der legte die Hand auf seinen Unterarm. »Ist es wegen des Einbruchs? Aber die Versicherung zahlt doch sicher.«

»Es dauert halt. Und du weißt ja, wie Margot mit ›ihrem‹

Laden ist.« Er malte Gänsefüßchen in die Luft, seufzte und nickte dann zur Wegkreuzung hin, wo Günther, Ellen, Sophie und Kevin gerade aus dem Wald heraustraten.

»Ah, unsere Nachzügler.« Philipp schritt forsch aus. »Die wollen doch nicht etwa den Ausblick auslassen?«

Die vier trennten sich. Günther kam ihnen mit Ellen entgegen, während Sophie und Kevin in die andere Richtung marschierten. Zu Jörgs Überraschung regte Philipp sich nicht wieder auf, sondern eilte zu Günther und Ellen, textete die beiden mit all den Dingen zu, die es zu fotografieren galt, drehte sich auf dem Absatz um und führte sie zum Eifelblick. Jörg nickte ihnen nur vage zu und folgte Sophie und Kevin. Sein Herz klopfte. Ruhig bleiben, befahl er sich und beschleunigte seinen Schritt.

Eine Holzhütte mit Bänken im Schatten tauchte auf. Kaffee, Kuchen, Kaltgetränke – der NaKuLi-Trupp hatte es sich vor der Rundumverpflegung seines Wander-Engels bequem gemacht. Als Jörg die anderen erreichte, deutete Sophie auf den freien Platz neben sich. Den einzigen freien Platz, wie er mit einem schnellen Blick feststellte.

»Keine Sorge, ich beiße nicht.« Herausfordernd sah sie ihn an.

Musste das sein? Er füllte sich einen Becher mit Apfelsaft, trat zu Tina und fragte sie, ob der Wagen mit ihrem Gepäck etwa unbeaufsichtigt hier irgendwo stehe.

Bevor sie antworten konnte, schaltete sich Rita ein und erklärte, dass Jörg erst kürzlich ausgeraubt worden sei. Sie musterte ihn und erhob sich. »Komm her und setz dich, iss ein Stück Kuchen.«

Herrgott, die taten alle so, als wäre er völlig traumatisiert. Jörg spürte, wie ihm der Schweiß auf die Stirn trat. Verstohlen wischte er ihn ab. Nicht dass er gleich mit so einer Birne dastand wie diese Ellen. Der armen Frau lief die Suppe das Gesicht herunter, echt schlimm. Er hoffte nur, dass ihre Fotos besser waren als ihre Kondition. Dass Margot sich plötzlich so für seine Wanderung interessiert hatte, war ihm alles andere als recht gewesen, aber sie brauchten wirklich einen professionellen

Fotografen für das Buch. Jemanden, der gegen Kost und Logis arbeitete und nicht noch ein horrendes Honorar verlangte, konnte man nicht ablehnen.

Jörg leerte seinen Becher, nahm sich einen Muffin und stiefelte damit als Erster weiter Richtung Kaiser Karls Bettstatt. Sonst plauderte er gern mit den anderen, aber heute fühlte er sich abwechselnd beobachtet oder genervt. Im Vorbeigehen schielte er zu Sophie. Sie kuschelte sich an diesen Kevin, als wollte sie gleich mit ihm auf die Bettstatt. Völlig überzogen und unpassend obendrein.

An dem großen Stein, auf dem angeblich Kaiser Karl geruht hatte, hockte sich Jörg ein paar Minuten später auf eine Bank und atmete durch. Kühl war es hier, schattig, still. Schade, dass es zu weit weg von Monschau war. Das wäre ein guter Platz, dachte er.

»Oh, sieh nur, ein Tipi.« Sophies Stimme riss ihn aus seinen Gedanken. Zielstrebig ging sie an ihm vorbei zu dem aus Ästen errichteten Zelt, bückte sich und spähte hinein. Kevin folgte ihr ausnahmsweise nicht, sondern ließ sich aufs andere Ende der Bank sinken, streckte die Beine aus, biss in eine Printe und kaute, als handelte es sich um eine Scheibe Hefezopf. Unwillkürlich rieb sich Jörg den Kiefer. Der Kerl schien gute Zähne zu haben.

Philipp kam zu ihnen, setzte sich zwischen sie und machte eine Wissenschaft daraus, wie man eine durchgeschüttelte Sprudelflasche öffnete. Während er es zischen ließ, trottete der Rest der Gruppe heran. Einer nach dem anderen posierte vor oder auf dem Stein. Und das, obwohl Ellen noch gar nicht da war. Jörg verdrehte die Augen. Gerade wollte er aufstehen und gehen, da schrie Kevin auf, fuhr hoch, Philipp brüllte, ein Schwall Wasser ergoss sich über Jörgs Schoß, seine Beine. Jörg schnellte zur Seite, konnte sich im letzten Moment davor bewahren, von der Bank zu fallen. Seine Hand fuhr in die triefende Hosentasche. Er zerrte den Jutebeutel hervor, eine Packung Papiertaschentücher, fischte das Handy aus der anderen Hosentasche. Das durfte doch nicht wahr sein! Hektisch legte er die übrigen Sachen auf

dem Stein ab und versuchte, das Gerät an seinem Hemd abzu-
trocknen.

»Funktioniert es noch?« Philipp wühlte in seinem Rucksack.
»Warte, ich hab ein Handtuch dabei.«

»Boah, Scheiße, was ist das denn? Das brennt wie Hölle.«
Neben ihnen fasste sich Kevin in den Nacken, das Gesicht
schmerzverzerrt, als wäre er gerade angeschossen worden.

»Hat dich was gestochen? Bist du allergisch gegen Bienen-
oder Wespenstiche?« Frieda kümmerte sich natürlich um den,
der am lautesten schrie.

»Soll ich den Juckt-mich-nicht-Stick draufhalten? Wo genau
ist denn die Stelle?« Sophie fummelte an ihrem Handy herum.

»Nein, Kühlen ist besser.« Günther trat hinzu, nahm Philipp die bescheuerte Wasserflasche ab und schüttete die letzten
Tropfen in seine Hand.

Jörg fluchte und starrte auf sein Handy. Es ging noch, oder?
Sollte er es vorsichtshalber ausschalten und in Ruhe trocknen
lassen? Aber was, wenn …?

»Wo ist Ellen?« Florian sah sich suchend um, zuckte mit den
Achseln und richtete sein Smartphone auf ihn. »Wanderer, die
nicht mehr einhalten konnten.«

Günthers Sohn war ein Idiot. Sich über andere lustig machen, das konnte er, aber wenn es darum ging, sich mal für sie
einzusetzen, dann war er taub. Am liebsten hätte Jörg ihm das
Gerät aus der Hand geschlagen. Stattdessen biss er die Zähne
zusammen und schaltete sein Smartphone aus. Philipp kam zu
ihm, breitete den nass gewordenen Inhalt seiner Hosentaschen
auf dem Stein aus, jammerte, dass seine Notizen womöglich
nicht mehr lesbar seien, und tupfte mit einem Handtuch an
Jörg herum. Jörg wehrte ab. Das Handtuch nahm er aber doch.
Sorgfältig rieb er sein Handy damit ab. Dann legte er es zu
seinen Sachen, drehte sich von den anderen weg und presste
das Tuch auf seinen Schritt. Gott, wie peinlich! Immerhin war
es heute warm. Von dem Malheur würde bald nichts mehr zu
sehen sein. Seine Hand ging zur Hosentasche. Leer. Sein Herz
raste, als stünde er am Abgrund und hätte einen falschen Tritt

gemacht. Verstört sah er sich um. Seine Sachen lagen auf dem Stein. Philipp hatte sich ein zweites Handtuch organisiert und machte sich an ihnen zu schaffen.

»Lass!« Fast schon grob stieß Jörg ihn beiseite und raffte alles bis auf die durchnässten Taschentücher an sich.

»Braucht ihr die Handtücher noch?« Frieda trat zu ihnen.

»Hier.« Philipp sammelte sein Zeug ein und reichte Frieda sein Handtuch.

Die gab es gleich an Kevin weiter. »Geht es, oder sollen wir Tina anrufen?«

»Das war bestimmt nur eine Mücke. Mich hat vorhin auch eine gestochen. Drück einfach den Juckt-mich-nicht-Stick drauf.« Jörg war es leid, was die anderen für einen Terz um Kevin machten. Man könnte meinen, der Kerl würde gleich sterben. Er stopfte seinen Beutel in die verschont gebliebene Brusttasche und tastete das Handy ab. Es fühlte sich trocken an. Sollte er trotzdem warten mit dem Einschalten?

IM GEBÜSCH

Durch die Blätter beobachtete Ellen die Gruppe. Was für ein Durcheinander! Rasch nahm sie die Kamera hoch und schoss ein Bild von Jörg, der wirklich zu belämmert dreinschaute. Kein Beweis fürs Fremdgehen, aber ein Foto, das Margot sicher trösten würde, falls ihr Mann sie tatsächlich betrog.

Wie Jörg jetzt Florian anfunkelte! Dabei hatte der die Flasche doch gar nicht umgekippt. Freundschaftliches Miteinander sah anders aus. Ellen drückte erneut auf den Auslöser.

Der Tumult löste sich langsam auf. Die Ersten machten sich wieder auf den Weg. Erstaunlicherweise zählte Jörg nicht dazu, obwohl er abmarschbereit wirkte. Der Tagesrucksack war aufgesetzt, seine Sachen waren wieder verstaut, doch er ging noch nicht los, betrachtete stattdessen den historischen Stein, als wäre der gerade frisch vom Himmel gefallen. Erst als Sophie Kevin fortscheuchte, blickte er auf. Ellen hielt die Kamera weiter auf Jörg, vergrößerte sein Gesicht und startete die Videoaufnahme. Seine Augen blitzten. Wütend fuhr er Sophie an. Leider war Ellen zu weit weg, als dass sie hätte verstehen können, was er sagte.

Ellen richtete das Objektiv auf Sophie. Die Frau explodierte förmlich. Wild gestikulierte sie zum Weg hin, auf dem ihr Mann gerade erst verschwunden war. Ellen zoomte etwas heraus.

»Quatsch … keiner … spinnst doch.« Sophie wurde lauter. Sofort legte Jörg den Zeigefinger an den Mund, was sie nur noch mehr aufzubringen schien. »… vorher überlegen …«

Ja, stimmte Ellen ihr in Gedanken zu. Worum auch immer es ging, Jörg hätte es sich vorher überlegen sollen. Das schien ihm jetzt auch klar zu werden. Zunehmend beunruhigt sah er immer wieder zum Weg und redete auf Sophie ein. Deren

Mienenspiel würde sich hervorragend als Lehrmaterial für den Einstieg ins Lesen von Gesichtsausdrücken eignen, dachte Ellen. Von »Du kannst mich mal« bis »Ich würde dir ja gern glauben« war alles dabei. Jetzt gerade schob sie einen phantastischen Schmollmund. Dann warf sie den Kopf herum, als trüge sie ihr Haar offen, und demonstrierte, was es hieß, jemandem die kalte Schulter zu zeigen. Ohne einen Blick zurückzuwerfen, zog sie ab. Jörg massierte sich den Kiefer, klatschte sich dann mit der flachen Hand auf den Arm, als wollte er eine Mücke erschlagen, nahm schließlich sein Handy aus der Brusttasche, fingerte daran herum und fluchte. Das Gerät meldete sich, Jörg tippte wieder darauf herum, presste es gegen den Arm und marschierte los.

Ellen packte die Kamera weg und überprüfte, was ihr Handy von dem Streit zwischen den beiden meldete. Doch die Text-to-Speech-Nachrichten ergaben keinen Sinn. Komisch. Hatte Jörgs Smartphone in den Mineralwasserfluten Schaden genommen? Aber dann dürfte doch auch die Juckt-mich-nicht-App nicht mehr funktionieren. Vielleicht hatte es nur das Mikro erwischt? Mit einem lauten Seufzer brach Ellen auf. Jetzt war keine Zeit mehr, die Aufzeichnungen abzuhören. Das würde sie wohl heute Abend beziehungsweise Nacht machen müssen und darauf hoffen, dass sie besser waren als das transkribierte Kauderwelsch.

MONSCHAU

In Mützenich hatte Ellen die Gruppe wieder eingeholt. Sie fotografierte die hohen Hecken, Florian und Kevin vor dem »Konsum am Eifelsteig« beim Konsumieren des ersten Biers des Tages. Es folgten Kühe auf der Wiese, Holzbrücken, Mini-Wasserfälle, Schiefersteine und der Abstieg nach Monschau.

Der Eifelsteig führte direkt an ihrem Hotel vorbei. Eigentlich hätten sie noch bis in die Stadtmitte gehen müssen, um die Etappe ordnungsgemäß zu beenden, aber dazu konnte Philipp niemanden überreden. Einhellig versammelten sie sich im Eingangsbereich ihrer Unterkunft.

»Das Gepäck befindet sich bereits auf den Zimmern.« Rita reichte Jette und Katja ihren Zimmerschlüssel. Sie bekamen die Eins. »Um halb sieben treffen wir uns hier am Eingang. Dann gehen wir gemeinsam zum Restaurant. Tische sind reserviert.«

Die beiden Frauen winkten und bezogen ihr Zimmer neben dem Frühstücksraum. Mit der Kamera vorm Gesicht war es kein Problem, sich die Zuordnung zu »merken«. Frieda verschwand in der Vier, klangliche Eselsbrücke, da brauchte Ellen nicht mal ein Foto. Sophie und Kevin erhielten die Sechs, ein Schelm, wer dabei an Sex dachte. Jörg die Drei, er, seine Frau, sein Geheimnis. Ellen wurde die Sieben zugeteilt. Die Vollkommenheit. Sie lächelte und knipste weiter. Günther bekam die Acht, Florian die Neun und Rita und Philipp schließlich die Zwei.

Ellen schlenderte in den Frühstücksraum, wo Getränke, Kekse und Obst bereitstanden. Obwohl sie nicht hungrig war, nahm sie sich ein Plätzchen. Und noch eins. Man hätte denken können, sie sei schwanger und habe Gelüste. Bevor sie das Gebäck komplett verschlang, holte sie ihr Technikset aus dem Rucksack und entnahm dem kleinen schwarzen Kulturbeutel eine Mini-Webcam und einen Bewegungsmelder. Beide Teile waren nicht größer als ein Kronkorken, aber deutlich leistungsfähiger. Sie warf einen prüfenden Blick in den Flur. Alles ruhig. In Sekundenschnelle klebte sie den Bewegungsmelder an den oberen Türrahmen von Jörgs Zimmer, die Webcam passte hervorragend auf den Rahmen der Korkpinnwand gegenüber. Zufrieden ging sie zurück in den Frühstücksraum, aktivierte beide Geräte über ihr Handy, schulterte den Rucksack, griff erneut nach einem Plätzchen – verdammt – und verzog sich auf ihr Zimmer.

War die Wanderung zuvor die Kür gewesen, war das hier die Pflicht. Von wegen erst mal gemütlich ausruhen. Wenigstens war sie die Wanderschuhe für heute los. Nach einer Blitzdusche genoss Ellen für einen Moment die warme Luft auf der Haut. Dann schlüpfte sie in eine weite Sommerhose, ein Top und weiche Sneaker, legte die Jeansjacke zurecht und packte die Kamera in ihre große Bauchtasche. »Sling oder von mir aus Crossbody-Tasche, Ellen. Aber Bauchtasche? Wer sagt denn so was?« Erst gestern hatte Macy versucht, ihr das Teil abzuluchsen. Schließlich wisse Ellen ja nicht mal, wie es richtig heiße. »Kein gutes Argument«, hatte Ellen gemeint, doch die Achtzehnjährige war hartnäckig gewesen. Aber nicht so stur wie Ellen.

Ihr Handy brummte. Der Bewegungsmelder schlug Alarm. Ellen klinkte sich gerade noch rechtzeitig in den Livestream der Webcam, um zu sehen, wie Jörg das Zimmer verließ. Sie schnappte sich Sling und Jeansjacke, öffnete behutsam die Tür und lief nach draußen, ums Hotel herum zur Straße. Eine Gruppe Wanderer spazierte am Fluss entlang stadteinwärts, vor ihnen ein Trupp Flip-Flop-Touristen und davor – Jörg. Ellen atmete auf, holte die Kamera heraus und hängte sie sich um den Hals. So wirkte sie wie eine von vielen, die den malerischen Ort besichtigen wollten. Schnell machte sie ein Foto vom Hotel, für den Fall, dass jemand von der Gruppe aus dem Fenster schaute. Dann schlenderte sie hinter den Fremden her. Als sie nicht mehr in Sichtweite des Hotels war, beschleunigte sie ihre Schritte, bis sie Jörg wieder sah. Sollte er sich umschauen, würde sie erneut fotografieren. Das lang gezogene Gebäude mit dem Handwerkermarkt, das sie nun passierten, das malerische Fachwerkhaus am anderen Ufer – Fotomotive gab es hier reichlich.

Vor einer Holzbrücke sammelten sich die Leute. Ein weiteres touristisches Highlight? Nein, anscheinend war die Brücke gesperrt. Auch Jörg blieb stehen, sprach mit einem jungen Mann, deutete auf einen Biergarten, der ein paar Meter weiter die Straße runter lag. Im Schutz der Flip-Flop-Gruppe arbeitete sich Ellen näher heran.

»Die drehen einen Film hier«, hörte Ellen jemanden sagen und zur Brücke gestikulieren, wo eine Frau gerade einen Reflektor verschob. »Der Eifeldoktor oder so.«

»Ach, kein Krimi?«

»Gibt's doch schon mehr als genug. Aber ein bisschen Action wär schon cool. 'ne Heli-Szene könnt ich mir hier gut vorstellen.«

Ellen grinste und schaute nach Jörg. Der stand immer noch ganz vorn und schien sich absolut nicht für die Dreharbeiten zu interessieren, so verbissen, wie er die Straße hinunterblickte. Viel verpasste er da nicht. Die Szene bestand darin, dass ein Mann auf der Brücke auf und ab ging, ein Handy am Ohr. Kompliziert schien die Sache nicht zu sein. Trotzdem wurde sie wiederholt. Noch einmal wurde an den Reflektoren hantiert. Wieder der Mann am Handy. Dann war alles im Kasten. Na also. Der Weg wurde freigegeben, und Jörg lief sofort los. Ellen wartete noch, richtete ihre Kamera auf die Brücke und verfolgte Jörg nur aus den Augenwinkeln. Er wechselte die Straßenseite und ging an der Mauer des Biergartens entlang. Jetzt hatte er den Eingang erreicht, sah sich um und trat ein.

Sogleich lief Ellen los. Vor dem Eingang zum Biergarten wurde sie langsamer, spähte hinein. Jörg stand an einer Verkaufsbude. Ihr Glück, dass er gerade bestellte und ihr den Rücken zukehrte. Sie prüfte die Lage. Durch das zugehörige Gasthaus würde sie ungesehen in den rückwärtigen Teil des Gartens gelangen. Dort würde sie sicher einen Busch oder einen

Baum finden, hinter dem sie sich verbergen und Jörg beobachten könnte.

Genauso war es. An der Hintertür des Gebäudes befand sich ein Lorbeerbusch. Ellen zog ein paar Blätter zur Seite und lugte hindurch. Der Wirt stellte ein Glas Wasser vor Jörg auf den Tresen. Ellen hob die Kamera. Keine Sekunde zu früh. Eine Frau mit leuchtend roten Haaren trat hinter Jörg. Sophie. Ohne ihren Kevin. Sie stellte sich auf die Zehenspitzen und hielt Jörg die Augen zu. Der fuhr herum. Sie lachte. Er nicht. Doch dieses Mal gab es keinen Streit. Die beiden redeten miteinander. Erst hauptsächlich Jörg. Sophie verzog den Mund nach ihrem anfänglichen Lachen zu einem Schmollen, das schien sie gern zu machen. Doch je länger Jörg sprach, desto mehr hellte sich ihre Miene auf. Ellen ließ die Videoaufnahme laufen und fing den Beweiskuss perfekt ein. Und das nicht nur einmal.

Noch keine zwölf Stunden waren vergangen, und sie hatte ihren Auftrag erledigt. Das war ein neuer Rekord. Von wegen mit zunehmendem Alter wurde man langsamer.

Jörg löste sich als Erster. Wieder schaute er sich um. Rasch zog sich Ellen in den Hauseingang zurück. Als sie wieder hervorlinste, war Sophie verschwunden. Jörg leerte sein Wasser, stellte das Glas auf dem Tresen ab und hielt direkt auf sie zu. Wie gut, dass sie sowieso gerade gehen wollte. Sie lief zum Gastraum, durchquerte ihn und verließ das Gasthaus durch den Vordereingang.

FILMREIF

Sophie zog ein Tuch aus ihrer Handtasche und band es sich um den Kopf. Jörg guckte schon wieder finster, aber nachdem sie begriffen hatte, dass das nur an seiner Nervosität lag und nicht etwa daran, dass er sie nicht mehr liebte, konnte sie fast schon darüber lachen. Rasch drückte sie ihm einen Kuss auf den Mund und entfernte sich. Ob er ihr hinterhersah? Bestimmt. Sie schwang die Hüften noch einen Tick mehr. Man konnte ihr vieles vorwerfen, aber geizig war sie nicht. Weder mit ihren Worten noch mit ihren Reizen.

Wieder auf der Straße, schaute sie sich um. Plakate wiesen auf eine Ausstellung hin. Und auf der Burg gab es Konzerte. Vielleicht konnte man dort auch Lesungen abhalten. Sie liebte es, aufzutreten. Wäre es nicht fabelhaft, wenn sie das Vereinsbuch an den verschiedenen Orten vorstellen könnten, die sie inspiriert hatten? Das würde alles noch viel lebendiger machen und außerdem die Verkäufe ankurbeln. So eine Lesereise wäre bestimmt ein Heidenspaß. Sollte sie noch einmal zurück zu Jörg gehen und ihm von ihrer Idee erzählen? Lieber nicht. Er würde nur wieder ärgerlich werden und sie damit verrückt machen, dass jemand sie erwischen könnte. Seine Paranoia hatte sie vorhin schon angesteckt. Richtiggehend beobachtet hatte sie sich gefühlt, als sie mit ihm in diesem niedlichen Biergarten stand, aber natürlich hatte sie nichts gesagt. Das war doch lächerlich. Sie straffte den Rücken. Die anderen waren alle mit sich selbst beschäftigt. Von denen war keiner ein guter Beobachter. Mal abgesehen von Günther, aber der ging garantiert nicht freiwillig in den Ort. Zu viele Menschen. Sie grinste. War doch schön, wenn was los war.

»Bleib so, nicht bewegen«, hörte sie eine Frauenstimme sagen und gehorchte. So gut wie. Die Brust ein wenig nach vorne, das Kinn leicht nach unten, mit den Augen lächeln. Sie wusste sich in Szene zu setzen. Genau wie die Fotografin. Ansonsten war Ellen wohl der lebende Beweis dafür, dass ein Schuster stets die schlechtesten Schuhe trug. Wie gut, dass sie lieber hinter der Kamera stand und nicht davor. Sophie musterte sie unauffällig, nachdem sie den Auslöser gehört hatte und sich wieder rühren durfte. Große Frauen konnten so toll aussehen, aber die meisten schienen sich lieber zu verstecken. Wenigstens hielt Ellen sich gerade, aber man könnte meinen, sie wollte nicht bemerkt werden. Sie trug eine unscheinbare schwarze Hose, ein graues Top, kein Make-up, die Haare hingen einfach nur runter. Wo war die Frau von der Wanderung? Da hatte sie trotz der Anstrengung tausendmal besser ausgesehen. Ob sie ihr ein paar Tipps geben sollte?

»Wo ist denn dein Mann?«

»Was?« Für einen Moment wusste Sophie nicht, wen Ellen meinte. Sie kicherte. Kevin, na klar. »Der muss sich ausruhen. Er leidet. Ganz fürchterlich. Ich habe versprochen, ihm Pflaster zu besorgen. Weißt du vielleicht, wo hier eine Apotheke ist? Du musst ja gleich nach der Ankunft wieder losgegangen sein, wenn du jetzt schon aus der Stadt zurückkommst. Lohnt es sich nicht?«

»Doch, doch. Aber ich bin müder, als ich dachte.«

Das hätte sie nicht zu sagen brauchen, das erkannte man auch mit geschlossenen Augen. Sophie holte eine Dose mit Kaugummis aus ihrer Handtasche und hielt sie Ellen hin. »Ich kau mich munter. Oder was auch super hilft, ist, die Ohrläppchen zu massieren. Am allerbesten ist es, sie massieren zu lassen.« Sie lachte und griff sich ans Ohr.

Genau wie Ellen. Beide drückten sie auf ihren Ohren herum. Sophie steckte die Kaugummis wieder weg. »Also dann, bis später. Oder kommst du noch mal mit?«

Ellen schüttelte den Kopf, wünschte ihr viel Spaß und riet ihr noch, sich wegen der Pflaster an Tina zu wenden. »So was hat unser Wander-Engel doch bestimmt dabei.«

»Wander-Engel. Findest du nicht auch, sie sieht eher aus wie ein Wander-Schlumpf? Wander-Schlumpfinchen.« Sophie prustete los.

Ellen grinste, winkte ihr noch mal zu und ging dann Richtung Hotel. Guter Gang, dachte Sophie. Wirklich schade, dass die Frau nicht mehr aus sich machte.

Sophie schlenderte weiter. In der Touristeninformation erkundigte sie sich nach einer Apotheke. Es gab keine. Man riet ihr, es in »Birgits Lädchen« zu versuchen. Die Wegbeschreibung, die folgte, war jedoch länger als ihre längste Kurzgeschichte. Also doch Tina. Die würde Kevin schon verarzten. Sophie würde ihm gleich eine Nachricht schicken. Nicht dass er sie noch vor den anderen anpampte. Musste ja nicht sein. Dann würde sich Jörg wieder aufregen, und Kevin würde sich über Jörg aufregen. Er traute Jörg nicht von hier bis zum Ausgang des Ladens. Sophie bedankte sich für die Auskunft und verließ die Touristeninformation.

Am Marktplatz bewunderte sie die Fachwerkhäuser, die auf der anderen Seite des kleinen Flusses in der Sonne leuchteten. Oberhalb lag eine Ruine. Hier gab es wirklich auf jedem Berg eine Burg. Die auf dieser Flussseite, die gegenüber der Ruine über der Stadt aufragte, sah richtig imposant aus. Von der Ruine hingegen war offenbar nur noch der Turm übrig. Ob man auf den wohl raufkonnte? So ein Rapunzelbild wäre ein phantastisches Autorenfoto. Am besten stieg sie gleich hoch und guckte, und wenn der Turm zugänglich war, konnte Ellen morgen früh bei perfektem Licht die perfekte Aufnahme von ihr machen. Sophies Herz hüpfte geradezu, als sie die Treppen zur Haller-Ruine erklomm. Schon die unterhalb gelegene Aussichtsplattform war wunderbar. Auge in Auge mit dem Schwan auf der Kirchturmspitze, dem sie jetzt direkt in sein glitzerndes Antlitz sah. Der goldene Schwan über Monschau. Von Sophie Meyer. Oder lieber D. S. Meyer? Sie löste das Tuch von ihrem Kopf, schüttelte ihr Haar aus und warf es zurück. So oder so. Ellen musste morgen auf jeden Fall Zeit für sie einplanen.

Ellen. Und Jörg natürlich auch. Sie lachte. Was wäre eine

Prinzessin ohne ihren Prinzen? Ein Picknick hier oben wäre himmlisch. Sie würde ihm erzählen, dass der Platz sich bestens für die Buchpremiere eignete. Jörg setzte sich so sehr für das Buch ein, da würde es niemanden wundern, wenn sie beide zusammen hier oben ... Sophie seufzte wohlig. Das Meckern einer Ziege riss sie aus ihren Gedanken. Unglaublich. Die lief hier einfach so frei herum.

Der Pfad zur Ruine war mit losen Steinbrocken übersät. Das war Sophie zu gefährlich. Stattdessen nahm sie den Weg, der am Hang entlangführte. Panoramaweg hieß der. Zu Recht! Ein Geländer war vor dem Abgrund angebracht. Wohl mehr zur Warnung, als dass es einen Sturz verhindern könnte. Vorsichtig spähte Sophie nach unten. Ein schmales Stück Wiese, dahinter fiel der Berg noch steiler ab. Felsen. Häuser. Grauslich. Ob sie es mal mit einem Horrormärchen versuchen sollte? Oder gar einem Krimi, einem Thriller? Die Ankündigung könnte sie dann gleich an den Plakatwänden da vorn anschlagen lassen. Wenn die zu mieten waren, wäre das auch für das NaKuLi-Buch genial. Eine bessere Werbung konnten sie nicht finden. Neugierig trat Sophie näher.

Von wegen Plakate. Kunst war das. Zum Andenken an die Rahmen, in die die Tuchmacher früher ihre Tücher zum Trocknen gespannt hatten. Deswegen hieß der Berg auch Rahmenberg. Ein historischer Roman über eine Tuchmacherfamilie. In der Hauptrolle die junge Sophia – Vornamen, die auf a endeten, waren doch viel klangvoller. Ob sie sich ein Pseudonym fürs Schreiben zulegen sollte?

Die Kirchenglocken schlugen. Sophie ließ den Blick noch einmal schweifen und saugte alles in sich auf. Diese Bilder würden in eine ihrer Geschichten einfließen. Sie drehte sich um. Jetzt nur keinen falschen Schritt machen. Vorsichtig begab sie sich auf den Weg nach unten, während sich die Sätze in ihrem Kopf wie von allein aneinanderfügten.

ERLEDIGT

Für einen Augenblick hatte Ellen gedacht, Sophie habe sie durchschaut. Als sich die jüngere Frau mit ihr unterhalten hatte, hatte sie sie so eigenartig gemustert. In ihren Augen war etwas aufgeblitzt – wahrscheinlich nur eine Idee für ein weiteres Märchen. Ellen lachte auf und schüttelte den Kopf über sich selbst. Der Auftrag war so gut wie erledigt. Gleich würde sie Margot anrufen, ihr die Aufnahme zuschicken und mit ihr absprechen, wie es weitergehen sollte. Manche Frauen wollten ihren Mann sofort hochgehen lassen, anderen – leider den meisten – war es unangenehm. Obwohl sie damit gerechnet hatten – warum sollten sie ihre Männer sonst observieren lassen? –, wollten sie es plötzlich nicht wahrhaben, wollten den Schein aufrechterhalten, brauchten Zeit. Normalerweise händigte Ellen ihnen die gesammelten Informationen aus, kassierte ihr Geld, und das war's. In diesem Fall aber musste sie klären, wie sie aussteigen sollte.

Sie erreichte das Hotel, schloss das Fenster in ihrem Zimmer, damit niemand zufällig dem Gespräch lauschen konnte. Dann rief sie Margot an und bat sie, ihre Kamera einzuschalten. Das machte es einfacher, wenn auch nicht besser. In sachlichem Tonfall berichtete Ellen, dass Jörg sie mit einer gewissen Sophie hintergehe, ebenfalls ein Mitglied des Vereins, auch wenn sie nicht auf der Teilnehmerliste gestanden habe. Sie zeigte ihr ein Bild von Sophie und Kevin.

Margot schnappte nach Luft. »Sie ist jünger als ich, oder? Ich … so ein verdammter Mistkerl!« Sie drehte sich von der Kamera weg.

»Angeblich arbeitet sie als Empfangsdame in einem Autohaus. Wenn du möchtest, kann ich sie durchchecken.« Ellen blieb nüchtern. Kein Mitleid. Keine Fronten. Sie wartete ruhig ab, bis Margot sich wieder ihr zuwandte.

»Sind die beiden in einem Zimmer? Zeigen sie sich zusammen? Ich bring ihn um und sie gleich mit.« Margot schnaubte. »Nein, tu ich natürlich nicht. Keine Sorge. Aber ich werde ihn nackig machen. Dieser Scheißkerl.« Ihre Stimme kippte.

Wut und Tränen. Wut war Ellen lieber, aber auch Tränen hatten in so einer Situation ihr Gutes. Sie ließ Margot die Zeit, die sie brauchte. Überredete sie, erst morgen zu kommen. Und nein, die beiden hätten kein gemeinsames Zimmer, würden nicht zusammen schlafen. Ellen bat Margot, sich zu überlegen, aus welchem Grund sie die Tour verlassen sollte. Ein verstauchter Knöchel, ein Trauerfall in der Familie, sie könne gern einen Vorschlag machen.

»Ich bringe ihn um.«

Ellen nickte. »Morgen, in Ordnung?«

»Morgen, morgen ...« Margot erwiderte ihr Nicken. »Gleich morgen früh bin ich da.«

Ellen gab ihr die Adresse durch und verabschiedete sich. Das war der Teil ihrer Arbeit, den sie am wenigsten mochte. Doch sie hatte es geschafft! Sie löschte die Aufzeichnungen des Babyfons auf ihrem Handy. Wie schön, dass sie sich die Nacht nicht damit um die Ohren schlagen musste, das alles abzuhören. Müde ließ sie sich nach hinten aufs Bett fallen. Das Handy brummte. Der Bewegungsmelder. Im Flur waren Stimmen zu hören. Die Gruppe sammelte sich. Rasch wickelte Ellen sich ein Handtuch um den Kopf, schlüpfte in den Hotelbademantel und steckte den Kopf zur Tür hinaus. Es dauerte eine Weile, bis sie Günther davon überzeugt hatte, dass sie es durchaus allein schaffen würde, nachzukommen.

Nach einer ausgiebigen Dusche ließ sie sich dieses Mal Zeit mit dem Fertigmachen. Bevor sie losging, entfernte sie den Bewegungsmelder und die Webcam und beseitigte das Chaos in ihrem Zimmer. Als sie ihren Wanderrock ausschüttelte, fiel der Stick heraus, den Tina verteilt hatte. Neugierig inspizierte Ellen das Teil. USB-C an der einen Seite, an der anderen eine runde

Platte. Es könnte sich tatsächlich um ein Gerät handeln, das den Juckreiz von Mückenstichen mit Hitze linderte. Doch das hieß nicht, dass es nicht noch mehr konnte. Im Seitenfach ihres Koffers befanden sich ein paar Briefumschläge, die gehörten zu Ellens Grundausstattung, wenn sie beruflich unterwegs war. Jetzt nahm sie einen von ihnen heraus, frankierte und beschriftete ihn, bevor sie den Stick hineinsteckte und alles in ihrer Sling verstaute. Auch wenn der Fall beendet war, wollte sie wissen, ob der Stick sauber war.

TAG 2

*Am zweiten Tag unserer Tour machen wir
Station in Monschau. Eine Eifelperle, die es
zu fassen gilt – in Worte und Bilder.
Ein Ort, reich an Geschichte – mit viel Stoff
für unsere Geschichten! Deswegen steht jeder
und jedem frei, was er oder sie besichtigen
möchte. Je vielfältiger unsere Eindrücke, umso
abwechslungsreicher unser Buch. Ob rauf zur
Burg, zur Haller-Ruine oder zur Senfmühle,
ob ein Besuch des Roten Hauses, ein Eis auf
dem Marktplatz, ein Spaziergang an der Rur –
wir werden sicher unsere Freude haben in
Montjoie, wie Monschau früher hieß.*

MORGENGRAUEN

Ellen hätte nicht gedacht, dass die Gruppe so fotobegierig sein würde. Rita und Sophie hatten sich beim Abendessen gestern richtig angefaucht, weil sie beide Aufnahmen am Morgen machen wollten. Hätte Jörg Sophie nicht davon überzeugt, dass das Licht bei Sonnenuntergang noch besser sei, wäre es wohl zu Mord und Totschlag gekommen. Und so war es Rita, die Ellens Tag bereits vor dem Hellwerden beginnen ließ. Ellen argwöhnte, dass es eine Art Rache war, weil nicht nur Günther und Florian, sondern auch Philipp sich im Restaurant sehr um sie bemüht hatte. Das passierte der Vereinsvorsitzenden wohl nicht so oft, dass sie nur eine Nebenrolle spielte. Dabei wirkte Philipp nicht so, als wäre er an ihr als Frau interessiert, sondern er schien einfach nur froh, ein Paar Ohren gefunden zu haben, das seine Wanderanekdoten noch nicht gehört hatte.

Gähnend trat Ellen vors Hotel. Zu ihrem Erstaunen war von Rita noch nichts zu sehen. Die Dichterin hatte doch nicht etwa verschlafen?

»Ellen?« Unterhalb einer Laterne, wenige Schritte weiter auf der schmalen Straße, die hinter dem Hotel den Hang hinaufführte, stand Rita mit Notizheft und Stift in der Hand und winkte ihr zu.

Wie zur Antwort hob Ellen die Kamera vors Auge und machte ein paar Dichterin-Denkerin-Bilder, während sie auf Rita zuging.

»Weiter oben ist es für Porträtfotos besser«, sagte die nur, lächelte aber dennoch für beziehungsweise in die Kamera.

Ellen zoomte das Gesicht heran, stellte Blende und Belichtungszeit so ein, dass sich der Hintergrund verschwommen darstellte, und drückte auf den Auslöser. »*Frau am Straßenrand.*

Lächelt im Morgengrauen. Ein frühes Foto.« Tatsächlich machte es ihr Spaß, einmal nicht heimlich zu fotografieren, sondern ganz offen, mit den Kameraeinstellungen zu spielen. Künstlerische Aufnahmen statt scharfe Beweisbilder. Ausgerechnet sie.

»Ein frühes Foto. Porträt einer alten Stadt. Leise lacht das Licht.«

Nicht nur das Licht, auch Rita lachte. »Ahme mich bloß nicht nach. Die letzte Zeile ist gruselig.«

Kommentarlos setzte Ellen die Verschlusskappe aufs Objektiv, behielt die Kamera aber in der Hand, als sie nebeneinanderher bergauf marschierten.

»Weich schmeichelt das Licht«, murmelte Rita. Das Haiku schien ihr keine Ruhe zu lassen.

Ellen hingegen hatte schon vergessen, wie es lautete. Sie blieb stehen und zog die leichte Jacke aus, die sie übergeworfen hatte. Schon jetzt war es beinahe sommerlich warm, und die Steigung tat ein Übriges. Ellen war immer sportlich gewesen, auch nachdem sie mit dem Leistungssport aufgehört hatte. Wie konnte es da sein, dass sie sich plötzlich so unfit fühlte? Das konnte doch nicht nur an den Wechseljahren liegen. Hieß es nicht, dass damit glückliche Zeiten anbrachen und die Frauen mit neuer Stärke daraus hervorgingen? Sie ging bald gar nicht mehr, sondern kroch nur noch. Wie sollte sie da mit einem jüngeren Mann mithalten? Mit ein Grund, die Freundschaft mit Max nicht zu eng werden zu lassen. Er war der Erste nach Patrick, den sie mit zu sich nach Hause genommen hatte. Der ihre Freunde kannte. Sie mochte ihn. Und der Sex war gut. Wenigstens ein Bereich, in dem die Menopause sie nicht torpedierte. Von nachlassender Libido spürte sie jedenfalls noch nichts.

»Es riecht nach Sommer. Ein Stapel Holz, frisch gefällt.« Rita blieb stehen und notierte ihre Worte, schüttelte den Kopf, schrieb weiter. *»Frisch gefälltes Holz. Es riecht nach Sägespanblut. Altweiberwandern.«*

Sägespanblut, Altweiberwandern. Ellen wischte sich den Schweiß von der Stirn und ging langsam weiter. Im Altweibersommer fließt kein Blut mehr. Vertrocknetes Flussbett. Aber da passte die Silbenzahl nicht.

An der Brücke, die zum Tor der mächtigen Ringmauern der Burg führte, machten sie erneut Bilder. Das Licht war perfekt. Ellen scheuchte Rita von einem Aussichtspunkt zum nächsten, schoss Fotos mit ihr, ohne sie. Die Kirchturmspitze mit dem goldenen Schwan, die Dächer von Monschau, die Haller-Ruine auf dem Berg gegenüber.

Ellen hielt plötzlich inne und zoomte so nah heran, wie es ging. »Dort drüben muss was passiert sein.« Sie senkte die Kamera.

Rita drehte sich um. »Wo?«

»Etwa in Höhe der Aussichtsplattform, etwas seitlich davon.« Ellen deutete zu der Stelle unterhalb der Ruine. Sie vermutete, dass dort der Panoramaweg verlief, von dem Sophie gestern Abend so geschwärmt hatte. Was da wohl los war? Die leuchtenden Westen der Menschen am Hang verhießen nichts Gutes, auch wenn sie fröhlich aufblitzten, sobald ein Sonnenstrahl auf sie fiel. Oder drehten sie dort wieder? Eine Rettungsszene am Berg für den Eifeldoktor? Dann allerdings ohne den Hubschraubereinsatz, den die Touristin sich gewünscht hatte.

Ein früher Wanderer kletterte den Hang hinauf. Die Statur, die Kappe, die Art, wie er sich bewegte – Ellen nahm die Kamera wieder hoch und zoomte näher heran. Das da drüben war Florian. Offensichtlich wollte er zur Turmruine, doch eine der Gelbwesten hatte ihn entdeckt und hinderte ihn am Weitergehen.

»Sieh nur, da sammeln sich schon die Schaulustigen. Sensationsgeile Gaffer sind das. Widerlich! Komm, lass uns gehen.« Rita wandte sich ab.

Auf dem Weg zurück zum Hotel erzählte Ellen ihr von dem Filmdreh. Vielleicht handelte es sich bei der Menschenmenge ja wortwörtlich um Schaulustige. Dennoch war die Stimmung dahin. Hatte Ellen vorhin noch überlegt, die Wanderung weiter mitzumachen – schließlich waren die Unterkünfte gebucht –, wollte sie jetzt lieber nach Hause. Sobald Margot auftauchte, würde sie abreisen. Alles andere wäre eine Schnapsidee. Ästhetisch schöne Fotos, das war absolut nicht ihr Ding. Dass sie überhaupt über so etwas nachgedacht hatte, musste an diesen verfluchten Hormonschwankungen liegen. Anders konnte sie sich das nicht erklären.

Wieder im Hotel, nahm sie eine Tasse Kaffee mit aufs Zimmer, schwor sich beim Trinken, dass es die erste und einzige des Tages sein würde, und legte sich noch einmal hin. Tagsüber schlief sie problemlos ein, während sie sich nachts neuerdings von einer Seite auf die andere wälzte. Es sei denn, sie saß im Auto und observierte jemanden. Gott, dass sie dabei eingeschlafen war! Noch einmal würde ihr das nicht passieren, oder sie würde den Job an den Nagel hängen. Verdammte Menopause. Warum hatten Männer so was nicht? Sie gähnte und klappte die Augen zu.

Zuverlässiger als jeder Wecker sorgte das Koffein dafür, dass sie eine halbe Stunde später wieder aufwachte. Sie warf einen prüfenden Blick auf ihr Handy. Margot hatte sich noch nicht gemeldet. Ellen rechnete im Laufe des Vormittags mit ihr. Vor dem Frühstück wollte sie noch rasch den Bericht und die Rechnung vorbereiten. Viel zu schreiben gab es dieses Mal nicht. Ellen tippte die Eckdaten in ihr Tablet und fasste die Observierungsergebnisse zusammen.

Um den Bericht etwas aufzupeppen, suchte sie im Internet nach Sophie, fand das Autohaus, in dem sie arbeitete, und stieß dort auch auf Kevin. Kevin Meyer war einer der Mechaniker. Vermutete Kevin, dass Sophie ihn betrog, und hatte deswegen darauf bestanden, sie auf der Wanderung zu begleiten? Nachdenklich recherchierte Ellen weiter.

Kevin kickte im Verein, das hätte sie nicht gedacht, so wie er sich gestern beim Wandern angestellt hatte. Beide waren in den sozialen Medien aktiv. Bei Kevin war unter »Status« nichts angegeben, bei Sophie »Verliebt, verl…«. Dazu Herzchen, ein Glückskleeblatt, Eheringe. Überhaupt war Sophie sehr freizügig mit Informationen über sich: Wohnort, Hobbys, Lieblingsmusik. Als Lieblingsbücher hatte sie »meine eigenen«

aufgeschrieben. Ellen musste grinsen. Sie scrollte durch Sophies Posts. Bevor sie beschlossen hatte, als Schriftstellerin durchzustarten, hatte sie geschauspielert. Bei historischen Aufführungen in einer Wasserburg. Außerdem posierte sie regelmäßig als Model auf Modenschauen des heimischen Modehauses. Sie war Lese-Patin in einer Grundschule, und im Chor sang sie auch. Die neuesten Beiträge belegten, dass sie sich auf die Wanderung freute. Es gab Fotos mit Wanderschuhen, die sie hauptsächlich in Bezug auf ihr Aussehen diskutierte. In einigen Posts ging es um das geplante Buch. Sie befragte ihre Follower, welches ihre Lieblingsmärchen seien, wie erotisch Märchen sein dürften, ob sie an Feen und Zwerge glaubten. Kopfschüttelnd überflog Ellen die Antworten und wusste nicht, worüber sie sich mehr wundern sollte: darüber, dass es überhaupt Kommentare gab, oder über das, was die Leute schrieben (»Die Prinzessin mit der Blase«, »Natürlich gibt es Feen, und du bist eine davon«). Zwischendurch tauchten immer wieder kurze Videos auf, die Sophie glücklich lachend zeigten, mit einem passenden Spruch, der andeutete, dass sich etwas tat in ihrem Leben, etwas Großes, etwas Wunderschönes. Träumte sie tatsächlich davon, dass Jörg sich von Margot trennte und sie heiratete? Fast hatte Ellen Mitleid mit ihr. Dass immer noch derart viele Frauen daran glaubten, dass es so laufen würde, war ihr unbegreiflich.

Ihr Magen knurrte. Sie packte das Tablet weg. Höchste Zeit fürs Frühstück. Mit ein bisschen Glück waren die anderen schon fertig und sahen sich Monschau an. Morgens hatte Ellen gern ihre Ruhe.

FRÜHSTÜCKSFRAGEN

»›Zur freien Verfügung‹ hieß es doch. Im Fotografie-Forum ist gerade eine neue Ausstellung eröffnet worden, die ich mir angucken möchte: ›The Jump‹. Soll sehr beeindruckend sein und ist bestimmt auch eine Inspiration für unser Schreiben.«

»Ich habe extra einen Venn-Wanderführer mitgenommen. Das Brackvenn ist wunderschön, und wir brauchen sicher nicht den ganzen Tag für die Tour.«

»Wie wäre es, wenn wir zuerst die heutige Loslass-Übung machen? Wir besinnen uns auf das, was wir loswerden wollen, werfen innerlich Ballast ab und starten dann leicht in den Tag.«

»Wenn ich auch mal meinen Senf dazugeben dürfte, Senf, versteht ihr? Der Ort ist berühmt dafür. Da ist eine Besichtigung der Senfmühle doch Pflicht.«

Schon im Flur wusste Ellen, dass es nichts werden würde mit ihrer Ruhe beim Frühstück. Die Gruppe diskutierte eifrig über den Tagesablauf. Jette, Günther, Frieda und Philipp saßen draußen auf der Terrasse, und für einen Moment überlegte Ellen, ob sie sich einfach drinnen hinsetzen sollte. Doch Günther hatte sie bereits bemerkt und kam auf sie zu.

Er lächelte sie an und nahm sich einen Fruchtjoghurt. »Na, gut geschlafen?«

»Ja, nur zu kurz.« Ellen bediente sich am Büfett.

»Hat dir auch ein Wagen ins Zimmer geleuchtet?« Günther angelte sich einen kleinen Löffel. »Ich hatte vergessen, die Vorhänge zuzuziehen. War gerade eingeschlafen.«

Sie gingen ins Freie.

»Meinst du den kleinen Franzosen?« Philipp nickte eifrig. »Den hab ich auch gehört. Peugeot 208. Jede Wette.«

»Hübsche Farbe. So ein helles Grün.« Ellen schaute sich um.

Jetzt entdeckte sie auch Rita und Katja, die mit etwas Abstand zu den anderen in der Sonne saßen und schrieben.

Günther rückte ihr den Stuhl zurecht.

»Danke.« Sie setzte sich. »Wo steckt denn dein Sohn? Hat Florian erzählt, was an der Haller-Ruine los ist?«

»Der liegt bestimmt noch im Bett. So früh turnt der nicht draußen rum. Hab ich schon zu Rita gesagt. Ihr müsst euch verguckt haben. Ist ja keine Schande auf die Entfernung.« Philipp und sein Senf.

Ellen zuckte mit den Achseln und widmete sich ihrem Rührei, während die anderen überlegten, ob sie die Fehlenden wecken sollten. Wäre doch schade ums Frühstück.

»Guckt mal, wer da ist. Wenn man vom Teufel spricht.« Philipp deutete zum Büfett, wo Florian sich umguckte. Die Haare zerzaust, als wäre er tatsächlich gerade aus dem Bett gefallen. Er wirkte überfordert. Wahrscheinlich war er einer von denen, die ohne Kaffee nicht funktionierten, dachte Ellen und grinste in sich hinein, als die Hotelchefin zu ihm trat und er zusammenschreckte, als hätte er Angst, dass sie ihn mit dem Buttermesser in ihrer Hand erdolchen würde. Ein Buttermesser! Stumpfe Klingen machen aber auch hässliche Wunden.

Die Hotelchefin deutete Richtung Kaffeekanne, Florian nickte, verschwand aus Ellens Sicht und schluffte wenig später zu ihnen. Mit einem Kännchen Tee. Wie frau sich doch täuschen konnte.

Ein Transporter rollte auf den Hotelparkplatz, rangierte vor und zurück. Tina, der Wander-Engel. Ellen runzelte die Stirn. Sie wanderten heute doch nicht. Bevor sie die anderen dazu befragen konnte, fuhr ein Polizeiwagen vor. Ein Knöllchen für Tina? Nein, der Beamte und die Beamtin interessierten sich nicht für den Transporter oder seine Fahrerin. Zielstrebig gingen sie zum Hoteleingang.

»Was die wohl wollen?« Philipp verrenkte sich fast den Hals beim Versuch, um die Ecke zu linsen.

»Vielleicht hat ja ein Gast die Zeche geprellt.« Jette schaute gespannt in den Frühstücksraum, doch die Hotelchefin war nicht mehr zu sehen.

»Pst.« Philipp wollte lauschen.

Nicht nur er. Die ganze Gruppe war mit einem Mal still. Bis auf Florian. Er schob seinen Stuhl zurück und ging nach drinnen. Günther fuhr sich mit der Hand über den Kopf, rutschte vor, blieb aber sitzen und sah seinem Sohn mit gerunzelter Stirn nach. Machte er sich etwa Sorgen um ihn? Aber warum?

Ellen nahm ihre Tasse, erhob sich und ging ebenfalls ins Haus. Florian stand vor den Heißgetränken. Einen Teebeutel in der Hand, schaute er in den Flur. Sie stellte sich neben ihn, sodass auch sie sehen konnte, was da los war.

Die beiden Streifenpolizisten stoppten vor dem Büroraum des Hotels, die Chefin trat heraus und deutete auf das Zimmer schräg gegenüber, die Nummer drei. Das Zimmer von Jörg.

Man musste kein Gesichtleser sein, um ihren Mienen zu entnehmen, dass etwas Schlimmes passiert war. Ellen kannte diesen Ausdruck, den Blick, der ständig den Boden suchte, als wollte man sich versichern, dass wenigstens der noch da war.

Doch das war er nicht. Nicht, wenn jemand ging, den man geliebt hatte. Mit einem Klirren setzte sie ihre Tasse ab und schob sich in den Flur. »Was ist los? Ist was mit Jörg?«

Der männliche Beamte, der etwa zwanzig Jahre älter war als seine junge Kollegin, musterte sie. »Polizeikommissar Niemann vom Bezirksdienst Monschau. Und Sie sind?«

»Ich gehöre zu der Wandergruppe, mit der Herr Feldmann unterwegs ist.« Ellen nickte zu Tina, die zögernd auf sie zukam. »Unsere Tourleiterin.«

Polizeikommissar Niemann wandte sich um und blickte zwischen ihnen hin und her. »Ist Frau Feldmann auch hier?«

»Nein.« Ellen schüttelte den Kopf. »Sie müsste aber unterwegs sein. Sie wollte ihren Mann mit einem Besuch überraschen.«

»Wo ist der Rest der Gruppe? Dadrin?« Der Polizist spähte an Ellen vorbei in den Frühstücksraum.

»Zwei fehlen. Soll ich sie holen?« Mit der Polizistin im

Schlepptau ging Ellen zu Zimmer sechs und klopfte. »Sophie, Kevin?«

Als hätten die beiden darauf gewartet, dass jemand nach ihnen schaute, kam sofort eine Antwort. »Wir lassen das Frühstück aus. Danke.«

»Die Polizei ist hier. Kommt ihr bitte mit in den Frühstücksraum?«

»Die Polizei? Echt jetzt?« Die Tür öffnete sich einen Spalt. Kevin knöpfte an seinem Hemd herum, das er sich wohl gerade übergeworfen hatte. »Moment, wir sind gleich da.«

Die Tür fiel zu. Die Polizistin seufzte. Ellen wandte sich zu ihr um. Das braune Haar war zum Pferdeschwanz gebunden, und sie hatte einen breiten Mund, der garantiert gern lachte, aber nicht jetzt.

»Er ist tot, oder?«, sagte Ellen leise und ließ ihren Blick nicht von der jungen Beamtin. Die biss sich beinahe in die Lippe. »Herzinfarkt?«

Die Polizistin senkte den Kopf, hob minimal die Schultern. Bevor Ellen weiterbohren konnte, ging die Tür wieder auf.

Sophie sah sie mit großen Augen an. »Was ist denn?« Ihre Stimme bebte. Die Frau hatte definitiv zu viel Phantasie. Ihre Augen waren jetzt schon gerötet.

»Wenn Sie bitte mitkommen würden …« Die Stimme der Polizistin klang erstaunlich fest.

Im Frühstücksraum rückten sie sich Stühle zurecht. Polizeikommissar Niemann wartete, bis alle saßen, bevor er ihnen mitteilte, dass Jörg tot war.

»Etwa das Herz?«

»Aber wie denn? Und wo?«

»Nein, das kann nicht sein.«

Der Polizeikommissar hob die Hand und bat um Ruhe. »Ich spreche gleich mit jedem Einzelnen von Ihnen und möchte die anderen bitten, solange hier mit meiner Kollegin Frau Lellekins zu warten.« Er wandte sich an die Hotelchefin. »Kann ich Ihr Büro nutzen?«

»Ist das wirklich nötig?«

»Macht man so was nicht nur, wenn es sich um einen gewaltsamen Tod handelt?«

Erneut brach ein Tumult aus, und dieses Mal war es Günther, der die Gruppe beruhigte.

»Das ist Standardvorgehen, solange man nicht weiß, was passiert ist.« Er nickte dem Polizeikommissar zu. »Günther Stein, Richter a. D. Ich nehme an, Ihre Kollegen von der Kripo haben Sie gebeten, die Befragung zu übernehmen.«

»So ist es. Kommen Sie dann bitte als Erster mit, Herr Stein?«

Der Polizeikommissar und Günther verließen den Frühstücksraum.

»Wollen Sie sich nicht setzen, Frau Wachtmeisterin?« Philipp stand auf, um der Polizistin einen Stuhl heranzuziehen, doch die lehnte dankend ab, während Rita ihm zuzischte, dass die Frau einen Namen hatte.

»Ich versteh das nicht. Gestern ging es ihm doch gut.« Katja schluckte. »Hat ihn heute Morgen denn noch jemand gesehen?«

Jette, Rita, Philipp und Frieda schüttelten die Köpfe. Die Langschläfer überging Katja und schaute fragend zu Ellen.

»Nein, ich war mit Rita draußen.« Ellen schob sich die Haare hinters Ohr.

»Und da habt ihr Jörg nicht mitgenommen? Der ist doch auch so ein früher Vogel wie du, Rita.«

Katja klang beinahe vorwurfsvoll. Ellen konnte nur vermuten, dass sie es nicht so meinte.

Rita runzelte die Stirn und warf einen Blick auf ihre Uhr. »Ich denke, ich bin kurz nach fünf rausgegangen. Da war es noch dunkel, und bei ihm war alles still.«

»Wieso sollte er denn auch im Dunkeln spazieren gehen?« Philipp nickte zur Warmhaltekanne. »Außerdem würde Jörg immer erst einen Kaffee trinken.«

»Den hätte er sich auf dem Zimmer machen können.« Rita streckte ihr Kinn vor. »Und Angst im Dunkeln hat Jörg sicher auch nicht.«

»Nein, das nicht, aber er ist nachtblind.« Margot trat in den Raum. Schlagartig wurde es still. »Ist was passiert? Wo ist Jörg?«

Ihr Blick fiel auf die Streifenpolizistin, die einen Schritt auf sie zumachte. »Darf ich fragen, wer Sie sind?«

»Margot Feldmann. Wo ist mein Mann?«

»Einen Moment.« Polizeikommissarin Lellekins lief zum Büro. »Peter, kommst du mal?«

Ellen trat zu Margot und berührte sie sanft am Arm.

Margots Pupillen weiteten sich. »Ist ihm etwas zugestoßen? Liegt er im Krankenhaus? Hat er etwa im Dunkeln nach einem dieser Geocaches gesucht?«

ABSTURZ

Margot hielt sich tapfer, fand Ellen. Als ob es für sie einfacher wäre, wenn sie Jörgs Sachen um sich hatte, war Polizeikommissar Niemann mit ihnen auf Jörgs Zimmer gegangen, wo er ihr den Tod ihres Mannes mitteilte. Nach dem ersten Schock wollte sie Genaueres wissen, doch die Informationen, die der Polizist rausrückte, waren spärlich. Jörg Feldmanns Leiche sei am frühen Morgen unterhalb der Haller-Ruine gefunden worden. Obwohl er nur auf den Weg gefallen sein könne, sei der Sturz tödlich gewesen. Polizeikommissar Niemann wich zunächst aus, bevor er den Wegmarkierungsstein erwähnte, auf den Jörg gestürzt sein musste.

»Oh nein! Ist er etwa mit dem Kopf …?« Margot wurde leichenblass.

»Nein, etwas unterhalb des Kinns. Wir vermuten, dass er von oben, also von der Ruine, kam, aus irgendwelchen Gründen gestrauchelt und dann der Länge nach hingeschlagen ist. Da, wo der Aufstieg auf den Panoramaweg trifft.«

»Äußerst unwahrscheinlich«, bemerkte Ellen. »Auf den Kehlkopf fällt man nicht einfach so. Es ist ein Reflex, sich mit den Händen abzufangen.«

Der Polizeikommissar kratzte sich am Kopf. »Das hat er vielleicht versucht. Aber der Markierungsstein steht am Wegrand, und gleich dahinter ist ein Abhang.«

Und somit hatten Jörgs Hände ins Leere gegriffen. Was für eine fürchterliche Vorstellung. Ob er erstickt war? Rasch füllte Ellen ein Glas mit Wasser und reichte es Margot. Auch sie selbst musste durchatmen, spürte, wie ihr der Schweiß auf die Stirn trat.

»War er sofort tot?« Margot schloss die Augen, öffnete sie aber gleich wieder.

Der Polizist nickte.

Viel zu schnell, allzu bereitwillig. Alles, um die Hinterbliebenen zu beruhigen. Ellen kannte das. Genau so war es ihr vor acht Jahren ergangen. Acht Jahre. Sie schluckte, riss sich zusammen.

»Kann ich …? Muss ich …?« Margots Stimme klang brüchig. Sie schaute auf das Glas in ihren Händen, als wüsste sie nicht, was es war, das sie da hielt. Ein Ruck ging durch ihren Körper, das Wasser schwappte über, als sie das Glas absetzte. »Ich weiß nicht, ob ich das kann. Muss ich ihn identifizieren, oder kann das auch jemand anders machen? Kannst du?« Ihr Blick ging zu Ellen.

»Wir wissen ja, um wen es sich handelt.« Endlich reagierte der Polizeikommissar. Auch für ihn war das alles andere als eine alltägliche Situation.

Ellen deutete auf das zweite Glas und sah ihn fragend an. Er winkte ab. Also schenkte sie sich selbst einen Schluck ein.

»Wissen Sie, mein Mann und ich, wir hatten Probleme in der letzten Zeit. In unsere Goldschmiede ist eingebrochen worden, aber das war nicht alles. Es lief nicht mehr so zwischen uns wie am Anfang.« Margot schien sich gefangen zu haben. Sie war wohl der Typ, der reden musste, wenn sie unter Schock stand. Manche brachten keinen Ton heraus, andere schrien. Margot erzählte. Auch von ihrem Verdacht, dass ihr Mann eine Affäre hatte, und davon, dass sie deshalb kurzerhand eine Privatdetektivin damit beauftragt hatte, ihn auf dieser Wanderung zu überwachen.

Polizeikommissar Niemann horchte auf.

Margot lächelte schief und nickte. »Frau Engels, Ellen. Sie hat Jörg mit einer anderen Frau erwischt. Einer jüngeren Frau. Ich war erst stinksauer, aber dann habe ich gemerkt, dass ich mit Jörg reden möchte. Wir haben schon ganz andere Sachen zusammen durchgestanden.« Ihr Kinn zitterte. Sie wandte den Blick ab und guckte durchs Fenster, schien mit sich zu ringen.

»Meinen Sie, die andere könnte was mit seinem … damit zu tun haben?«, fragte sie schließlich, ohne Ellen oder den Beamten anzusehen. Doch bevor Polizeikommissar Niemann etwas erwidern konnte, fuhr sie fort. »Wenn nicht, könnten Sie das dann für sich behalten? Ich … ich bin mir sicher, wir hätten das wieder hinbekommen. Bitte nehmen Sie mir nicht auch noch unsere Liebe.«

Jetzt weinte sie. Polizeikommissar Niemann und Ellen schauten sich an. Warum rief er nicht jemanden hinzu, der wusste, wie man mit Menschen in Notfällen umging? Ellen wusste es nicht. Sie wusste nur, wie es sich anfühlte, wenn der Partner einem vor der Nase wegstarb.

»Alles Mögliche, nein, alles Unmögliche habe ich mir ausgemalt, als ich vorhin angekommen bin und die Polizei gesehen habe. Alles, aber nicht das.« Margot tastete nach den Papiertaschentüchern auf dem Nachttisch, zog eines aus der Packung und verbarg ihr Gesicht darin. »Können wir später weiterreden? Ich wäre jetzt gern allein«, klang es dumpf hindurch.

»Ja natürlich. Könnten Sie mir bitte noch sagen, wo Sie gestern Abend waren?«

»Zu Hause. Allein. Mein Wagen stand vor der Tür. Vielleicht hat ihn ja jemand gesehen.« Margot schluchzte.

»Danke erst mal.« Der Polizist trat in den Flur und bedeutete Ellen, ihm zu folgen.

Tröstend legte Ellen ihre Hand auf Margots Schulter und drückte sie. »Meld dich, wenn du was brauchst, ja?«

Margot nickte, und Ellen ließ sie schweren Herzens in Jörgs Zimmer zurück. Hoffentlich fand die Polizei schnell heraus, was genau passiert war. Unter Verdacht zu geraten war das Letzte, was Margot jetzt brauchte. Klar, gestern hatte sie mehrfach gesagt, dass sie Jörg umbringen würde, aber Ellens Erfahrung nach bissen Hunde, die bellten, tatsächlich nicht.

»Kommen Sie dann bitte mit?« Der Polizeikommissar marschierte in das Büro der Hotelchefin und wartete, bis Ellen die Tür hinter sich zugezogen hatte. »Sie sind also Privatdetektivin.« Er musterte sie.

Ellen kannte das und nickte nur.

»Dann erzählen Sie mal. Wer war seine Affäre? Hat Herr

Feldmann die Nacht mit ihr verbracht? Gab es einen Streit? Wann hat er das Hotel verlassen? War er allein oder in Begleitung?«

»Die Affäre war Sophie, Sophie Meyer. Zimmer sechs.« Ellen deutete zum Belegungsplan.

»Wollen Sie mich auf den Arm nehmen?« Der Beamte pochte mit dem Zeigefinger auf Kevins Namen.

»Soll ich Ihnen das Beweisvideo zeigen?« Sie berichtete ihm von dem heimlichen Kuss am späten Nachmittag gestern. Und war dann mit ihrem Latein schon am Ende. Verdammt! Wenn sie den Bewegungsmelder und die Webcam an Ort und Stelle gelassen hätte, dann hätte sie jetzt nachsehen können, wann Jörg das Hotel verlassen hatte. Lebendig machen würde ihn das allerdings auch nicht mehr, und ob er zu einem nächtlichen Rendezvous mit Sophie gewollt hatte, hätte die Kamera ihr ebenfalls nicht verraten. Ein Stelldichein im Dunkeln an der Haller-Ruine konnte sie sich beim besten Willen nicht vorstellen. Genauso wenig, dass Jörg und Kevin sich dort im Morgengrauen duelliert hatten. Ob Jörg seinen Rucksack dabeigehabt hatte? Dann hätte sie doch noch eine Chance, herauszufinden, wo er gewesen war. Das würde sie aber erst einmal prüfen, bevor sie noch etwas sagte, was sie in Schwierigkeiten brachte.

Ellen neigte sich vor. »Gestern Abend ist Herr Feldmann mit uns allen zurück ins Hotel gegangen. Hätte er zur Ruine gewollt, hätte er gleich vom Restaurant aus starten können. Es sei denn …«

»… er wollte nicht, dass jemand davon wusste. Dort im Dunkeln hochzugehen, auf solche Ideen kommen sonst allenfalls Jugendliche.« Der Polizeikommissar fuhr sich mit der Hand übers Gesicht, und Ellen sah ihm an, dass er sich ganz woandershin wünschte.

Mitfühlend blickte sie ihn an. »Wissen Sie schon, wann genau er gestorben ist?«

Müde zuckte der Beamte mit den Achseln und seufzte. »Wir sind um kurz nach halb sechs gerufen worden. Eine japanische

Touristengruppe wollte zum Sonnenaufgang zur Ruine und hat ihn entdeckt. Können Sie sich vorstellen, was da los war? Kaum hatten wir alle unten, kamen schon die Nächsten. Eine Katastrophe war das.«

Ellen nickte. Zügig beantwortete sie seine übrigen Fragen. Wie einer, der sich vom nächstbesten Felsen in den Tod stürzen wollte, habe Jörg nicht auf sie gewirkt. Sie habe Frau Feldmann gestern Abend über ihre Entdeckung informiert, woraufhin diese ihre Ankunft im Hotel für den nächsten Tag angekündigt habe. Auf ihre Frage, ob es Hinweise auf einen Kampf gebe, bekam Ellen keine Antwort. Hatte sie auch nicht wirklich erwartet. Sie teilte Polizeikommissar Niemann ihre Personalien mit und klärte ihn über ihre Undercover-Rolle in der Gruppe sowie ihren Decknamen auf.

Der Polizeikommissar seufzte erneut und sicher nicht zum letzten Mal am heutigen Tag. »Danke, das wär's erst mal. Schicken Sie mir bitte den Nächsten?«

Nachdem Ellen im Frühstücksraum Bescheid gegeben hatte, klopfte sie bei Margot. Jörgs Frau schien sich etwas gefangen zu haben. Jedenfalls hatte sie wieder Farbe im Gesicht, als sie ihr die Tür öffnete.

»Möchtest du, dass ich jemanden für dich anrufe, Margot? Oder mich zu dir setze?«

»Nein, ich …« Margot drehte sich halb zur Seite und machte eine Armbewegung ins Zimmer hinein, wo Jörgs Sachen herumlagen.

Offensichtlich suchte sie Trost darin. Ellen konnte das gut verstehen. Sie hatte sich vor acht Jahren an Patricks Sachen geklammert, als wäre es dadurch möglich, ihn wieder zum Leben zu erwecken.

»Sicher?«, fragte sie leise und sah Margot forschend an.

»Ja.« Margot hob den Kopf und erwiderte ihren Blick. »Ehrlich. Ich … ich brauche noch einen Moment.«

»In Ordnung. Ich bin auf meinem Zimmer, wenn was ist. Nummer sieben. Oder ruf mich an.« Behutsam schloss sie die Tür. Verdammte Scheiße. Der Tod war so ein Arsch. Warum hatte es Jörg aber auch im Dunkeln auf den Berg getrieben? Was hatte er da gewollt?

Sie sah zum Frühstücksraum. Sollte sie sich noch mal zu den anderen setzen? Ihnen erklären, wer sie wirklich war? Nein. Entschlossen straffte sie ihre Schultern. Sie wollte wissen, was der GPS-Tracker ihr verraten würde.

AUSSICHTSLOS

Erst als Philipp seine Hand auf ihren Unterarm legte, merkte Rita, dass sie gerade völlig abwesend gewesen war. Fragend sah sie ihren Mann an.

»Willst du wirklich nicht mitkommen?« Ausnahmsweise sprach er leise.

»Nein, geht ihr nur. Ich lege mich etwas hin.« So energisch wie möglich winkte sie zur Tür. Sie konnte ihn jetzt nicht um sich haben.

»Na gut.« Er stand auf, beugte sich noch mal zu ihr runter, gab ihr einen Kuss auf die Stirn und strich dann mit dem Daumen darüber. Das hatte er früher immer bei Frieda gemacht, wenn sie nicht hatte schlafen können.

Ritas Augen füllten sich mit Tränen. Rasch presste sie die Lider zusammen und wartete auf das Klacken der Tür. Endlich. Sie ließ sich ins Kopfkissen sinken, wischte mit dem Handrücken über die Wange und starrte an die Decke.

Jörg war tot. Sie schob die Hände auf den Bauch und atmete ein paarmal tief ein und aus. In letzter Zeit war sie nicht gut auf ihn zu sprechen gewesen. Wenn sie ehrlich zu sich selbst war, hatte sie sich im Stich gelassen gefühlt. Jörg hatte sie immer unterstützt. Und sie ihn. Gemeinsam hatten sie einen Kalender auf die Beine gestellt, Lesungen durchgeführt, sogar eine kleine Ausstellung in seinem Geschäft organisiert, in dem sie ihre Gedichte »funkelnd« in Szene gesetzt hatten. Er hatte sie um Texte für die Website der Goldschmiede gebeten, und sie hatte sie geschrieben, hatte sich inspirieren lassen von den Edelsteinen, dem Goldschmuck, hatte gerungen mit den Worten, und er hatte sie dafür bewundert. Für dieses Jahr hatten sie sich etwas Besonderes vorgenommen. Ein Buch. »Natur – verdichtet« oder

»EIFEL – GEhen durchs DickICHT«. Sogar einen Verlag hatte er dafür gewinnen können. Jörg kannte immer jemanden, der jemanden kannte. Alle hatten sich gefreut, und dann hieß es plötzlich, dass sich Geschichten besser verkaufen ließen. Naturprosa zu den Fotos. Vielleicht auch Märchen. Keine Lyrik. Das hatte ihr wehgetan. Weil auch die anderen in die gleiche Kerbe gehauen hatten. Jette, Katja, Florian. Sophie. Ja sogar Philipp. Nur Frieda und Günther hatten sich rausgehalten. Und ihre »Poesieschätze« hatten sie auch nie umgesetzt. Dabei war die Idee großartig, doch kurz darauf war Sophie aufgetaucht, und Jörg hatte sich um sie gekümmert, als wäre sie ein Rohdiamant, den es zu schleifen galt.

Auf der Wanderung hatte Rita mit ihm reden wollen. Sie und er, so wie früher. Ohne die anderen und vor allem ohne Sophie. Mein Gott, was hatte er diesem Kind nach dem Mund geredet! Märchen. Rita schnaubte. Das konnte er doch nicht ernst gemeint haben. Hatte Sophie denn nicht gemerkt, dass er das nur gemacht hatte, um sie einzuwickeln? Aber warum? Was hatte er von ihr gewollt?

Midlife-Crisis, hatte sie gedacht. Dass es doch immer das Gleiche war mit den Männern. Philipp hatte auch so eine Phase gehabt. Sie hoffte nur, dass er jetzt, wo er Rentner war, nicht wieder abrutschte. Abrutschte, sie kniff die Augen zusammen, bekam das Bild, das das Wort hervorgerufen hatte, aber nicht mehr aus dem Kopf. Sie schüttelte sich. Und wehrte sich nicht länger gegen die Tränen.

EDELSTEINE

Ellen hatte die Hand noch vom Klopfen erhoben, da ging die Tür schon auf, und Margot bat sie hinein.

»Setz dich doch.« Margot nickte zum Sessel am Fenster, zog sich selbst den Schreibtischstuhl heran, nur um ihn dann wieder wegzustellen. Offensichtlich brauchte sie Bewegung, fünf Schritte vor, fünf zurück. Mehr war nicht drin. »Danke, dass du gleich gekommen bist. Ich halte es allein gerade nicht aus.«

»Ist doch selbstverständlich.« Zögernd ließ sich Ellen nieder. Der Raum nahm nicht nur Margot die Luft zum Atmen. Es schien, als wäre er geschrumpft, was natürlich Unsinn war und sicher an dem Durcheinander lag, das hier herrschte. Mehr als am Morgen. Jetzt war auch die andere Betthälfte durchwühlt. Margots Handtasche stand auf dem zweiten Nachttisch, ihre Jacke hing über der Rückenlehne des Schreibtischstuhls.

»Gestern war ich noch so sauer auf ihn, dass ich ihn hätte umbringen können.« Margot blieb stehen und schluckte. »Und heute ist er tot … Ich fühle mich unendlich schlecht.« Sie lief wieder los. Bis zur Tür und zurück ans Fenster.

Ellen wäre am liebsten mitgelaufen. »Möchtest du vielleicht draußen ein paar Schritte gehen?«

»Nein.« Margot hielt neben dem Schreibtisch inne und atmete durch. »Entschuldige. Ich kann … Ich will nicht in den Ort.«

»Alles gut.« Ellen nickte ihr beruhigend zu.

»Ich frage mich die ganze Zeit, was er wohl auf diesem Berg gewollt hat. Mitten in der Nacht. Hat er nichts gesagt? Beim Essen oder als ihr zum Hotel zurückgekommen seid? Ihr wart doch alle zusammen essen, oder? Das hat er mir zumindest

geschrieben. Und dass er sich dann heute bei mir meldet …«
Margot biss sich auf die Unterlippe, kämpfte offensichtlich mit
den Tränen, drehte sich weg.

»Du hast heute Morgen erwähnt, dass er gern Geocaches
suchte. Auch im Dunkeln.«

Das würde zu den Daten des GPS-Trackers in Jörgs Rucksack
passen. Von kurz nach Mitternacht bis etwa halb zwei wiesen
die Koordinaten auf die Haller-Ruine. In der Zeit hätte er den
Cache längst gefunden haben müssen, hatte Ellen gedacht, aber
bestimmt war es im Dunkeln schwieriger. Danach führten die
Koordinaten durch den Wald zu einem Parkplatz in der Nähe
der Senfmühle, wo sie auch endeten. Ellen hatte gerade dorthin
laufen wollen, als Margot sich bei ihr gemeldet hatte.

Die wandte sich nun zum Tisch und nahm das Smartphone,
das dort lag. »Ja, das stimmt. Aber doch nicht nachts allein am
Berg. Und vor allem nicht ohne Handy!« Sie schluchzte auf.

»Ist das Jörgs Gerät? War das im Zimmer?« Ungläubig
blickte Ellen auf das Smartphone in Margots Händen. »Darf
ich mal sehen?«

Margot reichte es ihr.

Das Äußere stimmte. Rasch gab Ellen die PIN ein. Nur um
auf Nummer sicher zu gehen. Die Sperre wurde aufgehoben.
Es handelte sich eindeutig um Jörgs Telefon. War er tatsächlich
ohne losgegangen? Hatte er es vergessen? Wie hatte er ohne
Handy nach Caches suchen können? Sie sah sich die Apps
an. Sehr wenige, keine zum Geocaching. Ellen betrachtete das
Smartphone. Es sah recht neu aus. »Wann hat er sich das zu-
gelegt?«

»Nach dem Einbruch. Sein altes haben die Diebe mitgehen
lassen.«

»Hat er noch ein zweites besessen?« Fragend schaute Ellen
auf.

»Nicht dass ich wüsste.« Margot tupfte sich die Tränen weg.
»Ich versteh das nicht. Warum ist er nur da hoch?«

»Vielleicht hat ihn jemand dort hinbestellt? Jemand, der vor-
gegeben hat, Sophie zu sein.« Kevin könnte von der Affäre Wind

bekommen und Jörg ohne Weiteres von Sophies Handy eine Nachricht geschrieben haben. Einen Mord traute Ellen ihm zwar nicht zu, aber eine handgreifliche Auseinandersetzung? Ein gezielter Tritt gegen den Kehlkopf war als Todesursache doch viel wahrscheinlicher als ein Sturz auf einen Wegmarkierungsstein.

»Du meinst, jemand könnte ihn dort hingelockt und dann ...?« Margot nahm sich ein neues Taschentuch, putzte sich die Nase und setzte sich endlich. »Aber wer sollte das gewesen sein? Und warum?«

»Na ja.« Ellen hob die Schultern. »Es könnte zum Beispiel Eifersucht dahinterstecken.«

»Da wäre ich doch die Erste, die einen Grund hätte!« Margot fasste an den Ehering und kämpfte erneut mit den Tränen.

»Tut mir leid.«

»Schon okay.«

Bei Licht betrachtet war Kevin auch gar nicht der Typ, der seine Kämpfe bei Nacht und Nebel ausfocht. Auf Ellen hatte er den Eindruck gemacht, bei allem, was ihm quer saß, gleich mit der Tür ins Haus zu poltern.

»Ich muss wissen, was passiert ist.« Margot stand auf und nahm ihre Wanderung durch das Zimmer wieder auf. »Sonst werde ich wahnsinnig.«

Ellen nickte. Das ging ihr genauso. »Was dagegen, wenn ich mir sein Handy näher anschaue?«

»Nein, nur zu.«

Erneut entsperrte Ellen das Gerät. Keine Nachrichten oder Telefonate in der Nacht. Das wäre ja auch zu schön gewesen. Überhaupt sah der gestrige Tag ereignislos aus: am Morgen eine Nachricht von Margot, am späten Nachmittag eine von ihm an sie, in der stand, dass sie Monschau erreicht hätten und jetzt essen gingen. »Wird bestimmt spät. Ich meld mich morgen wieder«, das war die letzte Nachricht, die rausgegangen war. Margot hatte mit »Viel Spaß!« und einem Herzsymbol geantwortet. Danach nichts mehr.

Ellen öffnete die Kontakte. Rita war eingetragen. Genauso

wie Sophie. Keiner der Männer. Und auch keine Jette, Katja oder Frieda. Sie sah sich die Nachrichten an, die Jörg mit Sophie ausgetauscht hatte. Meist war es dabei um das Buchprojekt gegangen – Vorschläge von Sophie, auf die Jörg in der Regel mit einem Daumen-hoch-Symbol reagiert hatte, ab und an auch mal mit einem kurzen Text (»interessant«, »das sollten wir in der Gruppe besprechen«, »lass uns darüber reden«). Telefoniert hatten sie selten. In der Woche vor der Wanderung hatte Sophie es einige Male vergeblich bei Jörg versucht. Und er hatte sie nicht wieder antelefoniert.

Zurück zur Anrufliste. Ellen reichte Margot das Gerät. »Ist da jemand dabei, den du nicht kennst?«

Margot las die Namen und schüttelte den Kopf. Die einzige Nummer, der kein Kontakt zugeordnet war, identifizierte sie als die der Versicherung.

Ellen ließ sich das Handy zurückgeben. Jörg hatte Komoot genutzt. In dem Routenplaner fand sie die Eifelsteig-Etappen, die die Gruppe gehen wollte, verschiedene Rundwege in und um Monschau, darunter einige, die über die Haller-Ruine führten. Auch hier gab es keine Überraschung. Zum Schluss rief Ellen Jörgs Facebook-Account auf und konnte zwischen zwei Konten wählen. Das eine war die Seite der Goldschmiede, das andere sein persönliches Profil, das er aber so gut wie nicht befüllt hatte. Sie wechselte zum Facebook-Messenger. Eine Nachricht letzte Woche an »bluesky37«. »Keine Sorge. Ich habe die Dias immer bei mir. Todsicheres Versteck. Darin fallen sie keinem auf.«

Ellen runzelte die Stirn. »Hat Jörg fotografiert? Weißt du von irgendwelchen Dias?«

»Dias?« Margot starrte sie an.

»Sagt dir ›bluesky37‹ etwas?« Ellen klickte auf den Account, doch dort befanden sich weder Bilder noch Beiträge. Sie würde ihre IT-Expertin bitten, sich den »blauen Himmel« mal genauer anzuschauen, aber vermutlich endete diese Spur hier. Falls es denn eine war. Ellen war sich sicher, dass es Jörg nicht um Bilder für eine Diashow gegangen war. Warum hätte er die auch verstecken sollen? Nein, »Dias« musste ein Codewort für die gestohlenen Diamanten sein.

»Dias wie Diamanten? Aber das kann nicht sein.« Margot schien zu dem gleichen Schluss gekommen zu sein. Nervös fingerte sie an ihrem Ehering herum. Nagelringe trug sie heute keine.

»Ich weiß, dass du dir das nicht vorstellen kannst, aber könnte Jörg den Einbruch vorgetäuscht haben?«

»Um doppelt zu kassieren?« Margot ließ sich aufs Bett sinken. »Ich ... nein ... Dann müsste er die Diamanten irgendwo versteckt haben, müsste sie verkaufen. Und das, ohne dass ich es merke?«

»Wenn er sie nicht schon verkauft hat. Unter der Hand. Er könnte natürlich auch einen Komplizen haben. Fällt dir dazu jemand ein? War er mal länger weg?«

Hilflos hob Margot die Schultern. »Dass er ständig mit denen vom Verein zusammengesessen hat, habe ich dir ja schon erzählt. Er wollte um jeden Preis auf diese Wanderung, richtiggehend beharrt hat er darauf, obwohl wirklich wichtige Termine anstanden nach dem Raub.«

Sie sahen sich an.

»Und wenn er sie gestern Nacht verkaufen wollte und dabei etwas schiefgegangen ist?« Ellen schaute zum Koffer. »Ich nehme nicht an, dass die Steine hier sind, aber nachsehen sollten wir trotzdem. Darf ich?«

»Ja bitte.« Margot blieb zusammengesunken hocken und nickte zu Jörgs Gepäck hinüber.

Ellen trat zum Koffer und leerte ihn systematisch, bevor sie das Gepäckstück als solches abtastete. Danach durchsuchte sie das Hotelzimmer. Wie erwartet fand sie weder Diamanten noch Geld. Sein Tagesrucksack und die Kleidung, die er beim Abendessen angehabt hatte, fehlten.

»Diese Sophie ...« Margot schluckte. Sie blickte aus dem Fenster. »Hat sie Geld? Es hörte sich nicht so an. Vielleicht hat sie ihm den Kopf verdreht in der Hoffnung, dass er ihr ...«

»... ein paar Brillis schenkt?« Ellen zog die Augenbrauen

hoch. »Aber doch sicher nicht diese Steine. Um wie viele Diamanten geht es eigentlich? Und sind sie roh oder geschliffen?«

»Insgesamt zwanzig, alle geschliffen, zwischen einem und zwei Karat.«

Ellen pfiff leise. »Nicht schlecht. Da kommt ein bisschen was zusammen. Lass mich raten, eine halbe Million?«

»Etwa die Hälfte.« Mit geröteten Augen sah Margot Ellen an. »Bitte, kannst du nach den Steinen suchen? Der Gedanke, dass Sophie … Ich muss das ausschließen können. Unter den Sachen, die er … die er dabeihatte, waren die Steine ja nicht.«

»Was ist mit seinem Tagesrucksack und den Dingen, die darin waren? Seinem Loslass-Beutel? Das ist so ein kleines Jutesäckchen.«

»Nichts. Und ganz sicher waren da keine Diamanten. Sonst hätte die Polizei doch was gesagt. Die haben nur nach seinem Handy gefragt, als sie vorhin noch mal mit mir gesprochen haben.«

»Wollten sie es nicht mitnehmen?« Ellen runzelte die Stirn.

»Ich habe es erst danach entdeckt.« Erschöpft strich sich Margot die Haare hinters Ohr. Sie räusperte sich. »Machst du weiter?«

Vom Flur her drang Ritas Stimme zu ihnen. »Lasst uns alle zusammentrommeln! In fünf Minuten im Frühstücksraum!«

»Bitte«, flüsterte Margot.

Ellen nickte. »Hast du Fotos von den Steinen? Größe, Gewicht?«

»Schick ich dir. Danke, dass du dranbleibst.« Margot stand auf.

Auch Ellen erhob sich. Sie reichte Margot Jörgs Smartphone. »Sag der Polizei lieber, dass ich das Handy gefunden habe. Sonst wundern die sich womöglich über meine Fingerabdrücke.«

Ärger mit der Polizei hatte sie oft genug. Wenn sie ihn vermeiden konnte, war ihr das nur recht.

GRUPPENDISKUSSION

Schon auf dem Flur war die Gruppe zu hören. Die Diskussion, ob sie weitergehen oder abbrechen sollten, schien eröffnet. Also waren vermutlich alle anwesend. Was hieß, dass die Gelegenheit günstig war. Ellen lief auf ihr Zimmer, griff nach dem Technikbeutel, warf einen Pulli über ihren Arm, der den Beutel verbarg – für den Fall, dass ihr doch jemand aus der Gruppe begegnete –, und schlich zu Zimmer sechs. Der Bewegungsmelder war rasch installiert. Für die Webcam ließ sich leider kein geeigneter Platz finden. Sie prüfte die Tür. Nicht so leicht zu öffnen, schade.

»Ellen?«

Sie ließ den Pulli fallen, bückte sich und hob ihn wieder auf. Vor ihr stand nicht etwa Günther, wie sie gedacht hatte, sondern Florian. Die Stimmen der beiden ähnelten sich sehr. Die von Florian klang vielleicht ein bisschen rauer. Er musterte sie.

An ihren Schläfen prickelte es. Sie spürte die Hitze, ihr Herz klopfte. Die ersten Schweißperlen bildeten sich unter seinem Blick, der auf ihrer Stirn ruhte, als hätte er noch nie jemanden schwitzen gesehen. Was durchaus sein konnte, da Frauen und Schweiß ja nicht zusammenpassten. Ellen richtete sich auf.

Sie deutete auf ihre Stirn. »Schweiß. Dient der Temperaturregulierung. Macht der Körper von allein. Bei körperlicher Anstrengung, Stress, hormonellen Schwankungen im Rahmen der Menstruation, einer Schwangerschaft oder der Wechseljahre. Multiple Choice.«

Ohne die Miene zu verziehen, nickte Florian. »Ist es sehr unhöflich, wenn ich das Kreuz bei Wechseljahre mache?«

Interessiert betrachtete Ellen ihn. Florian war einer dieser jungenhaften Männer. Zweiundvierzig, von Weitem zweiundzwanzig. Verwuscheltes dunkles Haar, eckige Brille. Wenn sie hätte raten müssen, hätte sie auf IT-Nerd getippt. Mittelalter also. So wie sie. Sie musste lachen.

Gemeinsam gingen sie zu den anderen. Ellen setzte sich zu Tina, die allein an einem der hinteren Tische Platz genommen hatte. Florian folgte ihr, hockte sich aber an den Tisch daneben, sodass er unmittelbar hinter Sophie saß, die daraufhin sofort so weit zur Seite rückte, wie es die Wand erlaubte.

Ellen runzelte die Stirn. Wo steckte eigentlich Kevin? War er etwa im Zimmer gewesen, als sie den Bewegungsmelder angebracht hatte? Nur gut, dass sie nicht versucht hatte, die Tür zu öffnen.

»Es gehört sich einfach nicht«, sagte Jette, die mit Katja und Sophie am Tisch saß.

»Was wäre denn besser daran, wenn wir zu Hause wären?« Frieda warf Jette einen fragenden Blick zu, bevor sie sich an alle wandte. »Jörg hat sich auf die Wanderung gefreut. Er hat viel Arbeit in die Planung gesteckt. Ein Abbruch würde bedeuten, dass das alles umsonst war. Überlegt doch mal. Er war unser Schatzmeister. Geld, das wir nicht wiedersehen … Ich glaube, ich brauche euch nicht zu sagen, wie sehr ihn das schmerzen würde.«

»Und was für ein Schatzmeister er war …« Philipp schaute zu Günther, doch der reagierte nicht. Philipp zuckte mit den Achseln. »Aber stimmt schon. Wenn wir die Tour abblasen, ist das Geld für die Buchungen futsch. Und ums Buch wäre es auch schade, wo wir doch schon einen Verlag haben.«

»Das Buch könnten wir trotzdem machen. Auch ohne die Wanderung.« Jette stand auf und holte sich ein Glas Wasser. »Sonst noch jemand?«

»Das wäre aber nicht das Gleiche«, insistierte Philipp.

»Ohne ihn wird es das sowieso nicht.« Jette setzte sich wieder.

Ein bedrücktes Schweigen breitete sich aus.

Frieda räusperte sich. »Was haltet ihr davon, wenn wir morgen alle zusammen zur Haller-Ruine gehen und anschließend ins Brackvenn fahren würden? Es ist ungeheuer tröstlich dort. Vielleicht taucht bis dahin ja auch Jörgs Loslass-Beutel wieder auf. Dann könnten wir dort eine kleine Zeremonie abhalten.«

Jemand schluchzte auf. Sophie. Sie verbarg das Gesicht in ihren Händen. Philipp und Günther warfen sich einen Blick zu, den Ellen nur als zweifelnd deuten konnte. Rita wirkte grimmig, schwieg aber weiter beharrlich, während Katja sich die Nase putzte. Sie zerknüllte das Taschentuch und sah nicht auf, als sie sagte, dass sie abreisen wolle. Jette legte ihre Hand auf Katjas Unterarm und nickte. »Wir gehen nicht weiter.«

Philipp holte tief Luft.

»Bitte brecht nicht ab.« Margot trat in den Raum und sah von einem zum anderen. Ihr Kinn bebte. Sie schluckte, bevor sie weitersprach. »Jörg hätte gewollt, dass ihr weiterwandert und das Buch macht.«

Katja wischte sich die Tränen aus dem Gesicht und versuchte, sich zusammenzureißen. Margot zuliebe. Ihr Mitgefühl konnte Ellen förmlich greifen, so dick waberte es Jörgs Frau entgegen.

Anders verhielt es sich bei Rita. Sie stand zwar auf und bot Margot ihren Stuhl an, wirkte aber wie versteinert. Margot schüttelte den Kopf, auch als Philipp ihr einen freien Stuhl hinstellte und sich dann rasch wieder auf seinen Platz hockte, die Finger faltete und den Kopf senkte, als wären sie schon bei Jörgs Beerdigung.

Günther und Frieda zählten zu den wenigen, die Margot offen ansahen. Ellen zollte ihnen innerlich Respekt und ließ ihren Blick zu Florian wandern. Ein Beobachter. Wie sie. Nur dass sie nicht Teil der Gruppe war, während er dazugehörte.

»Welchen Namen hat Jörg beim Geocaching verwendet?« Florian schob die Brille auf der Nase nach oben und wandte sich halb an Margot, halb an die Gruppe. »Ich habe mal nach den Caches hier geschaut und …«

»Du hast was?« Günther war nicht laut geworden, das hatte er auch gar nicht nötig. Richterlich scharf war garantiert effektiver – wenn es sich nicht um den eigenen Sohn handelte.

Der schien auf diesem Ohr taub zu sein und schaute weiterhin wartend in die Runde.

»Was meinst du damit?« Margot stand ganz still. Während sich die anderen zu Florian umgedreht hatten, hatte sie sich nicht gerührt. Nur ihre Augen hatten sich geweitet.

»Wenn wir wissen, welchen Namen er benutzt hat, können wir gucken, ob er den Cache gefunden hat. Man trägt sich ein.« Florian lehnte sich zurück. »Nur ein Gedanke.«

Margot sah an ihm vorbei aus dem Fenster. »Ich fahre jetzt. Jeder, der weitergehen will, für sich, für das Buch, der macht das bitte, ja? Und wer nicht will, der bricht ab.«

Mit einem tadelnden Blick auf Florian stand Jette auf, trat zu Margot und nahm sie in den Arm. »Katja und ich, also, was hältst du davon, wenn wir dich begleiten? Ich kann gern fahren.«

Margot schaute zu Rita, dann zu Günther.

Der nickte. »Wir führen die Tour fort.«

»Und wir machen das Buch«, sagte Rita leise, ohne aufzusehen.

»Danke.« Flankiert von Katja und Jette verließ Margot den Raum.

»Keine Ursache«, brummelte Philipp.

»Da waren es nur noch acht«, sagte Florian zu Sophie. »Es sei denn, du und dein Mann, ihr reist auch ab.«

Ellen rieb sich die Stirn. Aus Florian wurde sie nicht schlau. Machte es ihm Spaß, die anderen zu provozieren?

»Wir gehen weiter.« Sophies Stimme klang dünn, aber entschlossen.

Überrascht musterte Ellen die jüngere Frau. Aus Sophie wurde sie offenbar ebenso wenig schlau.

AN DIE ARBEIT

Ellen half Margot, Jörgs Sachen ins Auto zu laden. Als die Hotelchefin hinzukam, verabschiedete sie sich, lief zum Eingang und passte Jette und Katja ab.

»Eine gute Heimfahrt. Soll ich den Zimmerschlüssel für euch abgeben?« Ellen deutete auf den Schlüssel in Jettes Hand.

»Das wäre nett.« Jette gab ihn ihr und küsste sie auf beide Wangen. »Alles Gute.«

»Euch auch.« Mit dem Schlüssel in der Hand betrat Ellen das leere Büro.

Die Zimmerschlüssel lagen in schmalen Fächern in einem Regal über dem Schreibtisch. Sie nahm den Zweitschlüssel für Zimmer sechs und ließ ihn in ihrer Hosentasche verschwinden, bevor sie den von Jette auf den Schreibtisch legte. Wenn die anderen in den Ort gingen, würde sich Ellen Sophies und Kevins Zimmer vorknöpfen. Zufrieden begab sie sich zurück in den Frühstücksraum, wo der Rest der Truppe gerade darüber debattierte, wann sie zum Abendessen losgehen wollten.

»In fünf Minuten vorm Hotel?« Philipp stand auf.

»Das sind ja Rentneressenszeiten. Da hat doch noch keine Restaurantküche auf.« Florian fuhr sich mit der Hand durch die Haare. »Außerdem muss ich noch was arbeiten. In einer Stunde?«

Philipp schob seinen Stuhl an den Tisch. »Die servieren hier durchgehend. Und arbeiten kannst du auch danach noch.«

»In einer halben Stunde am Eingang?« Frieda, die Friedliche.

Ellen wunderte sich immer wieder, wie oft Namen zu ihren Trägern passten. Nomen est omen. Na ja. In ihrem Fall eher weniger.

»Ich passe heute.« Ellen nickte in die Runde und beeilte sich, den Raum zu verlassen, solange die anderen noch erstaunt guckten.

Auf ihrem Zimmer rief sie zuerst ihre IT-Expertin an und bat sie, mehr über Sophie und Kevin in Erfahrung zu bringen und sich Jörg sowie diesen ominösen »bluesky37« genauer anzuschauen. »Und bitte beeil dich, Uta. Bis morgen früh, ja? Dafür kannst du dir mit dem Stick Zeit lassen, den ich dir geschickt habe.«

Uta lachte. »Zeit lassen? Ellen, du wirst alt.«

»Nur wenn ich nicht endlich mal wieder eine Nacht durchschlafe. Wie war das eigentlich bei dir?«

»Fragst du mich das im Ernst? Dir muss es wirklich schlecht gehen. Wer hätte gedacht, dass ausgerechnet dich die Wechseljahre so beuteln.«

Da konnte Ellen nur aus vollem Herzen zustimmen. Uta rauchte, bewegte nur ihre Finger schnell, schlief nie vor zwei Uhr nachts – weshalb sie auch keine schlaflosen Nächte hatte, während Ellen durch den Leistungssport schon früh auf ihren Körper achtgegeben hatte. Jedenfalls so, wie man es vor dreißig Jahren gemacht hatte.

Uta versprach ihr, die Infos noch in der Nacht zu senden, und sie verabschiedeten sich. Ellen prüfte den Bewegungsmelder. Alles ruhig vor Zimmer sechs. Bis die anderen zum Abendessen aufbrachen, würde sie ihre Nachtwanderung planen. Sie nahm das Tablet, rief die Daten des Mini-GPS-Trackers auf und schaute sich die Stelle, wo der Rucksack beziehungsweise der Tracker sein musste, auf der Karte an. Hatte Jörg die Diamanten im Rucksack gehabt? Vielleicht eingenäht? Um ein Uhr trifft er sich, tauscht die Edelsteine gegen Geld. Der Diamantendealer nimmt den Rucksack mit den Steinen und verschwindet über den Waldweg zum Parkplatz an der Senfmühle. Kurz bevor er dort ankommt, entdeckt er den Tracker und wirft ihn weg. Oder aber er nimmt die Diamanten aus dem Rucksack und entsorgt das Teil. Dass Jörg erst an der Haller-Ruine auf jemanden gewartet hatte, dann Richtung Parkplatz gelaufen war, den Rucksack dort deponiert hatte und wieder zur Ruine gerannt war, hielt Ellen für mehr als unwahrscheinlich, doch Spekulationen halfen ihr nicht weiter. Hoffentlich würde ihr der nächtliche Ausflug neue Erkenntnisse liefern.

Im Flur waren Stimmen zu hören, Türen fielen zu. Die Gruppe brach zum Abendessen auf. Nebenan klopfte jemand. Der Bewegungsmelder sprang an. Wahrscheinlich waren Sophie und Kevin wieder mal spät dran, und die anderen wollten los. Ellen ging zur Tür und lauschte.

Glücklicherweise hatte die Gruppe Philipp geschickt. Seine Stimme war gut zu hören. Wie sie sich schon gedacht hatte, war er gekommen, um die beiden zu holen. Sophie war etwas schlechter zu verstehen, doch durch Philipps Nachfragen vernahm Ellen auch, was sie sagte. Sie fühle sich nicht gut und wolle auf dem Zimmer bleiben. Ellen seufzte. Damit konnte sie ihren Besuch nebenan vergessen. Es sei denn, das Pärchen hatte etwas anderes vor und Sophie war in Wirklichkeit gar nicht übel.

»Was will er?« Philipp lachte ungläubig auf.

Sophies Antwort war erneut unverständlich.

»Schuhe holen?«, blökte Philipp. »Ich fass es nicht.«

Hatte sie richtig gehört? Ellen rieb sich das Ohr. Kevin war gar nicht auf dem Zimmer, sondern unterwegs, um sich andere Schuhe zu besorgen? Möglich wäre es. Er hatte ja gestern schon über Blasen geklagt, und seine Sneaker waren nur bedingt zum Wandern geeignet.

Philipp verabschiedete sich, und Ellen ärgerte sich. Zu dumm, dass sie jetzt erst von Kevins Ausflug erfahren hatte. Sie wäre ihm gern gefolgt. So ein Mist aber auch!

Hangry, wie sie war, machte sie sich erst mal was zu essen. Instantnudeln. Mehr gaben ihr Standardproviant und das Hotelzimmer nicht her.

Nach dem kargen Mahl holte Ellen ihr Strickzeug aus dem Koffer und setzte sich damit in den Sessel vor dem Fenster. Während sie strickte und darauf wartete, dass es dunkel wurde, überlegte sie, wo Jörg die Steine aufbewahrt haben könnte. Ein doppelter Boden im Rucksack? Aber dann hätte er den doch sicher zum Abendessen am Montag mitgenommen und nicht auf dem Zimmer liegen lassen, wie die GPS-Daten sagten. Ellen fluchte. Was mochte Jörgs »todsicheres Versteck« sein? Zwanzig Steine zwischen etwa sechs und neun Millimetern konnte man leicht verstecken. An einer Nadel im Heuhaufen konnte man sich wenigstens pieksen und sie so zufällig finden. Na ja, Heu stach auch, und Zufälle kamen einem eh nie zu Hilfe. Falls Jörg die Diamanten tatsächlich in der Nacht verkauft hatte, waren sie jetzt über alle Berge. Doch wo war dann das Geld? Hatte der Diamantenkäufer Jörg reingelegt und ihn danach umgebracht?

Oder war Sophie »bluesky37«? Aber warum gab es dann nur die eine Nachricht? Interpretierte Ellen zu viel in Jörgs Worte hinein? Sie schüttelte den Kopf. Alles andere ergab noch weniger Sinn. Für ein nächtliches Rendezvous der beiden hätte Sophie sich doch bloß in Jörgs Zimmer zu schleichen brauchen. Oder wenn ihnen das zu riskant gewesen wäre, dann hätten sie sich auch fünfzig Meter ortsauswärts an der Rur verabreden können, im Wald. Wozu auf den Berg hochklettern und sich an der Ruine treffen?

Der Bewegungsmelder piepte. Ellen sprang auf, lief zur Tür, presste ein Ohr dagegen. Hörte, wie jemand gegen eine Tür klopfte.

»Sophie?«

Das war Kevins Stimme. Er war zurück. Sophie ließ ihn hinein.

Ellen horchte noch eine Minute, aber da es im Gang still blieb, setzte sie sich wieder.

Keine zehn Minuten später schlug der Bewegungsmelder erneut an, und Ellen bezog ein zweites Mal Position an der Tür. Schritte kamen näher, gingen vorbei, dann wünschten sich Günther und Florian eine gute Nacht. Türen wurden aufgeschlossen, fielen zu. Ruhe kehrte ein. Behutsam öffnete Ellen ihre Tür. Weiter vorn klapperte noch jemand an seinem Schloss herum. Dann hatte es wohl auch der oder die Letzte ins Zimmer geschafft. Ellen zog sich wieder zurück.

Draußen dämmerte es. Ob Sophie und Kevin ihr Zimmer

heute noch verließen? Vermutlich nicht. Ellen würde bis Mitternacht warten. Dann schliefen hoffentlich alle tief und fest, während sie Erhellung im Dunkeln suchen würde.

Ellen nahm ihre Stricksachen zur Hand und fragte sich, warum die Ränder dieses Schals so schief aussahen. Wie ein Sinnbild für ihre Beziehung mit Max. Was auch immer sie miteinander hatten, es war definitiv in Schieflage. Die Tatsache, dass sie sich davor drückte, sich bei ihm zu melden, half auch nicht gerade. Aber wenn sie einen Fall hatte, dann tauchte sie ab. Da konnte sie niemanden gebrauchen, der ihre Gefühle durcheinanderbrachte.

NÄCHTLICHE SCHATZSUCHE

Müde ließ Ellen das Strickzeug sinken. Die Stille im Hotel wirkte einschläfernd. Da half auch kein Klappern mit den Nadeln mehr. Gähnend legte sie ihren Schal-in-the-making beiseite, ging zur Tür und lauschte in den Flur. Nichts zu hören. Ob die um kurz nach elf tatsächlich schon alle schliefen? Sollte ihr recht sein.

Sie beschloss, sich auf den Weg zu machen. Je eher sie loskam, desto schneller würde sie hoffentlich den Rucksack mit dem Tracker finden und umso früher – haha – wäre sie im Bett.

Dunkle Hose, dunkler Hoodie. Eine finstere Gestalt war sie, als sie sich aus dem Hotel schlich und Richtung Stadtmitte lief. Erst in sicherer Entfernung blieb sie stehen und warf einen Blick zurück. In keinem der Hotelfenster, die zur Straße zeigten, brannte Licht. Rasch rannte sie weiter, überquerte den Fluss und nahm schließlich die Treppen, die so viele Touristen hinaufkraxelten – erst zur Aussichtsplattform, wo sie sich wieder umsah. Die Beleuchtung der Burg auf dem Berg gegenüber war noch an, genauso wie der Strahler, der auf die Haller-Ruine gerichtet war. Wobei »Strahler« das falsche Wort war. Sonderlich hell schien er nicht. Durch die Büsche, die den Aufgang fast schon zuwucherten, fiel jedenfalls kein Licht. Von unten drang das Rauschen der Rur herauf, erstaunlich laut, wenn man bedachte, wie hoch über ihr Ellen war.

Sie wandte sich dem schmalen Pfad zu, der sie zu der Stelle führte, wo Jörg gefunden worden war. Tatsächlich war er abgesperrt. Genau wie der Weg hinauf zur Ruine. Ellen nickte zufrieden. Nicht dass sie damit rechnete, dass jemand um die Uhrzeit hier herumlief, aber so würde sich wohl auch kein mondsüchtiger Tourist auf der Jagd nach dem besten Schnappschuss hierherverirren. Sie stieg über das Flatterband und nahm zunächst den Pfad am Hang entlang.

Leider waren die GPS-Koordinaten nicht so präzise, dass sie schritt- und trittgenau verzeichneten, wo Jörg beziehungsweise sein Rucksack sich befunden hatte. Ellen wusste nur, dass er sich eine gute Stunde im Bereich der Ruine aufgehalten hatte. Bei Tag ein normaler Zeitraum, um einen Ort zu besichtigen, die Aussicht zu genießen, Fotos zu schießen. Einen Cache zu suchen. Aber nachts?

Ellen schob sich an einem Busch vorbei, dessen Zweige über den Weg ragten und zurückschnellten, als sie vorübergegangen war. Blätter raschelten. Ein paar Kieselsteine rollten den Hang hinunter. Sie blieb stehen, lauschte. Knackte es da hinter ihr etwa? Sie guckte sich um. Da war nichts und niemand. Wahrscheinlich hatte sie irgendein Tier geweckt, als sie den Busch passiert hatte. Langsam bewegte sie sich weiter.

Zwei, drei Meter vor ihr schimmerte ein Stein im Mondlicht. Als sie näher kam, erkannte sie, dass es sich dabei um eine Wegmarkierung handelte, dahinter ein steiler Stich – eine Abkürzung nach oben zur Turmruine. War das der Stein, auf den Jörg so unglücklich gefallen war? Vermutlich. Ellen schaltete ihre Taschenlampe ein und ließ das Licht über den Stein wandern. Ihm war nichts anzusehen. Aber was war das für ein Fleck auf dem Stück Schiefer etwa einen halben Schritt daneben? Ziemlich klein, rötlich. Das sah verdammt noch mal nach Blut aus.

Ellen schaute sich genauer um, entdeckte weitere Blutflecke auf dem Stich nach oben und folgte ihnen an dem Abzweig zur Ruine vorbei zu dem Weg, der in den Wald führte. Die Tropfen häuften sich. An einer Biegung verließen sie den Weg. Ellen kletterte über die Böschung. Hinter einem Busch fand sie den Ursprung der Spur. Hier hatte jemand ziemlich heftig geblutet. Sie starrte auf den Fleck. Wie passte das damit zusammen, dass Jörg weiter unten gestorben war? Durch den Sturz auf den Wegmarkierungsstein. Von weiteren Verletzungen war nicht die Rede gewesen. Weil sie nicht tödlich gewesen waren?

Ellen inspizierte ihre Umgebung. War das der Platz, an dem

die Diamantenübergabe stattgefunden hatte? Nicht auf dem Weg, sondern etwas versteckt, für den Fall, dass doch jemand in der Nacht hier herumlief? Hinter der Turmruine, sodass das alte Gemäuer als Sicht- und Hörschutz zum Ort hin fungieren konnte? Aber was war dann passiert? Hatte der andere Jörg verarscht? Der geht daraufhin auf ihn los, will die Diamanten zurück, verletzt sich, haut ab, stürzt unglücklich und stirbt? Kampfspuren konnte sie allerdings keine entdecken. Konnte das Blut vom Diamantendealer stammen? Jörg verletzt nicht sich, sondern den Dealer, läuft mit den Diamanten davon, der andere folgt ihm, Jörg stürzt, stirbt, der Dealer schnappt sich die Diamanten und verschwindet?

Ein Geräusch riss Ellen aus ihren Überlegungen. Steine knirschten leise, das klang nicht wie ein Tier, da vorne ging jemand. Ellen schaltete die Lampe aus und lauschte.

Es war still. Zu still. Hatte derjenige, der da unterwegs war, den Lichtschein bemerkt und lauschte nun seinerseits? Ellen sah zum Weg und wünschte sich nicht zum ersten Mal Röntgenaugen. Augen, die im Dunkeln sehen, die Blätter, Felsen, Baumstämme problemlos durchdringen konnten. Die um die Ecke blicken und ihrem inneren Auge ein Radarbild der Umgebung liefern würden.

Rechts von ihr raschelte es. Ein Tier. Sie wartete, doch es blieb ruhig. Als würde sie ihre Tai-Chi-Übungen machen, bewegte sie sich schließlich im Zeitlupentempo weiter, zurück auf den Weg, der an der Ruine vorbeiführte. Die Arme wie einen Fächer öffnen, das Knie streichen, die Mähne des Wildpferds teilen. Hinter jedem Baumstamm konnte sich jemand verbergen, hinter jedem Felsen jemand hocken.

Als sie die Ruine passiert hatte, blieb sie erneut stehen. Der Weg machte einen Knick und verlief am Hang entlang weiter bergauf. Geradeaus fiel das Gelände steil ab. Sie bemerkte einen Trampelpfad, der dicht an der Turmruine vorbei und vermutlich wieder zur Vorderseite führte. Falls er nicht völlig zugewachsen war. Eine nicht einsehbare Stelle. Ein ausgezeichnetes Versteck. Oder eine perfekte Falle?

Ellen hob ein paar Steine auf und warf sie in den dunklen Zwischenraum.

»Hey!« Eine Männerstimme.

Verdammt, das klang nach Günther. Günther oder Florian. Ellen schaltete die Taschenlampe ein und hielt sie auf die Lücke zwischen Geländer und Gestein, in der jetzt Florian auftauchte. Die Hand hatte er schützend vor die Augen gelegt. Noch hatte er sie nicht erkannt.

»Was machst du denn da?« Ellen senkte die Lampe etwas ab.

»Wer …? Ellen?« Florian ließ die Hand sinken und starrte sie an wie ein Reh im Scheinwerferlicht. Erwischt auf frischer Tat. Nur wobei? »Ich … Kannst du das Licht nicht woanders hinhalten?«

Ellen richtete den Strahl zur Seite, ließ ihn über das verfallene Gemäuer gleiten, über das Blattwerk und fokussierte dann wieder Florian. »Was machst du hier?«

»Ich suche diesen Cache.« Abwehrend hob er erneut die Hand vors Gesicht. »Und du?«

»Ich auch.« Sie leuchtete ihm den Weg und wartete, bis er vor ihr stand. »Und? Hast du ihn gefunden?«

»Nein, aber da soll er auch nicht sein.« Florian musterte sie. Hoffte er wieder auf einen Schweißausbruch?

Ellen schnaubte leise. »Woher willst du denn das wissen?«

Wortlos hielt er ihr sein Smartphone unter die Nase.

Sie kniff die Augen zusammen. »›*Mon bijou*‹? Ist das der Name des Cache? Meinst du, Jörg hat sich extra den ausgesucht, weil es um Juwelen geht?«

Florian zuckte mit den Achseln. »›Funkelt nur bei Vollmond oberhalb des Halben Monds‹«, las er vor. »›Im Schatten des Hallers ruft er auf der anderen Seite des Weges.‹«

»›Haller‹ meint den Turm, oder?« Ellen nickte zur Ruine.

»Genau. Man nimmt an, dass er dazu diente, Feinde frühzeitig zu sichten und vor ihnen zu warnen, also zu rufen, sprich: zu hallen. Der Halve Mond ist die Aussichtsplattform unterhalb der Ruine. Warum sie so genannt wird, konnte ich noch nicht herausfinden.«

»Na, wegen ihrer halbrunden Form, würde ich denken.«
Ellen deutete auf die Stelle, wo Florian aufgetaucht war. »Und
was hast du dann da gesucht? In der Beschreibung ist doch von
der anderen Seite des Weges die Rede.«

»Gut aufgepasst.« Er grinste. »Musste mal für kleine Jungs.«
Sie sahen sich an.

»Na, dann lass uns weitersuchen.« Ellen leuchtete zum Weg
hin. »Nach dir.«

»Hab schon alles abgesucht. Dort drüben ist er nicht.« Florian wischte wieder auf seinem Handy herum. »Nach welchem
Cache suchst du denn? Ich dachte, ›*Mon bijou*‹ wäre der einzige
in unmittelbarer Nähe der Ruine.«

Ellen fluchte innerlich. Hatte Florian wirklich auf der anderen Seite des Weges gesucht? Dort, wo sie gerade die Blutspuren
entdeckt hatte? Und zwar nicht nach einem Cache, sondern
nach etwas, das ihn verraten würde? Die Geocache-Story über-
zeugte sie nicht. Allerdings nutzte auch Ellen sie und erfand
rasch einen ähnlich schwachsinnigen Text wie den, den er ihr gerade vorgelesen hatte. Da sie ihn wohl kaum loswerden würde,
sollte er ihr eben bei der Suche helfen.

»Komisch.« Wenn Florian die Stirn runzelte, bildete sich
auch bei ihm eine steile Furche, noch nicht ganz so tief wie bei
seinem Vater, aber viel fehlte nicht mehr. »Und um was für eine
Art Cache handelt es sich?«

»Einen Nachtcache.« Ellen marschierte los. Es ging bergauf.
Die Taschenlampe ließ sie an, leuchtete mal links, mal rechts
vom Weg in den Wald hinein.

»Der hier startet?« Florians Stimme klang zweifelnd. »Ich
habe noch keinen Reflektor gesehen.«

Der Weg machte einen Rechtsknick.

Florian schaute sich forschend um. »Bist du dir sicher, dass
wir hier richtig sind?«

»Ja, es ist ein Stück zu laufen. Du kannst aber gern zurück-
gehen, wenn es dir zu viel wird.« Sie lächelte, damit sich ihre
Stimme freundlich anhörte.

»Nein, nein.« Florian schloss wieder zu ihr auf. »Welche App nutzt du denn?« Erneut zog er sein Smartphone aus der Tasche und wischte darauf herum.

»Ach, irgendwas mit Geocaching. Ich kann mir die Namen all dieser Apps nicht merken.« Sie warf einen Blick auf sein Display, das eine Karte zeigte.

»An der Senfmühle soll es einen Cache geben«, murmelte er. »›Moutarde de Montjoie‹. Und in der Altstadt einen namens ›Asterix in Monschau‹.«

»Asterix und Obelix müssen aber auch überall ihren Senf dazugeben.«

»Hast du die Koordinaten?« Florian bohrte schlimmer als jeder Zahnarzt.

»An der Senfmühle.« Womit sie nicht mal log, schließlich hatte sie ja Koordinaten, wenn auch andere, dachte Ellen.

»Suchst du häufig Caches?«

»Ich mag es, wenn ich ein Ziel habe«, erwiderte Florian fast schon philosophisch.

»Ich mag es, wenn ich ein Ziel erreicht habe.« Ellen seufzte.

Nach einer Links-rechts-links-rechts-Kombi wurde der Weg flacher und ging in eine geteerte Straße über. Linker Hand tauchte ein Gebäude auf. Sie gelangten an eine Kreuzung, hielten sich links und landeten wenig später wieder auf einem Waldweg.

»Wie kommt es, dass Jörg und du nicht zusammen auf Schatzsuche gegangen seid?« Ellen ließ ihre Taschenlampe tanzen, um der Frage die Schwere zu nehmen. Doch bei Florian musste sie sich da wohl keine Sorgen machen.

»Hätte er was gesagt, ich wäre dabei gewesen.« Florian sog die Luft ein. »Moment, kannst du noch mal nach rechts leuchten?«

Ellen blieb stehen und ließ den Lichtstrahl wandern, bis tatsächlich etwas aufblitzte. Schon war Florian über die Böschung geklettert und klaubte etwas auf.

»Ich glaube, das gehörte Jörg.« Mit einem Mal klang seine Stimme rau. Er streckte die Hand aus.

Ellen erkannte ein Taschenmesser. Könnte das gewesen sein,

das sie in seinem Rucksack ertastet hatte. Von der Form her würde es passen.

»JF‹.« Florian fuhr mit dem Zeigefinger über das Holz.

Ellen ließ das Licht weiter in den Wald scheinen und ging ein Stück zurück. Eine Packung Taschentücher. Und auf der anderen Seite lag eine Schachtel Hustenbonbons. Stammten die aus Jörgs Rucksack? Sicherheitshalber packte sie beides in einen Zip-Beutel. Dann lief sie weiter, leuchtete nach rechts, nach links. Keine Spur von dem Rucksack. Und auch die Kaugummidose konnte sie nirgends entdecken. Das ergab doch keinen Sinn. Warum hätte Jörg einen Teil seiner Sachen wegwerfen sollen? Und wo war der Rest? Oder hatte sie etwas übersehen? Hatte Florian unbemerkt noch etwas anderes eingesammelt, etwas, das ihr entgangen war?

Sie musterte ihn. Er wirkte ehrlich erschüttert und starrte auf das Messer, als würde Blut daran kleben. Tat es das? Sah Florian deswegen plötzlich so mitgenommen aus?

»Lass uns gehen«, sagte er jetzt und kletterte zurück auf den Weg. »Willst du das Margot geben, oder …?«

Ellen bejahte und ließ das Teil in einen weiteren Plastikbeutel gleiten. Es sah nicht so aus, als wäre es blutbefleckt, aber man wusste ja nie.

Florian warf ihr einen argwöhnischen Blick zu.

Sie zuckte mit den Schultern. »Ich mag nicht den ganzen Wald mit mir rumschleppen.«

»Findest du nicht, du übertreibst? So schmutzig war das Messer doch gar nicht.«

Im Schein ihrer Taschenlampe liefen sie weiter. Erneut ließ Ellen das Licht von einer Seite des Weges auf die andere wandern, doch sie fanden nichts mehr. An den letzten Koordinaten des GPS-Trackers gab Ellen vor, nach dem Cache gucken zu wollen. Florian aktivierte die Taschenlampenfunktion seines Smartphones und suchte mit. Vergeblich natürlich.

Ellen entdeckte ein paar zersplitterte Kunststoffteile. Nachdem sie sie gedanklich zusammengepuzzelt hatte, klaubte sie sie auf. »Dass die Leute ihren Müll aber auch überall liegen lassen«, sagte sie scheinbar genervt, während sie die Überreste des Trackers, der sie hierhergeführt hatte, einsteckte. Dabei fragte sie sich, wer ihn zerstört hatte und wo zum Teufel Jörgs Rucksack abgeblieben war. Und sein Beutel oder die Kaugummidose. Die wäre als Versteck für die Diamanten nicht schlecht gewesen. Klar, sie konnte auch einfach leer gewesen sein, und Jörg hatte sie irgendwo entsorgt. Sie konnte aber auch in den Händen desjenigen sein, der Jörg auf dem Gewissen hatte.

TAG 3

Heute wird es anspruchsvoll. Dafür bekommen wir aber auch einiges zu sehen. Blicke über Täler, auf Felsen, den Perlenbach und immer wieder die Rur. Es geht zur Perdsley, wir werden die »Schöne Aussicht« bewundern – ja, die Aussicht heißt wirklich so. Ist das nicht schön? Knapp fünfundzwanzig Kilometer werden hinter uns liegen, wenn wir Einruhr und den Obersee erreichen. Ein voller Wandertag! Den wir am Rursee ausklingen lassen werden. Freut euch auf ganz viel Wasser, Wald und Schiefersteine!

STEINERN

Stöhnend drehte sich Ellen auf den Rücken, legte den Unterarm über die Augen, um das Licht abzuschirmen. Es konnte doch nicht schon hell sein. Sie gähnte, setzte sich auf, griff nach ihrem Handy und fluchte. Halb acht! Kein Alarm vom Bewegungsmelder. Vielleicht waren Sophie und Kevin ja miteinander beschäftigt. Die Begegnung mit dem Tod wirkte oft so. Da gierte man nach Leben, und wo steckte mehr Leben drin als in gutem Sex? In einem guten Kaffee. Ellen hatte weder noch.

Allerdings hatte sie mehrere neue Nachrichten. Von Uta und Max. Mist, er würde sauer sein. Zu Recht. Sie seufzte. Sie wollte ihn nicht hinhalten und tat doch genau das. Die Zeit lief. Sie machte sich einen Pulverkaffee und öffnete Utas Nachricht. Während sie den Kaffee trank, scrollte sie durch die Informationen, um zu sehen, ob etwas dabei war, das ihr weiterhalf.

Nichts zu »bluesky37«. Und auch nichts zu Jörg, was sie nicht schon wusste. Wie Margot war auch er zum zweiten Mal verheiratet gewesen. Sie war die Künstlerin, er der Verkäufer. Ellen las weiter.

Denise Sophie Meyer, fünfunddreißig, alleinstehend. Ellen runzelte die Stirn. Hatte Uta die falsche Sophie erwischt? Hastig überflog sie die nächsten Punkte und stoppte gleich darauf. Jüngerer Bruder: Mark Kevin, zweiunddreißig. Das durfte doch nicht wahr sein! Von wegen ein Paar. Nun ja, eben doch, aber ein Geschwisterpaar. Ob Jörg das gewusst hatte?

Ellen brach der Schweiß aus. Sie sollte wirklich mit dem Kaffeetrinken aufhören. Ihr Herz hämmerte, dass es an Lärmbelästigung grenzte. Ihr Herz und derjenige, der an ihre Zimmertür klopfte, wenngleich auch eher sachte.

»Ellen, hallo, bist du wach?« Nicht derjenige, sondern diejenige. Frieda.

Ellen guckte auf die Uhr. Sie hatte doch noch eine Viertelstunde. Oder war erneut etwas passiert? Sie ging zur Tür und öffnete sie.

»Geht's dir gut?« Frieda starrte sie an.

Ellen stutzte. Hatte sie solche Ringe um die Augen? Oder war es wegen ihres Pyjamas? Nee, der war völlig in Ordnung, T-Shirt und Leggins, alt, aber – bevor sie drin geschlafen hatte – frisch gewaschen.

»Ich wollte nur … also, weil du nicht beim Frühstück warst.«

»Wie lieb von dir, Frieda. Bin gleich so weit.« Das Understatement des Jahrhunderts.

»Gut, dann schau ich mal nach Sophie und Kevin.« Frieda wandte sich ab und klopfte nebenan.

Noch bevor Ellen ihre Tür geschlossen hatte, öffnete sich die ihrer Zimmernachbarn. Ellens Handy meldete sich mit dem Bewegungsalarm. Sie ignorierte ihn, schob die Tür wieder weiter auf und beobachtete, wie Sophie und Kevin aus dem Zimmer traten. Wenn die beiden jetzt frühstücken gingen, hätte sie doch noch eine Chance, einen Blick in ihr Gepäck zu werfen. Allerdings rechnete sie nicht damit, dort das Geld oder die Diamanten zu finden. Falls die beiden sie wirklich hatten, hatte Kevin die Beute gestern bestimmt nach Hause oder an einen anderen sicheren Ort gebracht. Dennoch konnte man nie wissen. Manchmal war es ja eine Kleinigkeit, die den entscheidenden Hinweis lieferte.

»Moin. Neue Frisur?« Kevin schaute zu Ellen. Ein Grinsen hellte seine Miene auf, bevor es wieder verschwand. Er drehte sich um und zog zwei Koffer in den Flur. Sah nicht danach aus, als würde sie das Gepäck der beiden durchsuchen können. So ein Mist!

Ellen schloss die Tür und schaltete den Turbo ein. Sekundendusche. Während sie sich abtrocknete, scannte sie den Rest der Informationen über Schwester und Bruder. Schule, Lehre. Kevin hatte als Jugendlicher an einem Probetraining bei Alemannia Aachen teilgenommen, einer von vielen, bei denen es dann doch nicht für die Profikarriere gereicht hatte. Er hatte eine Freundin, wohnte mit ihr zusammen. Sophie war solo. Als Kind Tanzmariechen, als Teenager Komparsin bei verschiedenen Filmen, mit einundzwanzig Auftritt bei DSDS. Und das waren die aufregenden Sachen gewesen. Ellen verteilte großzügig Deo unter ihren Achseln. Keine Vorstrafen. Keine Schulden. Keine unerwarteten Reichtümer.

Sie schlüpfte in ihre Wanderklamotten, packte, zog den Bewegungsmelder quasi im Vorbeigehen vom Türrahmen ab und marschierte in den Frühstücksraum. Ein Brötchen auf die Hand und eins für später. Ihre Mitwanderer hatten sich wohl schon alle vor dem Hotel versammelt, einschließlich der Hotelchefin. Jedenfalls stand die Tür zum Büro offen, der Raum selbst war leer. Ausgezeichnet. Im Nu verstaute Ellen den Zweitschlüssel zu Zimmer sechs in seinem Fach und legte ihren Zimmerschlüssel auf den Schreibtisch zu den anderen. Ihren Koffer hinter sich herziehend, trat sie nach draußen.

Diesiges Grau begrüßte sie. Nieselregen. Trübe Mienen. Wie eine Herde Schafe drückten sich die Wanderer unterm Vordach zusammen. Nur Frieda und die Hotelchefin hielten die Stimmung hoch. Oder gaben sich zumindest alle Mühe, das Wetter schönzureden.

»Worauf warten wir?« Ellen streckte die Hand unter dem Vordach hervor. Nicht einmal richtige Tropfen konnte sie spüren, aber dieser Regen, der keiner war, kroch einem überallhin. Bis ins Gemüt. Sogar Philipp wirkte schlecht gelaunt, wie er da zur Straße hinstarrte.

»Worauf wir warten? Na, auf Tina«, brummte er und schaute grimmig, als könnte er sie so herbeibeschwören.

»Geht ruhig schon mal los. Ich passe aufs Gepäck auf und komme dann nach.« Ellen schwenkte ihr Brötchen, um deutlich zu machen, dass das kein Opfer für sie war.

Rita, die an ihrem Handy herumfingerte, blickte auf.

»Bei dem Wetter lohnt sich das Fotografieren eh nicht«, setzte Ellen nach. »Und Tina kann mich ja ein Stück im Auto mitnehmen. Dann hol ich euch bald wieder ein.«

»Ich bin dafür, dass wir warten, bis es wieder trocken ist.«
Kevin betrachtete missmutig die Schuhe, die er gestern von zu
Hause geholt hatte.

Sie sahen aus wie ganz normale Laufschuhe, aber besser als
seine Sneaker waren sie wohl allemal. Wenn auch nicht wasser-
dicht.

»Ich geh wieder rein.« Sophie nahm ihren Koffer und versuchte, ihn an den anderen vorbei zurück ins Hotel zu rollen.
»Mir ist das hier zu ungemütlich.«

Wenn man wusste, dass die beiden Geschwister waren,
erkannte man die Ähnlichkeit, das lockige Haar, die breiten
Wangenknochen. Ob Jörg Sophie zu Beginn der Wanderung
links liegen lassen hatte, weil er sauer gewesen war, dass sie
jemanden mitgebracht hatte? Schlimmer noch, nicht irgend-
wen, sondern ihren Mann, von dem Jörg nichts gewusst hatte?
Hatte sie ihn später aufgeklärt und damit die Wogen geglättet?
Versöhnung beim heimlichen Treffen im Biergarten mit einem
innigen Kuss?

Von der Straße her hupte es.

»Na endlich.« Philipp nahm zwei Koffer und marschierte
damit zum Parkplatz, auf dem ihr »Tourbus« rangierte. Die
anderen folgten eher gemächlich.

Ohne eine Spur von schlechtem Gewissen ob der Verspätung
wünschte Tina allen einen guten Morgen. Als Philipp sie darauf
ansprach, schien sie ehrlich verwirrt. »Sieben Uhr Frühstück,
acht Uhr Abmarsch. Passt doch.«

»Das akademische Viertel. Wie bei dir heute Morgen, was?«
Florian schob sich neben Ellen und musterte sie ungeniert.
»Schlecht geschlafen?«

»Zu wenig«, sagte Ellen freundlich. »Und selbst?«

»Mir ist *cum tempore* auch lieber.« Frieda hatte ihren Koffer
abgegeben und gesellte sich zu ihnen. »Mit Zeit. Die nimmt man
sich viel zu selten.«

Eine halbe Stunde später als geplant brachen sie schließlich
auf. Bergauf zur Burg. In den Ort runter, nur um am Marktplatz
über Treppen und steile Gassen wieder in die Höhe zu kraxeln.

Ellen ging es langsam an, genauso wie Kevin und Sophie. Und Florian. Ob er den anderen beim Frühstück von ihrer nächtlichen Schatzsuche erzählt hatte?

»Seid ihr sicher, dass wir richtig gehen?« Kevin schaute sich nach einer Wandermarkierung um. »Wir laufen jetzt schon ewig und sind immer noch nicht aus Monschau raus. Überhaupt ist die Wegführung völlig schwachsinnig. Wir hätten einfach unten durch den Ort gehen sollen und am Ende hoch, anstatt hier rauf- und runterzuklettern, als wären wir dämliche Bergziegen.«

»Kevin.« Sophie mahnte ihren Bruder, es klang jedoch nicht so, als würde sie es ernst meinen.

»Sag das bitte Philipp.« Florian zog die Kappe tiefer in die Stirn, um seine Brille vor dem Nieselregen zu schützen, der jetzt schräg von vorn kam. »Allerdings heißt das Ding Steig. Da könnte man schon vermuten, dass es dort nicht ganz flach zugeht.«

»Muss es ja auch nicht, aber wenn man nicht von der Stelle kommt, kann man zum Trainieren gleich ins Fitnessstudio gehen.« Kevin fummelte an seiner Jacke herum. »Da wird man auch nicht so nass.«

»Betonung auf ›so‹.« Florian nahm die Brille ab und putzte sie.

»Hä? Ach so.« Kevin betonte das »so« und grinste, während Sophie aussah, als würde sie gleich in Tränen ausbrechen.

Dabei waren sie doch bereits oben angelangt. Ellen schaute zur Aussicht und verstand. Sophie hatte wohl die Haller-Ruine erspäht. Weit gekommen waren sie wirklich noch nicht. Sie traten zu den anderen, die am Aussichtspunkt auf sie warteten.

Selbst im trüben Grau des Nieselregens war der Blick über Monschau eindrucksvoll. Die steilen Hänge, an die sich die Häuser klammerten, Treppenfluchten, alte Gemäuer, unten die Rur, die sich zwischen den Häusern wand. Auf dem einen Berg die Burg Monschau, auf dem Rahmenberg gegenüber die Haller-Ruine. Die sah man echt von überall. War in der Burg nicht eine Jugendherberge untergebracht? Da musste doch jemand was gesehen oder gehört haben, als Jörg gestorben war. Am liebsten wäre Ellen losgezogen, um die Anwohner mit dem besten Blick auf die Ruine zu befragen. Sie konnte nur hoffen, dass die Polizei ihren Job machte. In den sie sich besser nicht einmischte. Das gab nur Ärger und zahlte keine Miete.

»Seht nur. Hier hat jemand ein Herz gelegt.« Frieda deutete auf die Mauer, die den zur Kapelle gehörenden Friedhof begrenzte.

»Ausgerechnet aus Steinen«, murmelte Rita. »Ich kann immer noch nicht glauben, dass Jörg in der Nacht zu dieser Ruine hoch ist.«

»Geocaching.« Philipp schnaubte. »Das passt doch gar nicht zu ihm. Wusstet ihr, dass er das macht?«

»Ist doch ein cooles Hobby«, sagte Kevin.

Dass er es besser fand, als einfach nur zu wandern, musste er nicht sagen.

»Machst du das auch?«, fragte Ellen.

»Warum nicht? Meine Fr…«, er hustete, »meine …«

»Ich lieb's.« Sophies Augen waren gerötet, doch sie streckte ihr Kinn vor, als sie zu Philipp sah.

»Plastikdosen in der Natur.« Er schüttelte den Kopf, gab dann aber Ruhe und schaute nach Rita. Weinte sie? Philipp legte den Arm um sie und zog sie zum Weg. »Lasst uns weitergehen.«

Nachdenklich warf Ellen einen letzten Blick zur Haller-Ruine, bevor sie den anderen folgte. Konnte an der Cache-Suche doch was dran sein? Hatte Jörg die Diamanten in einem Geocaching-Behälter versteckt? Die gab es in allen Größen. Und Florian hatte was davon mitbekommen und war auf seinen Spuren gewandelt? Oder Kevin? Dass Sophie Caches suchte, glaubte Ellen nicht. Sophie hatte nur Kevins Fast-Versprecher ausbügeln wollen. Würde sie das Hobby lieben, wie sie behauptet hatte, hätte sie schon längst davon geschwärmt. Oder sie hatte einen guten Grund, es nicht zu tun. Zufall – oder steckte mehr dahinter?

TEUFEL

Florian hätte den herzförmigen Aufkleber mit den Worten »Dat Leve is schön« auf dem Holzschild, das auf die Teufelsley zeigte, gar nicht bemerkt, wenn Ellen nicht für ein Foto davor stehen geblieben wäre. Aufmerksam war sie, das musste man ihr lassen. Etwas zu aufmerksam für seinen Geschmack. Fasziniert beobachtete er, wie sie das Schild fotografierte, die Kamera sinken ließ, sie erneut hochnahm. Klick – und wieder von vorn. Eine seltsame Art, gute Bilder zu machen. Es sei denn, es ging ihr gar nicht um Fotos fürs Buch. Gestern Nacht hatte er noch nach Ellen im Netz gesucht und tatsächlich eine Website gefunden. »Naturfotografie – Ellen van de Duiveltjes«. Er hätte ja geschworen, dass sie ihnen etwas vormachte. Doch die Bilder waren gut. Es waren nicht viele, wie überhaupt die ganze Darstellung recht zurückhaltend war. Er musste zugeben, dass ihn das ansprach. Dennoch. Irgendwas stimmte nicht. Er wusste nur noch nicht, was. Dass sie hinter ihm her war, konnte er sich nicht vorstellen. Außer Jörg hatte sie auf ihn angesetzt, aber warum hätte er das tun sollen?

Erneut drückte sie auf den Auslöser, dieses Mal fotografierte sie Sophie, die um das Wurzelwerk vor dem Aussichtspunkt herumschlich, als hätte der Teufel ihr den Mini-Aufstieg so schwer wie möglich gemacht. Vielleicht befürchtete sie, die Wurzeln würden sich wie Schlingen zuziehen, sobald sie einen Fuß hineinsetzte. In einem von ihr geschriebenen Märchen könnte so was glatt passieren. Da wäre der Teufel sicher der Böse. Sie hatte zwar viele Ideen, blieb aber im Rahmen der gängigen Muster. So auch jetzt. Sie angelte sich Kevins Hand und wies ihn an, ihr hochzuhelfen.

Murrend gehorchte er.

Florian gähnte. Demnächst brauchte er mal eine Nacht, in der er Zeit zum Schlafen fand.

»Erwischt.« Ellen hatte die Kamera auf ihn geschwenkt.

Florian gähnte erneut. »Du bist hier ganz in deinem Element, was?«

»Wie meinst du das?« Sie nahm die Kamera runter.

Er nickte zu den Schieferfelsen, die ins Tal ragten. »Ich meinte die Teufelsley.«

Ellen lachte.

»Was ist damit?« Sophie kam zurückgekraxelt und sah sie fragend an.

»Er spielt auf meinen Nachnamen an. Van de Duiveltjes. Von den kleinen Teufeln.«

»Ach, wie süß. Darüber könnte man bestimmt ein schönes Kindermärchen schreiben.« Für einen Moment leuchteten Sophies Augen. Dann gestikulierte sie zu den Felsen. »Ich kann da nicht rauf. Ich stelle mir immer vor, was passiert, wenn die unter einem wegbrechen … Dort geht es richtig steil runter. Überhaupt mag ich im Moment keine Steine sehen. Ich muss die ganze Zeit an Jörg denken. Geht euch das auch so?«

»Willst du abbrechen?« Mütterlich legte Ellen einen Arm um Sophie. »Ich könnte das verstehen, die anderen sicher auch.«

»Nein, schon gut. Ich schaffe das.«

Florian beobachtete Kevin. Er stützte sich aufs Geländer und sah so aus, als würde er gleich drüberspringen wollen. Er hatte ganz sicher keine Höhenangst. Dass Sophie verheiratet war und ihren Mann auch noch mit zur Vereinswanderung brachte, hatte ihn überrascht. Nicht nur ihn. Frieda war richtig sauer gewesen, er hatte gesehen, wie sie Sophie am ersten Tag beiseitegezogen und heftig auf sie eingeredet hatte. Völlig untypisch für Frieda. Typisch war dann aber wieder, dass sie ihm nicht hatte sagen wollen, was los gewesen war. Dass Sophie machte, was ihr in den Sinn kam, sollte Frieda doch inzwischen wissen. Sophie hatte den Verein ganz schön durcheinandergewirbelt in der kurzen Zeit, in der sie dabei war. Rita konnte Sophie nicht leiden, klar. Es durfte keine andere Autorin neben der Dichterin geben.

Als ob Sophie das Zeug dazu hätte. Dazu, Männern die Köpfe zu verdrehen, schon eher. Florian hätte darauf gewettet, dass Jörg und Sophie was miteinander hatten – miteinander gehabt hatten. Aber selbst sie wäre nicht so blöd, dann ihren Kerl mitzuschleppen. Andererseits konnte sie ja nie genug Bewunderer um sich haben.

Ellen war da ein anderes Kaliber. Die war taff, auch wenn sie einen auf lieb und freundlich machte. Wie sie ihn gestern Nacht mit der Taschenlampe geblendet hatte! Nicht mit der Wimper gezuckt hatte sie, als sie die Lampe endlich runtergenommen hatte.

»Kommst du, Florian?«

Wie sie ihn jetzt ansah! So herausfordernd. Oder ging die Phantasie wieder mal mit ihm durch?

Gemeinsam wanderten sie weiter, Kevin, Sophie, Ellen und er.

Woher hatte Ellen gewusst, wo Jörgs Taschenmesser zu finden war? Und was hatte sie später entdeckt? Aus den Augenwinkeln hatte er gesehen, dass sie etwas aufgeklaubt hatte, er hatte aber nicht erkennen können, was. Oder war das tatsächlich nur Müll gewesen, wie sie behauptet hatte?

Sie erreichten die Engelsley. Sein Vater betrachtete mal wieder einen Baum, als hätte er noch nie einen gesehen. Familie NaKuLi stand am Geländer.

»Machst du ein Foto von uns dreien?«, bat Philipp und gab dann die Entstehungsgeschichte von Engels- und Teufelsley zum Besten, einer jener Sagen, in der jemand mit Steinen um sich warf. In dieser waren es nicht Riesen, sondern Engel und Teufel. Der Teufel wollte den Bau eines Klosters verhindern und einen riesigen Schieferstein darauf werfen. Was der Engel zu verhindern wusste, indem er dem Teufel mit einem größeren Stein drohte. Klassisches Wettrüsten. Wieder mal eine Geschichte, die Florian gern umschreiben würde. Was wäre, wenn der Teufel in Wahrheit der Gute wäre, der die Menschheit vor der Übermacht der himmlischen Heerscharen schützen wollte? Storys, in denen der Underdog sich durchsetzte, zogen immer.

»Soll ich auch ein Bild von euch beiden machen?« Ellen sah von ihm zu seinem Vater, nun wieder ganz die Fotografin.

Dachte sie, sie wollten solche Bilder fürs Buch? Wenn sie Porträtfotos im Sinn gehabt hätten, hätten sie nicht eine Naturfotografin gesucht. Warum machte sie keine Aufnahmen von den Schieferfelsen? Familienfotos. Die hatte Florian schon immer gehasst. Nein, das stimmte nicht. Es hatte eine Zeit gegeben, wo sie vermutlich so was wie eine Vorzeigefamilie gewesen waren. Florian lächelte Ellen an. *Zeig den anderen deine Zähne, ein bisschen mehr Biss, Junge!* So hatte sein Vater früher mit ihm geschimpft. Das hatte er nun davon. Falsche Freundlichkeit. Die die Leute nicht erkannten oder die sie verunsicherte. Das Zähne-Zeigen funktionierte ausgezeichnet, wenn auch anders, als der Herr Richter sich das mit seinem Mahnen wohl gedacht hatte. Der stellte sich für ihren Käsemoment neben ihn, und Ellen schoss ein Bild von ihnen.

Die Gruppe machte sich wieder auf den Weg. Bevor Florian seinen Mitwandernden folgte, sah er sich noch einmal um. Engel waren nicht immer Engel. Die Teufelsley hatte ihm besser gefallen.

FELS

Als wollte der Pfad erneut zeigen, was ein wahrer Steig war, schlängelte er sich den Steilhang hinauf und auf der anderen Seite wieder runter, sodass sich die Höhenmeter des Tages inzwischen sicher schon bis zum Himmel auftürmten. Der von Wurzeln durchsetzte und vom Regen matschige Waldboden wurde zunehmend steiniger. Was es keinesfalls besser machte. Die feuchten Schiefersteine waren rutschig oder unter Geröll begraben. Ellen war froh, dass sie Wanderstöcke dabeihatte. Eine Kraxelei war das! Sie wunderte sich, wie gut Sophie die Tour in ihren Fake-Wanderschuhen meisterte, und zollte ihr innerlich Respekt. Und auch Kevin jammerte nicht mal über nasse Füße. Denn auch wenn es langsam aufklarte, trat man ständig in kleine Pfützen oder Rinnsale.

Hinter einer Biegung wartete die nächste Kletterpartie auf sie. Einer nach dem anderen stiegen sie um die Schieferblöcke herum und auf der anderen Seite vorsichtig hinunter. Na ja, manche waren vorsichtig, andere – wie Florian und Kevin – nahmen es leichter und fielen dennoch nicht hin. Wie jemand, der Montagnacht Blut an der Haller-Ruine verloren hatte, wirkte niemand.

»Hey, hallo.« Eine Frauenstimme von hinten.

Ellen wandte sich um. Die junge Frau, die am ersten Tag, als sie an den Reinartzhöfen gerastet hatten, vorbeigelaufen war, kam leichtfüßig die steile Passage herunter – und das trotz des großen Rucksacks auf ihrem Rücken. »Tolle Strecke, nicht wahr? Ich habe schon befürchtet, es wird eine Altherrenwanderung.«

Ellen lachte laut heraus. Philipp schaute bedeckter als der Himmel, und das wollte was heißen. Dabei konnte er doch stolz auf sich sein, wenn er sich schon den Altherrenschuh anzog.

»Schön, dich wiederzusehen. Hast du auch einen Pausentag eingelegt?« Wie immer war es Frieda, die dafür sorgte, dass die Stimmung nicht kippte. »Willst du vorbei?«

»Nein, ein bisschen langsamer zu laufen tut mir ganz gut. Aber nur, wenn es euch nichts ausmacht, wenn ich euch ein Stück begleite.« Die Frau nahm einen Schluck aus ihrer Trinkflasche. »Bis wohin wollt ihr heute?«

»Zum Rursee nach Einruhr. Etappe drei vom Eifelsteig. Und du?« Philipp hatte sich wieder gefangen. Und für Fragen zum Weg war selbstverständlich er zuständig. »Ich heiße übrigens Philipp.«

»Anouk. Freut mich.«

»In Hammer gibt es einen Campingplatz direkt an der Strecke, Anouk. Das dürfte etwas mehr als die Hälfte der heutigen Etappe sein. Soll ich es dir auf der Karte zeigen?« Philipp machte Anstalten, seinen Rucksack abzusetzen.

»Nö, lass mal.« Anouk lächelte breit. »Aber danke für den Tipp.«

Philipp runzelte die Stirn.

»Lass gut sein, Papa. Anouk hat sicher schon irgendwo reserviert.«

»Um Himmels willen.« Die Locken flogen wild, als Anouk den Kopf schüttelte. »Kein Plan, keine Planung. So findet man die besten Plätze. Gestern und vorgestern war ich auf Trekking-Plätzen. Die hat man oft ganz für sich allein. Ein Traum.«

»Mit einem ›Alp‹ davor.« Brummelnd machte sich Philipp an den weiteren Abstieg, Rita ging neben ihm.

Frieda nahm Anouk in Beschlag. Sie wollte mehr über diese Übernachtungsmöglichkeiten wissen. Die waren doch sicher günstig und damit auch für einige aus ihrem »Weltkulturencafé« interessant.

Blieb das übliche Schlussquartett. Und Günther, der die Szene beobachtet hatte. Jetzt warf er Ellen einen fragenden Blick zu. Oder bildete sie sich das nur ein? Als sie nicht reagierte, wandte er sich ab und folgte den anderen, was ihr die Gelegenheit gab, sich zu Kevin hinabzuhangeln.

»Nur gut, dass du dir gestern noch andere Schuhe geholt hast.« Ellen tat so, als würde sie wegrutschen und sich gerade so wieder fangen. »Mit Sneakern wär das heute hart geworden.« Kevin schob die Hände in die Hosentaschen. »Ist doch lässig.«

»Jetzt gib mal nicht so an.« Sophie stieg an ihnen vorbei.

»Dass man zum Wandern vernünftige Schuhe braucht, darauf hätte man auch vorher kommen können.« Florian klang ganz schön von oben herab – und das nicht nur, weil er höher stand.

»Noch nie was vergessen?« Kevin warf Florian einen herausfordernden Blick zu.

»Jedenfalls nicht meine Wanderschuhe, wenn ich eine Tour mache.«

Die beiden Männer gingen voran, während Ellen und Sophie etwas langsamer hinterherliefen.

»Von wegen vergessen«, raunte Sophie Ellen zu. »Er hat das Ganze für einen Spaziergang gehalten. *A walk in the park.*«

»Wohl nicht ganz. Schon ärgerlich, deswegen nach Hause fahren zu müssen. Gab es in Monschau kein Schuhgeschäft?«

Sophie hob die Hände. »Kevin ist da eigen.«

»Wieso begleitet er dich eigentlich? Das ist doch eine vereinsinterne Wanderung. Versteh mich nicht falsch, aber ich finde so was oft für beide Partner blöd. Du willst dich um ihn kümmern und gleichzeitig mit den Leuten vom Verein zusammen sein, Input fürs Buch sammeln. Und er will dich vermutlich ganz für sich haben und verflucht alles, was dich davon abhält.«

»So schlimm ist es nicht. Wir sind eben ganz eng.«

Aber nur, wenn Blut tatsächlich dicker als Wasser war. In der nächsten Kehre warf Ellen einen Blick auf Sophies Gesicht. Es wirkte erhitzt. Wie ihr eigenes. Aus der Gesichtsfarbe ließ sich beim Wandern leider nicht allzu viel ableiten.

»Jetzt ist es sicher tröstlich für dich, ihn dabeizuhaben.« Sophie nickte, und Ellen sah, wie sie schluckte.

»Bist du schon lange im Verein?«

»Nein.« Sophie zog ein Taschentuch aus der Jackentasche

und putzte sich die Nase. »Vielleicht ein Jahr oder so. Lass mich mal überlegen. Das war, nachdem ich bei Frieda gelesen hatte. In ihrem ›Weltkulturencafé‹. Im Anschluss an die Lesung hat sie erzählt, dass der Verein ein Buch macht und sie Leute sucht, die mitschreiben.«

Ob die anderen das auch so sahen? Irgendwie schien jeder etwas anderes von diesem Buch zu erwarten. Haiku, Naturaufnahmen, eine Ode auf den Eifelsteig. Was war es für Jörg gewesen? Ein Ablenkungsmanöver oder mehr?

»Das erste Mal, als ich bei einem Treffen war, war schon komisch. Ich hatte gedacht, da wären mehr Jüngere dabei und sie würden Texte besprechen oder so.« Sophie blieb stehen und schaute sich um. »Guck mal, der bemooste Schieferstein da, kannst du den fotografieren?«

»Klar.« Ellen packte die Kamera aus und machte ein paar Nahaufnahmen, während Sophie weitererzählte. Kurz zusammengefasst: Wäre Jörg nicht gewesen, wäre sie wohl nicht noch mal hingegangen.

»Jörg hat mich ernst genommen. Wir hatten noch so viel vor.« Abrupt wandte sich Sophie ab und ging weiter.

Ja, jeder trauerte anders. Manchen merkte man es kaum an. Dennoch fiel auf, dass Sophie diejenige in der Gruppe war, die am meisten unter seinem Verlust zu leiden schien. Zumindest am offensichtlichsten. Und bei allem Hang zur Übertreibung wirkten ihre Gefühle echt. Nachdenklich folgte Ellen der jüngeren Frau. Dass Sophie sich mit ihrem Bruder verbündet hatte, um Jörg die Edelsteine abzunehmen, konnte sie sich nicht vorstellen. Hatte Kevin sich im Alleingang bereichern wollen? Dass er wegen eines lausigen Paares Laufschuhe nach Hause gefahren war, kaufte sie ihm nicht ab. Die hätte er sich auch hier irgendwo besorgen können.

WALD

Als sie an der Touristeninformation in Höfen ankamen, kletterte Tina mit zwei Thermoskannen aus dem Transporter und brachte sie zur Picknickbank.

»Unser erstes Nationalpark-Tor.« Als wäre das Gebäude eine Kathedrale und nicht ein ganz normales Schiefersteinhaus, blieb Philipp andächtig davor stehen.

»Na, dann viel Spaß noch!« Anouk wollte weitergehen.

»Willst du dir nicht vielleicht die Ausstellung anschauen? In den sogenannten Nationalpark-Toren kann man sich super informieren. Danach schätzt man das, was man auf dem Weg zu sehen bekommt, viel mehr.«

Philipp sollte wirklich als Wanderführer anheuern, dachte Ellen, während sie ihn vor dem Tor, das nur im übertragenen Sinn eines war, fotografierte und auch noch ein Bild von Frieda und Anouk machte. Frieda gab der Wanderin zum Abschied einen Beutel. Wahrscheinlich hatte sie ihr unterwegs von der Loslass-Zeremonie erzählt.

Wenig später verabschiedete sich auch Tina. Die Gruppe stellte sich zu ihrem zweiten Beutelmoment auf und legte zunächst eine Gedenkminute für Jörg ein.

Nach einer Weile räusperte sich Frieda. »Nachdem wir gestern im Außen waren, wollen wir heute auf die Gefühle schauen, die das Loslassen in uns weckt. Das kann Angst sein, Unglaube, Wut, Trauer, Freude. Alles ist erlaubt. Ihr könnt in euren Gedanken bei Jörg bleiben oder aber zu eurem Gegenstand wechseln. Ganz wie ihr es braucht. Schließt jetzt die Augen und atmet ruhig ein und wieder aus. Wenn ihr so weit seid, visualisiert euren Gegenstand. Seht ihr ihn? Was spürt ihr?«

»Freude.« Philipps Stimme zerstörte die Stille.

»Pst. Bleibt bitte bei euch.«

Ellen konnte sich ein Blinzeln nicht verkneifen. Freute sich Philipp etwa über Jörgs Tod? Sicher meinte er seinen Gegenstand, oder? So oder so war es ziemlich unsensibel von ihm. Bei Sophie neben ihm flossen die Tränen. Sie schluchzte auf.

»Lass es zu«, sagte Frieda ruhig.

Allmählich verebbten die Schluchzer und mischten sich unter das Rauschen der Blätter. Ein paar Vögel zwitscherten.

»Kommt langsam wieder zurück und öffnet die Augen. Die Gefühle, die ihr gespürt habt, dürft ihr jetzt loslassen. Sie bleiben hier, hinter euch. Wer mag, kann erzählen, wie es ihm ergangen ist.«

Philipp meldete sich.

»Ja, Papa?«

»Tut mir leid, wenn ich vorhin so rausgeplatzt bin, aber ich hab eine Handvoll Schotter dabei, die Pflastersteine haben nämlich nicht in den Beutel gepasst. Ich freu mich schon so darauf, wenn ich endlich unsere Auffahrt neu mache. Ich seh das richtig vor mir. Ich hab mir spontan überlegt, die Symbole der Top-Wanderwege ...«

»Nicht wirklich, oder?« Florian starrte Philipp an.

»Bist du fertig, Papa?« Als Philipp nickte, wandte sich Frieda an Florian. »Möchtest du über deine Gefühle beim Loslassen sprechen? Dann nur zu.«

Florian murmelte etwas. Wenn Ellen es richtig verstanden hatte, hatte er »nicht die Bohne« gesagt. Doch offensichtlich hatte sie sich verhört. Er betrachtete seinen Beutel. »Ich hab Kaffeebohnen dabei und würde sie am liebsten aus dem Beutel pulen. Sucht ist was Grässliches.«

Ellen runzelte die Stirn. Wenn hier einer ein Kaffee-Junkie war, dann ja wohl sie. Florian schien ihr ganz zufrieden mit seinem Tee.

»Kakaobohnen«, meldete sich Kevin. »Ich komm einfach nicht davon los.«

»Ich habe an Jörg gedacht. An die Anfänge des Vereins. Daran, was wir alles gemeinsam auf die Beine gestellt haben.«

Rita hatte ihre Sonnenbrille aufgesetzt, sodass Ellen nicht erkennen konnte, ob sie geweint hatte, aber sie wirkte irgendwie gestärkt.

Frieda trat zu ihr und umarmte sie.

»Ich habe auch an Jörg gedacht. Und an das, was ich dabeihabe.« Sophie hielt ihren Beutel umklammert. »Es ist nicht einfach, darüber zu reden.«

»Das musst du auch nicht.« Frieda ließ Rita los, nahm die Klangschale, wickelte sie in ein Tuch und stopfte alles in ihren Rucksack. »Bestimmt ist es beim nächsten Mal leichter für dich.«

Die Wanderer brachen auf. Ellen trat zu Sophie. »Magst du mir vielleicht erzählen, was du in deinem Beutel hast? Etwas loszuwerden ist ja auch eine Art des Loslassens.«

Sophie schniefte und putzte sich die Nase. »Ich hab eine Kastanie dabei. Ich mag Kastanien total gern und sammele jedes Jahr welche, aber wenn sie dann länger liegen und so alt und verschrumpelt aussehen …« Sophie schaute sie an.

Fand sie etwa, dass Ellen alt und verschrumpelt aussah?

»Ich hab mich so darauf gefreut, mein altes Leben hinter mir zu lassen.« Sophies Hände zerknüllten das Taschentuch.

»Tust du doch.« Kevin legte seinen Arm um sie und wandte sich dann an Ellen. »Was willst du denn loswerden?«

»Verbrannte Erde.« Ellen nannte das Erstbeste, was ihr einfiel. »So 'ne blöde Sache halt. Deswegen hab ich Erde im Beutel. Du hast doch nicht wirklich Kakao dabei, oder?«

Kevin lachte. »Nee, rote Erde.«

»Du verarschst mich doch schon wieder.«

»Nur ein bisschen. Hätte aber auch gut gepasst. Ich hab Gras dabei. Um diese bescheuerte Niederlage gegen Rhenania Rothe Erde endlich zu vergessen.«

Gras? Ellen runzelte die Stirn.

»Er meint Grashalme, Rasen. Kevin spielt Fußball. Er ist richtig gut.« Sophie hatte wohl ihre verwirrte Miene bemerkt. Sie warf die Haare zurück und marschierte los.

An von hohen Hecken beschirmten Gärten und Häusern

vorbei verließen sie den Ort. Inzwischen hatte sich die Sonne durchgesetzt, und Ellen war froh, als sie eine halbe Stunde später den Wald erreichten.

Im Schatten der Bäume ging es Richtung Perdsley, zum vereinbarten Mittagstreffpunkt. Doch als sie an den Schieferfelsen ankamen, wartete dort kein Tour-Engel mit Speis und Trank auf sie. Stattdessen stellten sie fest, dass Tina ihnen im Gruppenchat geschrieben hatte. Sie schaffe es leider nicht. Neuer Treffpunkt: am Weißen Kreuz.

»Oh nein! Müssen wir etwa wieder zurück?« Mit großen Augen ließ sich Sophie auf eine der Bänke am Aussichtspunkt sinken, während die Männer im Netz nach dem Weißen Kreuz suchten.

Ellen zückte die Kamera.

Sommer auf der Bank
Kein Auge für die Aussicht
Müdes Wanderglück.

Das Haiku war ganz von allein gekommen, aber Ellen hütete sich davor, es laut vorzutragen. Zu den Fotos passte es allerdings ausgezeichnet.

»Wenn es nichts zu essen und zu trinken gibt, dann stärken wir uns eben anders.« Frieda kramte in ihrem Rucksack und holte die Klangschale heraus. Unbeirrt vom Gemurre der Gruppe trat sie damit an die Aussicht. »Na los, kommt schon!«

Die Wanderer taten ihr den Gefallen. Ellen positionierte sich am Rand, sodass sie alle im Blick hatte.

Frieda ließ den Klöppel gegen die Schale schwingen. »Nehmt die Weite wahr, das kräftige Grün, die Stärke der Felsen. Atmet tief ein, schmeckt die Luft, spürt, wie sie euch füllt. Schließt die Augen und lasst alles los, was euch schwer macht, was euch runterzieht. Wiederholt das ein paarmal, bis ihr innerlich zur Ruhe gekommen seid. Wenn ihr mögt, nehmt gern euren Beutel. Ist er schon leichter geworden? Und ihr stärker? Nehmt diese Kraft mit, wenn wir gleich weitergehen.«

Mit einem Mal fühlte sich Ellen traurig. Diese bescheuerten Hormone. Sie blinzelte die aufsteigenden Tränen weg. Es war einfach alles viel zu grün hier. Zu viel Wald. Der Himmel zu blau. Sie wollte von jemandem gehalten werden, sich geliebt fühlen. Sehnte sie sich etwa nach Max?

Neben ihr löste sich Rita vom Geländer. Wortlos reichte sie ihr ein Taschentuch, ging zu einem Baumstamm und setzte sich. Ellen drehte sich zurück zur Aussicht.

Als die Klangschale erneut ertönte, fühlte sich Ellen leicht und frei. Und auch die anderen wirkten wieder frischer. Mit neuem Mut marschierte die Gruppe wenig später weiter durch den Wald. Bald war die Rur neben ihnen. Ein Biergarten tauchte auf. Richtig gut sah der aus. Warum nur hatte Tina den nicht als Treffpunkt vorgeschlagen? Weil er auf der anderen Seite des Flusses lag? Bis zur nächsten Brücke dauerte es länger, als ihnen lieb war. Zu weit, um für ein schnelles Bierchen zurück-zulaufen. Verbissen setzten sie den Weg fort, da mochte er noch so traumhaft sein.

Es zog sich, aber irgendwann war es geschafft. Ein letzter Anstieg. Da war es, das Weiße Kreuz.

Keine Eifelliegen wie an der Perlenbachtalsperre, keine Bänke wie so gut wie überall sonst. Viel Aussicht, aber die hatten sie heute schon oft gehabt. Eine Schutzhütte, in der ihr »kaltes Büfett« aufgebaut war. Daneben Tina. Doch ihr Wander-Engel strahlte sie nicht an wie sonst, als sie näher kamen.

KREUZ

Mit einem hastig gemurmelten »Ich muss noch was holen« war Tina verschwunden, bevor die hungrige Gruppe sich bei ihr beschweren konnte, weil sie den Treffpunkt verlegt hatte. Ellen konnte sie verstehen. Gesättigt würde der Anschiss sicher kleiner ausfallen. Dennoch schien mehr dahinterzustecken. Tina hatte ziemlich fertig ausgesehen. Kurz überlegte Ellen, ihr nachzugehen, beschloss dann aber, dass es Tinas Sache war, sich ihnen zu offenbaren – wenn ihr danach war. In Tinas Alter hätte es Ellen unglaublich genervt, wenn eine mittelalte Frau ihre Nase in ihr Leben und womöglich ihren Liebeskummer gesteckt hätte – oder was auch immer es war, das sie so aussehen ließ, wie sie aussah. Mit zweiundzwanzig waren die Gefühlsschwankungen auch noch drastischer. Wobei – das stimmte nicht. Vorhin an der Perdsley war sie selbst den Tränen nahe gewesen. Das war noch schlimmer als in ihrer Jugend. Da hatte es wenigstens Gründe gegeben für die Tumulte in ihrem Inneren. Ellen stellte sich in die Schlange vor dem Kartoffelsalat.

Im Stehen verputzten sie alles, was Tina aufgetischt hatte. Ihr Tour-Engel schien sie beobachtet zu haben. Als sie bei Keksen und Obst angekommen waren, kehrte sie zu ihnen zurück, stellte sich ans Kreuz und betrachtete die Aussicht so intensiv, als müsste sie gleich eine Prüfung darüber ablegen.

»Jetzt guck nicht so, als würden wir dir den Kopf abreißen, Mädel.« Offensichtlich hatte selbst Philipp bemerkt, dass Tina etwas bedrückte.

Die junge Frau umklammerte das Geländer, straffte dann die Schultern und drehte sich zu ihnen um.

»Und ans Kreuz schlagen wir dich auch nicht.« Philipp lachte, offenbar freute er sich sehr über sein Wortspiel.

Rita knuffte ihn und zischte ihm etwas zu. Irgendwas mit »Mädel« und »nicht lustig«.

»Ich habe eine schlechte Nachricht für euch. Aber auch eine gute, wenn man so will.«

Das hatte Tina wohl in einer Schulung zur Tourbegleiterin gelernt, dachte Ellen. Musste was Negatives verkündet werden, immer auch was Positives erwähnen.

»Es gab heute leider Probleme mit dem Transporter«, fuhr Tina fort. »Jemand war am Gepäck und hat es durchwühlt.«

»Was?«

»Wie konnte denn das passieren?«

»Das gibt's doch nicht.«

Alle redeten durcheinander. Ellen ballte die Hände und unterdrückte den Fluch, der ihr auf der Zunge lag. Warum hatte sie sich heute Morgen nicht unter einem Vorwand zu Tina ins Auto gesetzt und sich das Gepäck vorgeknöpft, bevor es jemand anders hatte tun können?

Tina hob die Hände, versuchte, wieder zu Wort zu kommen, schaffte es aber nicht. Ellen steckte zwei Finger in den Mund und pfiff. Das half. Sie nickte Tina zu.

»Ich glaube nicht, dass was gestohlen worden ist, aber das könnt natürlich nur ihr prüfen.«

»Mein Laptop … Ist mein Laptop noch da? Ich habe doch keine Sicherungskopien.« Sophie schlug die Hände vors Gesicht. »Da ist alles drauf, all meine Märchen«, klang es dumpf durch ihre Hände.

»Laptop und Kopfhörer, alles noch da. Also davon gehe ich aus. Wenn es nicht jemand gezielt auf einen von euch abgesehen hat …« Tina lachte, brach ab. Das hatte wohl ein Scherz sein sollen. »Die Polizei meinte, dass der Täter entweder rechtzeitig gestört wurde oder aber auf Geld oder Drogen gehofft hatte.«

»Dann ist mein Hasch jetzt weg?« Florian zwinkerte, klang aber angespannt.

»Bekommen wir die Klamotten ersetzt?« Finster streckte Kevin seinen Ziegenbart vor. »Ist doch widerlich, wenn jemand alles angefasst hat.«

Interessiert stellte Ellen fest, dass Kevin sich keine Sorgen darüber zu machen schien, dass ihm was geklaut worden sein könnte.

Rita klatschte mehrmals in die Hände. »Leute, reißt euch zusammen. Das ist nicht schön, lässt sich aber nicht ändern.«

Kevin verschränkte die Arme vor der Brust und schwieg. Sophie wirkte immer noch verzweifelt, doch niemand bemitleidete sie. Frieda und Günther waren sowieso relativ ruhig geblieben. Florian überspielte seine Unruhe mit blöden Bemerkungen, und Philipp schien es mehr ums Prinzip zu gehen. Es erstaunte Ellen, dass niemand fragte, ob es einen Zusammenhang zu Jörgs Tod gab, geben könnte. Und auch wenn es vermutlich zu spät war, fasste sie sich ans Herz. Es musste doch für irgendwas gut sein, dass es schon wieder so raste. Dass ihr der Schweiß auf der Stirn stand. Sie krümmte sich, murmelte, dass ihr nicht gut sei, und ließ sich von Frieda und Tina zum Transporter begleiten.

Während sie auf dem Beifahrersitz darauf wartete, dass die Picknickreste im Wagen verstaut wurden, fragte sie sich, ob das jetzt die richtige Entscheidung war. Das Gepäck würde ihr nichts mehr verraten können. Wäre es also besser, bei der Gruppe zu bleiben? Wenn sie vorfuhr, hatte sie wenigstens die Möglichkeit, das Zimmer von Sophie und Kevin vorzubereiten. Sie wollte wissen, worüber sich die beiden unterhielten, wenn sie allein waren. Und für den Fall, dass Florian auch heute Nacht wieder in den Wald wollte, würde sie in seinem Zimmer ebenfalls eine Webcam installieren. Was hatte er nur an der Haller-Ruine gesucht? Oder hatte er dort etwas versteckt? Von wegen pinkeln. Sie hatte es sich geschenkt, später noch einmal allein nachzusehen. Sollte er dort etwas für jemanden platziert haben, war es inzwischen garantiert weg. Und würde man wirklich Diamanten an frei zugänglichen Orten deponieren? Das Risiko, dass sie auf Nimmerwiedersehen verschwanden, war doch viel zu hoch. Wenn überhaupt, dann würde es sich eher um Hinweise handeln. Wie bei einer Schnitzeljagd. Nur wer alle fand, erfuhr, wo die Diamanten waren. Welcher Unsinn! Litt sie jetzt auch noch an Brain Fog?

ABFAHRT

Der Transporter beschleunigte. Ellen fächelte sich Luft zu.

»Soll ich die Klimaanlage kälter stellen?« Tina drehte an einem der Knöpfe auf dem Armaturenbrett. »Sind Sie ... sorry, bist du sicher, dass du nicht zum Arzt willst?«

»Ja, bin ich.« Ellen klappte den Fächer zu. »Es geht mir schon viel besser. Tut mir leid, dass ich dir so einen Schreck eingejagt habe. Dein Tag war bestimmt schon schlimm genug.«

Als hätte sie nur darauf gewartet, endlich alles loszuwerden, erzählte Tina, was passiert war. Nachdem sie getankt hatte, war sie zu einer ruhigen Stelle im Wald gefahren. Sie hatte ihre Lieblingsecken zum Pausemachen. »Und das war eine, wo ich noch nie jemanden getroffen habe.« Sie stockte.

»Ist dir jemand gefolgt? War ein Auto hinter dir, als du in dein Waldversteck abgebogen bist?«

»Nein, Hoody war schon ...« Tina wurde rot. Dann streckte sie ihr Kinn vor. »Mein Freund. Wir treffen uns schon mal zwischendurch, wenn es gerade passt.«

»Klar, warum auch nicht?«

Tina warf ihr einen überraschten Blick zu. Offensichtlich hatte sie mit einer anderen Reaktion gerechnet, aber warum sollte Ellen sie zusammenscheißen? Besser, sie entwaffnete sie. Dann plauderten die Leute meistens mehr aus, als sie wollten.

»Genau. Das sagt Hoody auch immer. Wir tun ja nichts Böses. Und der Typ – oder wer auch immer den Transporter aufgebrochen hat – muss echt leise gewesen sein. So weit waren wir gar nicht vom Auto weg.«

Aber vielleicht zu sehr mit was anderem beschäftigt? Doch das wollte Ellen gar nicht wissen. »Was hat denn die Polizei gesagt?«

»Dass das ein Profi war.« Tina sprudelte wieder los. »Und zwar einer, der was Bestimmtes gesucht haben muss. Sonst hätte er zumindest das MacBook und die AirPods mitgenommen. So ein geiler Kopfhörer, Mensch, und der lässt den einfach liegen. Für den braucht man doch nicht mal ein Passwort.« Tina schüttelte den Kopf, als könnte sie es immer noch nicht fassen.

Ellen konnte ganz was anderes nicht fassen. In ihrer Welt gingen Profis systematisch vor. Ein Koffer nach dem anderen, Zeugs wieder rein, zu, nächster Koffer. Sonst endete man doch im Nu im Chaos. Sie räusperte sich. »Na, das kann ja lustig werden, wenn wir unsere Sachen erst wieder zusammensuchen müssen.«

»Was? ... Nein, das meiste ist in den Koffern. Die sehen nur sehr wüst aus innen drin. Die Polizei hat die, die nicht abgeschlossen waren, aufgemacht, und wir haben gemeinsam geguckt. Nur um zu sehen, ob überhaupt noch was drin war.«

Dafür hätte man sie auch anheben können, aber egal. Ellen spielte die Erleichterte und atmete hörbar aus. Ihrer war abgeschlossen.

»War echt nicht viel, was lose rumlag. Wahrscheinlich hat einfach nicht mehr alles reingepasst, schließlich hat der Typ ja nicht ordentlich gepackt. Der wollte das Zeug nur aus dem Weg haben und weitersuchen.« Tina bremste ab und setzte den Blinker, als sie auf eine Kreuzung zufuhren. »Hat der Polizist gesagt. Sonst wüsste ich das auch nicht. Guck mal, da ist schon der Obersee. Und da vorn liegt Einruhr.«

Ellen nickte, obwohl durch die Blätter der Bäume und Büsche kaum etwas zu sehen war. »Was kann der Dieb denn gesucht haben? Heutzutage trägt doch niemand viel Geld mit sich herum, geschweige denn, dass jemand so blöd ist, es in den Koffer zu packen. Ich meine, wir sind Wanderer. ›EIFELwanderungen LEICHT gemacht‹, steht groß am Auto. Was sollen wir denn schon dabeihaben, das einen Einbruch lohnt?«

»Drogen, vermutet die Polizei.« Tina hob entschuldigend die Schultern. »Aber das ist Unsinn. Einer von euch? Und mehr als für den persönlichen Gebrauch? Nein, das kann ich mir echt nicht vorstellen.«

»Ich auch nicht.« Allerdings hatte einer von ihnen vielleicht etwas anderes im Gepäck, das jemand unbedingt wollte. So sehr, dass er einige Risiken dafür einging. Ellen ballte die Hände, entspannte sie wieder. Diamanten waren klein, die trug man – oder frau – bei sich. Das würde sie selbst zumindest tun. Aber das galt auch für Geld. Also doch ein Dumme-Jungen-Streich oder ein verzweifelter Junkie? Unwahrscheinlich. An Zufälle hatte Ellen noch nie geglaubt. An Vorsehung jedoch auch nicht. Man musste das Schicksal schon in die eigenen Hände nehmen. Und genau das würde sie gleich tun.

FLUSS

Wütend lief Frieda hinter Sophie her. Sie verstand sie einfach nicht. Tauchte im Verein auf und fing was mit Jörg an, obwohl beide in einer Beziehung waren. Brachte dann ihren Mann sogar mit zur Wanderung. Heulte um Jörg, als wäre sie die Witwe, schluchzte jetzt genauso herzzerreißend um ihren Laptop und war beleidigt, weil sie keiner bemitleidete! Dachte Sophie ernsthaft, dass sich die Welt nur um sie drehte?

Der Weg ging bergab. Steil bergab. Wie diese ganze Tour! Sie hätten doch abbrechen sollen, aber Frieda hatte gehofft … Hoffte immer noch, wenn sie ehrlich war. Dabei wollte sie doch genau das hinter sich lassen. Sie rutschte weg, fing sich wieder, verringerte ihr Tempo und konzentrierte sich auf ihre Schritte. Kevin überholte sie, warf ihr einen fragenden Blick zu. Sollte sie mit ihm reden? Ihm sagen, dass Sophie und Jörg … dass sie die beiden zusammen gesehen hatte? Aber was sollte das jetzt noch bringen?

Ihr Herz hämmerte.

Die anderen liefen geradewegs auf einen Baum zu. Kurz davor bog der Weg nach rechts ab, und die Wanderer verschwanden aus ihrem Sichtfeld. Frieda merkte erst jetzt, dass sie weinte. Sie ließ es zu. Das half. Die Tränen wurden weniger, hörten schließlich ganz auf. Sie wischte sie ab und registrierte ein Schild an dem Baum vor der Kurve: Zur »Bücherkiste« ging es nach links, zum »Eifelsteig« nach rechts. Neugierig folgte sie dem Bücherkistenschild und entdeckte einen Pippi-Langstrumpf-Baum mit einer herrlichen Höhle im Stamm, in der sich die Bücherkiste befand.

»Na, was gefunden?« Günther tauchte hinter ihr auf und spähte in die Kiste.

»Vor allem ein bisschen Frieden.« Sie lächelte.

Günther legte die Hand auf ihre Schulter und drückte sie. »Wegen des Gepäcks?«

Sie schüttelte den Kopf.

»Das hätte mich auch gewundert.«

Gemeinsam gingen sie zurück zum Weg, als ihr einfiel, dass sie kein Foto gemacht hatte.

»Was ist?« Günther hatte ihr Zögern bemerkt.

»Ich hab vergessen, die Bücherkiste zu fotografieren. Aber weißt du, was? Man muss auch nicht alles festhalten, oder?« Frieda vergrößerte ihre Schritte. »Außerdem wäre es sicher kein so gutes Bild geworden wie bei Ellen.«

Sie erreichten einen Ort und gingen auf der Straße weiter. Einige hundert Meter vor ihnen sahen sie gerade noch, wie ihre Eltern diese wieder verließen und zur Rur abbogen.

»Was hältst du von Ellen? Glaubst du, ihr war gerade tatsächlich schlecht?«

»Warum sollte sie uns was vorspielen?« Überrascht sah Frieda zu Günther. Sie hatte gedacht, er mochte die Fotografin. Allerdings war er oft überaus misstrauisch. Wahrscheinlich eine Berufskrankheit. Die er wohl nicht mehr ablegen würde, was schade war. Wenn er daran arbeitete, ließe sich das bestimmt ändern.

»Das frage ich mich auch.« Er lächelte entschuldigend und tippte sich an die Nase, wie er es früher schon immer gemacht hatte, wenn er Florian und ihr beim fünften »Warum?« was von seinem untrüglichen Riecher erzählt hatte. »Zu viele …«

»… Zufälle, ich weiß. Wir kennen Ellen nicht. Aber wir kennen auch Kevin nicht.«

»Stimmt.«

»Oh nein. Verdächtigst du ihn etwa auch? Aber beide waren doch mit uns unterwegs, als der Transporter durchwühlt worden ist.«

»Und beide könnten einen Verbündeten haben.« Günther hob die Hände. »Es gefällt mir einfach nicht.«

»Mir auch nicht«, sagte Frieda. »Und Jörgs Tod noch viel

weniger. Sag mal, weißt du, worum es in dem Streit zwischen ihm und Florian gegangen ist?«

»Wann? Hier auf der Tour?«

»Nein, ist schon eine Weile her. Da haben wir noch einen Verlag gesucht für das Buch, es muss also im April gewesen sein. Es hat so ausgesehen, als hätte Jörg Flo gedroht. Der hat ihn nur ausgelacht, du weißt ja, wie er ist.«

»Ich bin sicherlich der Letzte, dem er sich anvertrauen würde.« Günther zog seine Mütze tiefer in die Stirn.

»Schade, ich habe gedacht, es läuft wieder gut zwischen euch.« Frieda holte Luft. Zum Loslassen gehörte es, hinzusehen, auch wenn es wehtat. »Meinst du, es könnte sein, dass Flo …? Ich meine, er steht doch auf ältere Frauen. Meinst du, er könnte was mit Margot angefangen haben?«

»Nein.« Das kam schnell und sehr entschieden. »Flo baggert nur die Frauen an, um die ich mich bemühe. Glaub mir.« Günther klang bitter. Und traurig.

»Ach was.« Frieda nahm seine Hand und drückte sie.

»Hast du nicht gemerkt, dass er Ellen auf Schritt und Tritt folgt, seitdem ich mich auf der ersten Etappe mit ihr unterhalten habe?«

»Das ist doch ganz normal. Mal läuft man mit dem einen, mal mit dem anderen. Geht er noch zu seiner Therapeutin?«

»Keine Ahnung. Mit mir spricht er nicht über so was.«

Frieda tastete nach ihrem Beutel. Sollte sie versuchen, mit ihm zu reden? Gedankenverloren gingen sie weiter und stießen wenig später am Campingplatz an der Rur wieder auf die anderen.

»Das ist der Platz, den ich Anouk empfohlen habe«, erklärte ihr Vater.

Automatisch schaute Frieda zur Zeltwiese. Anouk war eine Nette. Die würde sie gern wiedertreffen.

Ein Platschen, ein Schrei. Frieda blickte zurück zum Weg. Kevin war weitergegangen und auf dem schlammigen Weg zwischen den schulterhohen Erdwällen ausgerutscht. Rasch stand er wieder auf, fluchte und wischte sich den kackbraunen Hintern ab.

»Durch diese hohle Gasse müssen wir gehen«, deklamierte Florian mit düsterer Stimme und hob das Handy vor die Nase.

Frieda spürte, wie Günther sich neben ihr verspannte, und legte ihm warnend die Hand auf den Unterarm. Wenn er Florian anpampte, würde es das Vater-Sohn-Verhältnis nur noch mehr belasten. Sie wies zum Campingplatz. »Dort kannst du dich sicher waschen, Kevin.«

»Hammer!«, rief ihr Vater.

Kevin warf ihm einen finsteren Blick zu. »Verarschen kann ich mich auch selbst.«

»Verarschen?« Florian lachte laut los und deutete auf Kevins Hintern. »Sorry, das ist einfach zu gut. Einen Vorteil hat das Ganze aber.«

»Ach ja?« Kevin wischte immer noch an seinem Hintern herum.

»Jetzt, wo dein Look ruiniert ist, kannst du ruhig dein Longsleeve ausziehen. Ist doch viel zu warm dafür.«

»Hättest dich vor der Tour mal mehr bewegen sollen. Dann würdest du nicht so leicht ins Schwitzen geraten.« Kevin grinste.

Die beiden gaben sich die Ghettofaust, während ihr Vater erläuterte, dass er den Ort gemeint hatte. Der heiße so. Frieda nickte gequält. Bei aller Liebe zu ihrem Vater wünschte sie sich doch häufiger, dass er einfach mal den Mund hielt.

Nach der Schlammstrecke ging es über die Rur, nun wieder bergan. Frieda versuchte, neben Florian zu laufen, aber der hatte es nach wie vor eilig und führte die Gruppe an. Er, Kevin und Sophie. Keine Chance, um mal ruhig mit ihm zu reden. Das ließ der Weg auch gar nicht zu. Eine tolle Streckenführung. All die kleinen Pfade, die verwunschenen Wege durch den Wald, die weiten Blicke, der Fluss, der neben ihnen plätscherte.

An einer Bank, deren Form wohl dem sich windenden Fluss im Tal unten nachempfunden war, legten sie eine Trinkpause ein.

»Atmet mal durch.« Frieda stieß das an der Bank angebrachte Pendel an. »Erst wenn es stillsteht, setzen wir uns wieder in Bewegung.«

Sie linste zu Florian hinüber. Er schaute nicht mehr ganz so gestresst wie vorhin, als Tina ihnen erklärt hatte, dass ihr Gepäck durchwühlt worden war. Was er wohl dabeihatte, dass er vorhin so losgerannt war? Das waren doch nur Sachen. Und wenn die irgendeinem armen Kerl weiterhalfen, dann war das doch nicht so schlimm. Ja, man sollte nicht klauen, aber wenn sie die Geschichten in ihrem Café hörte … Viel erzählten die Leute nicht über das, was sie auf der Flucht erlebt hatten. Ein bisschen wie Florian damals. Nicht dass man das vergleichen konnte. Und bei ihm war es ja auch schon lange her. Sie hatte gedacht, er habe den Tod seiner Mutter verarbeitet. Aber vielleicht tat man das niemals so ganz.

»Es bewegt sich nicht mehr«, verkündete Sophie, machte aber keine Anstalten, wieder loszugehen.

Anders als Kevin und Florian. Als hätten sie nur darauf gewartet, sprangen beide auf.

»Kev, hey, Kev, jetzt warte doch mal!« Leidend humpelte Sophie ihrem Mann hinterher.

Der blieb tatsächlich stehen und wartete auf sie. Auch Florian sah sich noch einmal um. Als er Friedas Blick bemerkte, nickte er zu Sophie hin und verdrehte die Augen. Frieda lächelte. Und schämte sich sogleich dafür, aber es tat gut zu spüren, dass sie sich noch immer wortlos verstanden.

AUSSICHT

Der Mann an der Rezeption händigte Ellen die Schlüssel für die Gruppe aus und sorgte dafür, dass ihr jemand half, das Gepäck auf die Zimmer zu bringen. Schritt eins ihres Plans ließ sich problemlos umsetzen. Als Nächstes knöpfte sich Ellen das Zimmer von Sophie und Kevin vor. Rasch brachte sie eine Webcam im Schlafraum an und dann noch eine Wanze im Bad. Anschließend widmete sie sich den beiden Koffern. Durcheinander war der Inhalt ja schon. Da ging die Suche schnell, wenn auch ohne Edelsteinfund. Der hätte sie auch mehr als überrascht.

Das gleiche Prozedere wiederholte sie in Florians Zimmer. Neben dem, was man bei einem Wanderurlaub erwarten würde, hatte er einiges an Büchern dabei. Und Karten, alte Karten von der Rureifel, eine sah aus wie eine Schatzkarte. Auch die Bücher hatten alle was mit Schätzen zu tun: »Der Schatz im Silbersee«, ein Handbuch für Schatzsuchende, ja sogar ein Exemplar von »Die drei ???« war dabei, »Im Wald der Gefahren«. Was stimmte nicht mit Florian? War das so ein Akademikerding?

Zurück auf ihrem Zimmer, schickte sie eine Nachricht an Uta und bat sie zu schauen, ob sie etwas über den Einbruch in den Transporter herausbekommen konnte. Siedend heiß meldete sich ihr schlechtes Gewissen. Max. Verdammt. Höchste Zeit für ein Lebenszeichen. Und eine Entschuldigung. Rasch schrieb sie ihm, dass ihr ein Auftrag dazwischengekommen sei. Sie melde sich später am Abend. In Gedanken machte sie einen Knoten ins mentale Taschentuch.

Im Chat der Wandergruppe fragte Rita, wie es ihr gehe und ob sie gut angekommen sei. Ihr fehle nichts, antwortete Ellen, bemerkte jedoch, dass das missverständlich war, und schob hinterher, dass sie sich besser fühle und ihr nichts gestohlen worden sei. Die anderen sollten sich nicht allzu sehr sorgen. Wo sie denn seien?

»Schöne Aussicht«, kam es prompt von Philipp. »Toller Rastplatz. Fotoverdächtig.«

»Schön, dass es dir wieder gut geht«, meldete sich Rita.

»Magst du uns entgegenkommen?« Philipp.

»Selbstverständlich nur, wenn du willst.« Wieder Philipp.

Ellen grinste. Wahrscheinlich hatte Rita ihm nach seiner ersten Nachricht den Ellbogen in die Seite gestoßen.

Bevor sie antworten konnte, klingelte ihr Handy. Max. Also gut. »Hey, du, tut mir echt leid, eiliger Auftrag …«

»Man könnte glatt meinen, du arbeitest bei der Mordkommission.«

»Nein, aber einen Toten hat es tatsächlich gegeben.« Sie klärte ihn auf, erzählte von dem Undercover-Auftrag, von Jörgs Tod und von den Diamanten. Hörte, wie er Luft holte, und kam ihm zuvor. »Du, ich muss. Ich meld mich später noch mal, ja?«

Eine Ausflucht, aber sie wollte nicht mit ihm über ihren Fall sprechen. Wollte nicht überlegen müssen, was sie ihm sagte und was lieber nicht.

Rasch beendete sie das Gespräch, nahm ihre Kamera und ging den anderen entgegen. In Ortsnähe musste sich ein Aussichtspunkt befinden. Dort würde Philipp wenigstens noch ein schönes Foto bekommen. Und wenn die Gruppe Lust hatte, auch alle anderen.

Nachdem Ellen die Bundesstraße überquert hatte, ging der Eifelsteig links ab. Und steil nach oben. An der zweiten Kehre stand eine Bank mit Blick auf den Ort. Von weiter oben wäre die Aussicht bestimmt noch beeindruckender, aber für ein Gruppenfoto reichte es allemal. Ellen setzte sich und schickte eine Nachricht im Wandergruppenchat, dass und wo sie wartete.

Eine Viertelstunde später kündigten Geräusche Wanderer von oben an. Ellen drehte sich um und brachte die Kamera in Position.

»Da ist sie!«

Mit großen Schritten kamen die NaKuLis auf sie zu. Ellen startete die Videoaufnahme und ließ sie laufen, bis alle da waren. Kevin sah aus, als hätte er sich im Schlamm gesuhlt. Sogar sein Rucksack war eingesaut.

Mitfühlend nickte sie ihm zu. »Oh weh. Bist du schlimm gestürzt?«

»Ach was. Kein Ding.« Er wippte auf den Füßen. »Wo ist das Hotel?«

Ellen deutete zum Ort. Was war denn mit dem los? Wo war der leidende Mann vom ersten Tag geblieben?

Die Gruppe zog weiter, doch Günther hielt sie zurück.

»Geht's dir wieder gut?«, fragte er und sah sie forschend an. »Ich mag keine Zufälle. Erst Jörgs Tod, dann der Überfall auf unser Gepäck.«

»Und Kevins Sturz.« Ruhig erwiderte Ellen seinen Blick, bemerkte ein leichtes Zucken der Augenwinkel. Günther hatte wunderschöne Lachfalten, das musste sie ihm lassen. »Ich mag auch keine Zufälle.«

Günther musterte sie immer noch. Glaubte er, sie habe ihre Übelkeit nur vorgetäuscht?

»*Wow, wat een prachtig uitzicht!*« Ein Wanderer mit einer olivfarbenen Mesh-Basecap auf dem Kopf, verspiegelter Sonnenbrille, großem Rucksack und abgelaufenen Schuhen trat neben sie. »Herrlich, nicht wahr?«

Sie nickten.

»Geht ihr auch den Eifelsteig?« Der Mann schob die Sonnenbrille auf den Schirm der Basecap. Er hatte braune Augen und war doch eher Mitte vierzig als Ende dreißig, wie Ellen zuerst gedacht hatte.

Gemeinsam liefen sie nach unten, wo Philipp den fremden Wanderer sofort in Beschlag nahm. Natürlich hatte er das Eifelsteig-Symbol auf der Basecap gleich bemerkt und freute sich, dass er mit Axel aus Belgien über die Etappe schwärmen konnte.

Im Hotel angekommen, verteilte Ellen die Schlüssel. Das MacBook gehörte Florian, der Kopfhörer, den Tina so toll fand,

Kevin. Dafür, dass das Teil sündhaft teuer gewesen war, hatte er sich verdammt wenig Sorgen gemacht.

Nachdem alle versorgt waren, ging auch sie auf ihr Zimmer und duschte. Kaum war sie wieder angezogen, klingelte ihr Handy. Margot. Als hätte sie nur abgewartet, bis Ellen fertig war. Dabei war Leute-Observieren doch Ellens Job.

»Hallo, Margot.« Ellen prüfte rasch, ob das Fenster geschlossen war. Dann brachte sie Jörgs Frau auf den neuesten Stand.

»Wie schrecklich! Meinst du, die Tatsache, dass das Gepäck durchsucht wurde, deutet darauf hin, dass die Diamanten noch mit euch unterwegs sind?« Margots Stimme klang dünn.

»Das halte ich für das Wahrscheinlichste, aber lass uns nicht spekulieren. Gibt es schon was Neues von der Polizei aus Monschau?«

»Nein.« Den Geräuschen nach putzte sich Margot die Nase.

»Bist du allein?«

»Ja, aber gleich kommt eine Freundin zu mir.«

»Gut.«

Sie wechselten noch ein paar Worte, dann verabschiedeten sie sich.

Auf dem Flur wurde es laut. Jemand klopfte an ihre Tür.

»Zeit fürs Abendessen.«

Das war eindeutig Philipps Stimme. Als sie die Tür öffnete, klopfte er gerade gegenüber, und Günther trat aus seinem Zimmer. Im Treppenhaus erspähte Ellen Sophie und Kevin.

Gott, war sie hungrig.

HEILWASSER

Das Restaurant lag nur wenige Schritte vom Hotel entfernt. Ein großer Außenbereich mit Tischen und Stühlen erstreckte sich bis auf die Wiese zum See hin. Sie stellten zwei Tische zusammen, sodass der eine im Schatten eines Sonnenschirms, der andere in der Abendsonne lag.

Rita, Philipp, Günther und Sophie bevorzugten einen Schattenplatz, also gesellte sich Ellen zu Kevin und Frieda auf die Sonnenseite.

»Und du bist dir ganz sicher, dass nichts mehr im Auto ist? Guck doch bitte noch mal nach.« Vom Schiffsanleger her stapfte Florian über die Wiese zum Restaurant. Das Handy am Ohr und ein Gesicht wie der Teufel, als ihm klar wurde, dass der Engel den größeren Stein hatte. Jetzt ließ er das Smartphone sinken.

»Was ist denn los?« Frieda winkte ihm zu. »Ist dir was gestohlen worden?«

»Die Tasche mit meinem ganzen Technikkram ist weg.« Er zog sich den letzten freien Stuhl heran und fluchte erneut.

»Hast du schon im Hotel gefragt? Vielleicht ist sie ja dort verloren gegangen.«

»Ist sie nicht. Sagt zumindest der Typ am Empfang.« Florian wandte sich Ellen zu. »Hast du sie vielleicht gesehen? Klein, schwarz, sieht aus wie ein Mini-Hartschalenkoffer, nicht größer als ein Briefumschlag.«

»Nein, tut mir leid. Ist was Wertvolles drin?« Ellen sah ihn fragend an.

»Wie man's nimmt.« Florian schaute zum Stuhl und setzte sich endlich. »Diverse Aufladekabel, eine externe Festplatte, was man halt so braucht unterwegs.«

»Ärgerlich, aber das lässt sich doch alles ersetzen.« Rita lächelte Florian zu.

»Nicht wenn was Wichtiges auf der Festplatte war.« Philipp plusterte sich wieder mal auf. »Hast du die Daten denn nicht noch auf dem Laptop? Oder in der Cloud? Wir sichern alles mehrfach.«

»Papa, das hilft ihm jetzt auch nicht.« Frieda nahm die Speisekarte und reichte sie Florian. »Such dir erst mal was zu essen aus.«

Der sah noch mal zu Ellen, als hätte sie was mit alldem zu tun, atmete durch, senkte den Blick und vertiefte sich in die Karte.

»Fehlt sonst noch jemandem was?«, fragte Frieda. »Ich finde meine Ersatzbeutel nicht, aber vielleicht hab ich sie auch unterwegs verloren.«

Ein Kellner trat an den Tisch. »Wissen Sie schon, was Sie wollen?«

Und ob, dachte Ellen. Eine Festplatte für Florian und für sie Edelsteine und eine Videoaufnahme vom Geschehen an der Haller-Ruine in der Todesnacht.

Senfschnitzel, Paprikaschnitzel, Pfefferschnitzel, Forelle, Salat, Spinatpfannkuchen. Eifeler Landbier und Radler. Nachdem sie bestellt hatten, ging die Diskussion weiter.

Eine Frau vom Nachbartisch erzählte, dass sie und ihr Mann in Avignon ausgeraubt worden seien. »Deswegen sind wir dieses Jahr in die Eifel gefahren.«

»Mir ist letztes Jahr auch so was passiert«, meldete sich Axel zu Wort. Der Wanderer, der sie vom letzten Aussichtspunkt zum Hotel begleitet hatte, saß gleich hinter ihnen. »In den Ardennen. Da haben sie alle Medikamente mitgehen lassen, die ich dabeigehabt hatte. Nicht dass es viel gewesen wäre, aber eine kleine Reiseapotheke nimmt ja jeder mit.«

Die Bedienung kam mit den Getränken und berichtete von anderen Fällen, wo die merkwürdigsten Dinge entwendet worden waren. Von Wanderstöcken über Ferngläser bis hin zu Unterwäsche. »Haben die Leute erzählt. Ob's stimmt, weiß ich natürlich nicht.«

»Magst du dich nicht zu uns setzen, Axel?« Philipp deutete auf den Platz am Kopfende. »Allein essen macht doch keinen Spaß.«

»Gern, wenn das für alle okay ist?« Axel wechselte an ihren Tisch, und prompt entspann sich ein Gespräch über Wanderwege im Allgemeinen und über *the one and only* Eifelsteig im Besonderen. Philipp war in seinem Element und Ellen froh, am anderen Ende des Tisches zu sitzen.

Nach dem Essen schlug Frieda einen Verdauungsspaziergang zum Heilsteinbrunnen vor. »Auch Gefühle wollen verdaut werden. Und ein bisschen heilende Energie kann beim Loslassen auch nicht schaden.« Sie zog ihren Beutel hervor und sah Florian fragend an, doch der lehnte ab. Genauso wie die anderen Männer. Sie bevorzugten das »Heilwasser« aus Hopfen.

»Ach, komm doch mit.« Sophie war schon aufgestanden und legte ihre Arme von hinten um Kevin, aber er blieb standhaft – und sitzfest.

»Mama? Ellen?«

»Na gut.« Rita schob den Stuhl zurück und schaute zu Ellen.

Florian und Kevin oder Sophie? Ellen zögerte, erhob sich dann aber und vervollständigte die Frauenrunde.

»Sag mal«, Rita gesellte sich zu Ellen, »du kanntest Jörg doch auch.«

»Nein, wieso?«

»Mir will einfach nicht in den Kopf, dass er mitten in der Nacht auf einen Berg gestiegen ist. Jörg ist … war nicht so ein Abenteurer. Was hat er da nur gewollt? Er war schon auf der Wanderung am Montag so komisch drauf. Derart abgesondert hat er sich sonst nie.«

Den ganzen Tag über war Rita still gewesen. Jetzt ahnte Ellen, worüber sie nachgedacht hatte. »Befürchtest du, dass er in der Nacht dort hochgeklettert ist, weil sich hinunter…?«

»Um Himmels willen, nein.« Rita blieb stehen und starrte Ellen an. »Jörg doch nicht. Ein so leidenschaftlicher, charismatischer Mensch, der sich für so vieles interessiert und eingesetzt hat. Nein, wie kommst du denn auf die Idee?«

Ellen strich sich die Haare aus dem Gesicht. »Geschäftliche Probleme? Ich habe von dem Einbruch in seinen Juwelierladen gehört. Und wenn dann noch was anderes dazukommt ...«

»Wie meinst du das?«

Ellen hob die Augenbrauen und schaute zu Sophie, die ein paar Schritte vor ihnen einen besonders schönen Blumenkasten bewunderte, während Frieda unbeeindruckt weiterging.

»Ach was. Glaubt Margot das etwa?« Rita lachte ungläubig auf. »Jörg ging es um das Buch. Darum, dass es sich verkauft.« Ihre Stimme wurde bitter.

»Verkaufen sich Märchen besser als Gedichte?«

»Du stellst die falsche Frage. Heutzutage geht es darum, ob der Autor oder die Autorin zieht. Jörg hat Sophie mit dem Buch geködert und den Verleger mit Sophie. Entweder das, oder«, Rita schnippte mit den Fingern, »der Verlag zieht zurück.«

Schweigend gingen sie an der Kirche vorbei und erreichten kurz darauf den Wassergarten hinter dem Heilsteinhaus. Am Heilsteinbrunnen im Innenhof legte Frieda ihren Beutel ab, zog ihre Sandalen aus und trat Wasser in einem der Becken. Sogleich machte Sophie es ihr nach. Rita setzte sich an den Beckenrand und genoss den Sonnenuntergang, während Ellen am Brunnen blieb. Gedankenverloren betrachtete sie Friedas Beutel. Ob Jörg auf die dumme Idee gekommen war, die Steine darin zu verstecken? Ihr würden tausend bessere Möglichkeiten einfallen, angefangen bei der Kaugummidose bis hin zu einem Glas Honig. Aber vielleicht hatte er gedacht, es sei schlau, etwas zu nehmen, was alle dabeihatten. Ellen stellte sich so vor den Brunnen, dass sie den Beutel verdeckte, und tastete ihn ab. Der Gegenstand darin fühlte sich an wie ein Herz. Achselzuckend drehte sie sich um und sah gerade noch, wie das letzte Stück Sonne hinter dem gegenüberliegenden Berg verschwand. Prompt wurde es kühl. Sophie und Frieda schlüpften wieder in ihre Sandalen, Frieda holte ihren Beutel, und sie spazierten zurück zum Hotel.

»Noch ein Bierchen?« Philipp, Günther und der Belgier saßen auf der Außenterrasse und prosteten ihnen zu.

Während sich Rita und Frieda zu den Männern setzten, schloss sich Ellen Sophie an.

»War ein langer Tag«, sagte sie und nickte den anderen zu. Und für sie war er noch nicht zu Ende. Richtig gespannt war sie auf die Webcam-Aufzeichnungen.

»Aufzug?«, fragte sie, als sie ins Hotel traten.

Sophie nickte. »So ein gläserner ist echt klasse, nicht wahr? Da kann man gleich doppelt genießen. Man muss nicht selbst gehen und kann zusätzlich auf den Rursee schauen.«

Oben angekommen, wünschte Sophie ihr eine gute Nacht und wandte sich in den Gang zur Rechten.

»Hey, du musst nach links. Ihr seid doch im Zimmer neben mir.«

»Wir haben getauscht.« Sophie gähnte und drehte sich zu ihr um. »Direkt über der Terrasse wird es schnell mal zu laut. Also dann, schlaf gut.« Sie gähnte noch einmal und verschwand dann im Flur.

Ellen starrte ihr nach. Zu laut. Von wegen. Hatten die beiden die Webcam oder die Wanze entdeckt? Das war ihr noch nie passiert. Sie trat zurück in den Aufzug, fuhr nach unten und ging an die Bar.

»Einen doppelten Whisky, bitte.« Den hatte sie jetzt dringend nötig.

»Möchten Sie unseren Eifel-Whisky oder lieber ...?«

Ellen ließ den Barkeeper reden. Wen interessierte, wo der Whisky herkam? Hauptsache, er wirkte.

Sie nahm das gefüllte Glas und probierte. Der war gut. Der war sogar richtig gut. »Welche Sorte, sagten Sie doch gleich, ist das?«

TAG 4

*Süchtig nach dem See? Das haben wir uns
gedacht und nehmen deswegen zunächst
die »Seensucht«. Mit dem Schiff fahren wir
zur Urftstaumauer, der ältesten Talsperre
der Eifel. Überhaupt wird es heute sehr
geschichtsträchtig. Über die Dreiborner
Hochfläche erreichen wir die Wüstung
Wollseifen und laufen von dort zum Forum
Vogelsang. Nachdem wir die Mahnmale der
Vergangenheit besichtigt haben, geht es hinab
nach Gemünd, dem Tagesziel der vierten
Etappe, die uns durch ganz viel Nationalpark
führen wird. Zwei Drittel der Gesamtstrecke,
etwa vierzehn Kilometer, werden wir zu Fuß
bestreiten und ein Drittel auf dem Schiff.
Wanderer ahoi und Leinen los!*

FREISCHWIMMEN

Whisky wurde wohl zu Recht »Wasser des Lebens« genannt. Jedenfalls hatte er Ellen gestern Abend rasch aus ihrem Tief geholt, und sie hatte sich überaus belebt gefühlt, als sie mit Günther und Axel an der Bar gesessen hatte. Keine neuen Informationen, aber hey, das konnte man ja vorher nicht wissen. Verpasst hatte sie jedenfalls nichts. Weder Kevin noch Sophie noch Florian waren an ihnen vorbei aus dem Hotel geschlichen. Letzterer hatte der Webcam zufolge die Nacht auf seinem Zimmer verbracht. Er war wohl einer von denen, die mit ihrem Laptop schliefen. Tief und fest, auch jetzt.

Sie ballte die Hände. Der Zimmertausch von Sophie und Kevin machte ihr immer noch zu schaffen. Hatte sie die winzigen Abhörgeräte so offensichtlich angebracht? Gott, wenn das jemand erfuhr! Das war definitiv der Tiefpunkt ihrer Karriere als Privatdetektivin.

Ellen schlüpfte in ihren Badeanzug, warf ein Kleid über, schnappte sich Handtuch und Sling und verließ das Hotel in ihren Badeschlappen. Das Naturfreibad öffnete zwar erst später, aber sie hatte sich Freunde gemacht gestern Nacht, mal abgesehen von Günther und Axel. Wie auch immer sie auf das Thema Schwimmen gekommen waren, der Barkeeper hatte jedenfalls dafür gesorgt, dass sie vorzeitig ins Bad durfte.

Das Wasser war kalt, als sie hineinglitt. Also schwamm sie gleich los. Ein bisschen wie früher war das, nur dass hier gerade sonst niemand trainierte. Nun ja, sie trainierte ja auch nicht. Schon lange nicht mehr. Aber es tat gut, in ihrem Element zu sein.

Nach mehreren Runden Brustschwimmen kraulte sie, durchpflügte das Wasser, schlug kraftvoll mit den Beinen. Es gab nur sie und den See. Alles andere fiel von ihr ab. Der Fall genauso wie die Wechseljahrekilos.

Irgendwann drehte sie sich auf den Rücken und ließ sich treiben. Abwarten. Beobachten. Sie wusste doch, wie es ging. Geduld und Spucke. Antworten finden, anstatt sie zu suchen. Sie schaute in das sorglose Frühsommerhellblau über ihr. Himmel, war sie jetzt in dem Alter, in dem sie sich an Kalenderweisheiten klammerte? Finden statt suchen, welch ein Unsinn! Sie schwamm sich wieder warm und verließ dann das Wasser.

Am Freibad-Kiosk lehnte sie einen ersten Kaffee ab, lobte das Bad, den See, die Gegend.

»Dann geht's heute nach Gemünd?« Natürlich wusste der Mann an der Kasse, dass sie auf dem Eifelsteig unterwegs war. »Schlimme Sache, das mit dem Toten in Monschau.«

»Erwin, jetzt verschreck die Leute doch nicht.« Eine Frau trat hinzu, füllte ihren Kaffeebecher auf und wandte sich an Ellen. »Der war, glaub ich, schon älter. Machen Sie sich mal keine Sorgen.«

»Da wär ich mir nicht so sicher. Also dass der eines natürlichen Todes gestorben ist.« Eine frühe Gassigeherin, deren Hund über den Parkplatz zum nächsten Auto lief und die Reifen beschnupperte, warf einen Hundekotbeutel in den Abfalleimer. »Morgen, Erwin, Morgen, Ulla. Guten Morgen.« Sie bedachte Ellen mit einem neugierigen Blick.

Ellen grüßte freundlich zurück.

Die Gassigeherin schob sich näher heran. »Ich sag's euch. Der Mann wurde ermordet. Ich hab den Schuss gehört.«

»Unsinn. Wenn er erschossen worden wäre, hätte das doch in der Zeitung gestanden. Was du gehört hast, war garantiert ein Motorrad. Fehlzündung. Du weißt doch, wie die am Wochenende da unterwegs sind.« Ulla nickte Ellen beruhigend zu.

»Das war aber nicht am Wochenende.« Die Gassigeherin hielt ihren Hund davon ab, an einer verrosteten Coladose zu schnüffeln. »Rufus!«

»Hat halt jemand gefeiert.« Ulla hob die Schultern. »Oder 'nen Krimi geguckt bei offenem Fenster.«

»Mitten in der Nacht? Wo jeder das mitkriegt? Und so laut?«
Die Hundefrau schüttelte den Kopf. Rufus zerrte an der Leine.
»Ja, Rufus, ist ja gut. Wir gehen.« Sie winkte zum Abschied.

»Ich muss auch. Vielen Dank noch mal!« Ellen nickte Ulla
und Erwin zu und folgte der Gassigeherin zur Straße. »Entschuldigen Sie, aber das mit dem Schuss lässt mich nicht los.
Ist denn der Mann nicht durch einen unglücklichen Sturz auf
einen Stein umgekommen?«

»Eine Wegmarkierung! So ein Unsinn. Er wurde erschossen,
glauben Sie mir.« Die Gassigeherin rieb sich über die Arme.
»Ich frag mich die ganze Zeit, was der in der Nacht da oben
getrieben hat. Der soll ja ein Geschäft gehabt haben. Vielleicht
ist er erpresst worden. Gerade erst habe ich von einem Neunzehnjährigen gelesen, der eine Maus in einer Bäckerei gefilmt
und dem Inhaber damit gedroht hat, das Video zu veröffentlichen, wenn er nicht zahlt. Rufus!« Den Hund zog es zurück
zu seinem Autoreifen.

»Haben denn noch andere Leute diesen Schuss gehört? Oder
vielleicht Stimmen, Schreie?« Ellen gab sich weiterhin besorgt.
In der Gruppe hatte niemand etwas mitbekommen. Oder er
oder sie hatte es für sich behalten.

»Mehrere Schreie, ja.« Die Gassigeherin tätschelte Ellens
Arm. »Die Polizei geht dem sicher nach. Sind Sie denn allein
unterwegs?«

Ellen verneinte.

»Na, sehen Sie. Dann wird Ihnen schon nichts passieren.«
Die Frau rief nach ihrem Hund. Schwanzwedelnd kam Rufus
angelaufen, wurde mit einem Leckerli belohnt, und Frau und
Hund liefen in die andere Richtung davon.

Nachdenklich sah Ellen ihr nach. Stammte das Blut an der
Ruine also von einer Schussverletzung?

Auf dem Rückweg zum Hotel ging sie gedanklich ihre Kontakte bei der Polizei durch. Max war ihre beste Option, aber ihn
wollte sie nicht in den Fall hineinziehen. Aus vielerlei Gründen. Andererseits wäre es ja kein wirkliches Hineinziehen.
Schließlich musste er ihr aus keiner Klemme helfen. Nicht er

würde ihr einen Gefallen tun, sondern sie der Polizei, indem sie Informationen weitergab. Und dabei den Stand der Ermittlungen erfuhr. Keine große Sache. Bevor sie es sich anders überlegte, schrieb sie Max eine Nachricht. Und eine weitere an Uta, in der sie sie bat, zu prüfen, ob Florian oder ein anderer der NaKuLi-Wanderer eine Schusswaffe besaß oder Zugang zu einer solchen hatte.

Am Hotel angekommen, steuerte Ellen direkt den Frühstücksraum an. Schwimmen machte sie hungrig. Immer schon.

Mit einer Schüssel Obstsalat, einem Kännchen Tee, einem Körnerbrötchen, einem Croissant und allen Marmeladensorten, die das Büfett hergab, begab sie sich auf die Terrasse, aber auch hier entdeckte sie keinen NaKuLi-Wanderer. Verwundert setzte sie sich an einen der Tische und prüfte die Uhrzeit. Alles im grünen Bereich. Was war denn mit den anderen los?

Sie biss in das Croissant, holte ihr Handy aus der Sling und schaute, was Florian trieb. Er war noch im Bett. Den Laptop auf den Knien, starrte er direkt in die Kamera. Ellen fluchte. Hatte jetzt auch er die Webcam entdeckt? Das durfte doch nicht wahr sein!

War es auch nicht. Florian senkte den Blick und tippte etwas in seinen Computer. Ellen atmete auf, biss erneut in das Croissant und öffnete den Gruppenchat. Alles ruhig. Wahrscheinlich waren sie einfach geschafft. Die Trauer, die Aufregung und die vielen Höhenmeter gestern, das nahm jeden mit.

Rauch stieg ihr in die Nase. Sie wandte den Kopf zur Seite. Axel, der Wanderer aus Belgien und ihr nächtlicher Whisky-Mittrinker, schlenderte über die Terrasse. Die Zigarette in der Hand, sah er sich suchend um.

»Ertappt.« Er grinste schief, als er sie entdeckt hatte.

»Mich oder dich?« Ellen schob sich den letzten Zipfel ihres Croissants in den Mund.

Er lachte und nickte zum Nachbartisch, auf dem ein Aschenbecher stand. »Darf ich, oder stört dich der Rauch?«

»Nö, ist ja windstill.« Ellen probierte den Tee. Nun ja. Sie schmierte sich ihr Brötchen. »Kommst du hier aus der Ecke?

Du sprichst ausgezeichnet Deutsch.« Interessiert sah sie zu ihm hinüber, während sie weiter frühstückte.

»Danke, und nein, ich wohne an der Küste, habe aber einige deutsche Freunde. Mit einem davon wollte ich hier wandern, doch die Grippe hat ihn umgehauen.« Er zog ein Blättchen heraus und füllte es mit Tabak.

Ellen kribbelte es in den Fingern. Sie hatte ein Faible fürs Zigarettendrehen. Stattdessen löffelte sie ihren Obstsalat.

Er bemerkte ihren Blick und hielt inne. »Keine Sorge, ich leg mir nur einen kleinen Vorrat an. Übrigens echt nett von euch, dass ihr mich gestern dazugebeten habt. So allein unterwegs zu sein ist doch öder, als ich dachte.«

»Ah, hier steckt ihr. Guten Morgen, ihr beiden. Ich habe mich schon gewundert, dass keiner im Frühstücksraum ist.« Frieda balancierte ein Tablett vor sich her. Den Tagesrucksack hatte sie auch schon dabei.

Ellen schaute auf die Uhr und stand auf. »Tut mir leid, aber ich mach mich besser mal fertig.«

»Och schade.« Frieda setzte ihr Tablett ab und wandte sich an Axel. »Du gehst jetzt aber nicht auch, oder? Mein Vater ist auf dem Eifelsteig unterwegs, damit er vor der Bootsfahrt noch ein Stück ablaufen kann, das wir nicht gehen. Meine Mutter sitzt irgendwo am See und schreibt ihre Morgenseiten. Günther lauscht bestimmt den Vögeln, und Florian liegt noch im Bett. Sophie und Kevin garantiert auch.«

Letzteres hoffte Ellen sehr. Nicht dass die beiden Turteltauben, die keine waren, ausgeflogen waren. Aber warum sollten sie das ausgerechnet jetzt tun?

Sie nahm ihre Sachen und ging aufs Zimmer. Bei nächster Gelegenheit würde sie die Wanderrucksäcke der beiden mit GPS-Trackern versehen. Hoffentlich hatte sie noch so viele dabei, dass es auch für Florian reichte. Sie dachte an die verschwundene Kaugummidose. Vielleicht ergab sich auf dem Schiff ja eine Gelegenheit, auf das Gepäck aufzupassen, während die anderen die Landschaft bewunderten.

SEENSUCHT

Kurz vor halb zehn rollte Günther seinen Koffer zum Transporter und lud ihn ein. Gestern schon hatten sie vereinbart, dass Tina ab sofort immer direkt zum Hotel am Zielort fahren und ihr Gepäck dort in einem abschließbaren Raum wegsperren lassen würde. Keine Zwischenstopps, kein Einkaufen im Supermarkt, nicht einmal tanken sollte sie. Und den Schlüssel des Gepäckraums stets am Herzen tragen. Philipp hatte die blöde Bemerkung gestern gebracht. Jetzt war er zwar nicht da, aber jeder aus der Gruppe klopfte auf sein Herz oder sprach die mahnenden Worte laut aus. Tina lächelte tapfer. Günther tat die junge Tourbegleiterin fast ein wenig leid. Hoffentlich hatte sie daraus gelernt und würde zukünftig besser achtgeben. Den Gedanken, dass sie mit demjenigen, der ihre Sachen durchwühlt hatte, unter einer Decke stecken könnte, hatte er schnell wieder verworfen. Wenn das hier eine Luxuskreuzfahrt wäre, würde sich im Gepäck vielleicht was Stehlenswertes finden, aber nicht bei einem Wanderurlaub.

»Hat jemand Florian gesehen?« Frieda schaute sich suchend um.

Eine Zeit lang hatte Günther gehofft, dass aus den beiden ein Paar werden würde. Frieda würde Florian guttun, aber ob das andersherum auch der Fall wäre? Er seufzte.

»Ich schau mal, ob er noch drinnen ist«, sagte er und steuerte den Hoteleingang an. Aus den Augenwinkeln erkannte er Florian seitlich vom Gebäude. Zusammen mit diesem Belgier, Axel Maes, einem unterhaltsamen Kerl, Logistiker, aktuell war er am Antwerpener Hafen beschäftigt. Es war spannend gewesen, was er da gestern zum Thema Umweltschutz erzählt hatte. Und die spontane Whiskyprobe im Anschluss, als sie Ellen an der Bar getroffen hatten … Richtig schön war das gewesen. Trotz all dem, was passiert war. Mal kurz alles vergessen. Günther seufzte erneut. Er wechselte die Richtung und ging auf die beiden zu, bemerkte die zwei Zigaretten, die im Ascher vor sich hin qualmten.

»Mein Gepäck ist schon im Auto«, rief Florian und winkte, als wollte er ihn fortscheuchen. »Wir kommen gleich nach.«

Wollte Florian nicht, dass er ihn beim Rauchen erwischte? Als wäre er zwölf und nicht zweiundvierzig. Kopfschüttelnd lief Günther zurück und folgte den anderen Richtung Schifffahrtssteg. Die »Seensucht« lag schon da, bereit für die erste Tour des Tages. Er spürte einen Blick auf sich und sah auf. Ellen. Die Fotografin musterte ihn mit ihren blauen Augen, die ihn an eine Dohle erinnerten. Das sagte er ihr wohl besser nicht. Mit einem Tier verglichen zu werden, das mochten die wenigsten Frauen. Wenn, dann musste es ein besonderes sein, ein besonders schönes, graziles. Kein Blauwal. Wie sie heute früh in den See gesprungen war. Unwillkürlich musste er lächeln. Er hatte auf der gegenüberliegenden Seite einen guten Platz gefunden, um Vögel zu beobachten, als sie ihm vors Fernglas gelaufen war. Jetzt nickte Ellen leicht, als hätte er die ihm gestellte Frage zu ihrer Zufriedenheit beantwortet. *Ja, es war ein schöner Abend gestern. Können wir gern wiederholen.*

Rita hatte den Blickwechsel wohl bemerkt. Sie hakte sich bei ihm unter und zog ihn ein paar Schritte von der Gruppe weg.

»Falls du mal wieder jede und jeden für einen Verbrecher hältst, Ellen ist wirklich Fotografin. Soll ich dir ihre Website zeigen?«

Günther furchte die Stirn. »Du glaubst doch auch, dass Jörg nicht grundlos auf diesen Berg gestiegen ist.«

»Das ist er ganz sicher nicht.«

Sie sahen sich an. Günther zögerte. Sollte er mit ihr über Philipp reden? Es war noch gar nicht so lange her, dass der sich ihm anvertraut hatte. Er befürchtete, dass Rita ihn mit Jörg betrog. Günther hatte ihn beruhigt, so gut er konnte. Ob es ihm gelungen war? Er presste die Lippen zusammen.

»Mama, Günther, kommt ihr? Papa ist auch wieder da.«
Frieda rief und gab Philipp ein Zeichen, sich zu beeilen.

Mit rotem Kopf kam der angelaufen und sah ziemlich durch
den Wind aus. Weil er gerade gerannt war? Oder weil sein klärendes Gespräch mit Jörg tödlich geendet hatte? Ein »Gipfeltreffen«
würde zu ihm passen, es nachts stattfinden zu lassen eher weniger.
Außerdem musste selbst Philipp bemerkt haben, dass es zwischen
Rita und Jörg knirschte, seit Sophie zu ihnen gestoßen war.

Gemeinsam ging die Gruppe an Bord und nahm gleich die
Treppe zum Oberdeck. Während die anderen zu den hinteren Tischen liefen, hockte sich Florian auf die erstbeste Bank,
stopfte seine Kopfhörer in die Ohren und verschanzte sich
hinter irgendwas Lesbarem, das er aus seinem Rucksack gezogen hatte. Sein Herr Sohn legte mal wieder keinen Wert auf
Gesellschaft. Warum war er überhaupt mitgekommen? Ihm
zuliebe offensichtlich nicht. Günther zwang sich, an ihm vorbeizugehen. Eine Konfrontation würde nur in einem weiteren
sinnlosen Streit enden. Wenn man es denn Streit nennen konnte,
wenn nur einer stritt und der andere ihn ignorierte.

»Kleine Familienkrise?« Ellen guckte ihn forschend an.

»Ach, das frage ich mich öfter, Florian war schon immer ein
Eigenbrötler. Leider ist seine Heimlichtuerei mit den Jahren
eher schlimmer als besser geworden.« Günther deutete auf einen
Tisch, der weit genug von Florian weg war. »Wollen wir uns
dahin setzen? Und nicht über Vater-Sohn-Probleme reden?«

»Gern.« Ellen rief den NaKuLis zu, dass sie ihre Sachen ruhig
zu ihr legen könnten.

Die Wanderer nahmen das Angebot an, und Ellen verstaute
die Rucksäcke neben sich, während sich die anderen noch mal
an die Reling stellten.

Günther setzte sich Ellen gegenüber. Das Schiff fuhr bereits.
Geräuschlos glitt es über den See.

»Herzlich willkommen auf der ›Seensucht‹, einem von zwei
Elektro-Doppelbodenbooten. Die beiden Katamarane wurden
speziell für den Obersee angefertigt.« Der Kapitän redete über
die Flotte, den Rursee.

Als die letzten Häuser von Einruhr aus ihrem Sichtfeld verschwanden, kamen Rita und Frieda, holten ihre Schreibsachen und verzogen sich damit an einen Tisch auf der anderen Seite. Philipp blieb mit Sophie und Kevin an der Reling stehen. Gerade deutete er aufs Ufer und reichte Sophie sein Fernglas, die es kurz darauf an Kevin weitergab.

»Einmal Lehrer, immer Lehrer.« Günther schmunzelte. »Philipp kann es einfach nicht lassen. Sicher erklärt er den beiden, was es hier alles zu sehen gibt.«

»Viel Grün.« Ellen lächelte und packte doch wahrhaftig ihr Strickzeug aus. Die Frau war immer für eine Überraschung gut. Die graue Wolle sah aus, als wäre sie schon ein paarmal aufgeribbelt worden, und der Lappen, den sie da produzierte, wirkte ziemlich unförmig. Günther grinste still in sich hinein. Wen sie wohl damit beglückte? Einen Ehering trug sie nicht, das hatte er schon am ersten Tag festgestellt.

»Apropos grün. Ist zwischen Philipp und Jörg eigentlich mal was vorgefallen? Er hat da neulich so eine Bemerkung gemacht.«

»Wegen Rita?«

»Nein, es ging um seine Rolle als Schatzmeister. Was ist denn mit Rita?«

»Eben nichts.« Günther wischte über den Tisch. »Und das andere war sicher auch ein Missverständnis. Bei der Kassenprüfung waren die Unterlagen wohl nicht vollständig, sodass es erst so aussah, als ob Geld fehlte.« Das Geld hatte tatsächlich gefehlt. Allerdings hatte Jörg das Konto ausgeglichen. Danach hatte Günther häufiger geprüft, aber keine Fehlbeträge mehr erkennen können.

Das Schiff erreichte Rurberg. Weitere Wanderer stiegen zu. Es wurde voller und lauter an Deck.

Ellen legte die Stricksachen weg und rieb sich die Augen. »Meinst du, hier gibt es Tee?«

»Ich schau mal. Was für einen magst du denn?« Schwungvoll stand Günther auf. Mit Ellen verging die Zeit wie im Flug.

URFTSTAUMAUER

Wie Ellen gehofft hatte, ging Günther unter Deck, um ihr einen Tee zu holen. Auf dem Schiff war nun viel mehr Betrieb. Genügend Menschen, die den NaKuLi-Wanderern die Sicht auf sie versperrten, als Ellen Kevins Rucksack zu sich heranzog. Rasch verstaute sie einen der kleinen GPS-Tracker darin, bevor sie den Inhalt durchsuchte. Handy, In-Ear-Kopfhörer, Brieftasche. Aspirin, die obligatorische Trinkflasche. Kamm, Deo. Ein zweites Langarmshirt. Die liebte er wohl sehr. Darunter steckte sein Beutel. Ellen tastete ihn ab. Das Jutesäckchen fühlte sich leer an, konnte also gut und gern Grashalme enthalten, mit Sicherheit jedoch keine Diamanten. Sie wechselte zu Sophies Rucksack und versenkte gerade den Mini-GPS-Tracker darin, als Günther zurückkam.

Mit gerunzelter Stirn trat er an den Tisch und setzte die beiden Becher ab. Hatte er gesehen, dass sie an Sophies Rucksack gewesen war, oder warum schaute er so grimmig?

»Danke.« Ellen nahm den Becher mit dem Tee. »Was bekommst du?«

»Nichts.«

»So siehst du aber nicht aus.« Sie tippte auf ihre Stirn. »Steile Falte. Spuck's aus. Welche Maus ist dir über den Magen gelaufen?«

»Maus über den Magen?« Er hob die Augenbrauen, lächelte ein klein wenig. »Gar keine. Ich überlege nur gerade, ob wir gestern an einem Biergarten vorbeigekommen sind. Axel sitzt unten mit einem Paar, das er dort getroffen hat, und alle drei schwärmen davon. Ich bin wohl doch nicht so aufmerksam unterwegs, wie ich dachte.«

Was ihn zu ärgern schien. Das konnte Ellen gut verstehen.

Ihr würde es genauso gehen. An den Biergarten konnte sie sich allerdings gut erinnern. Auf der anderen Rurseite hatte er gelegen, als sie hungrig und durstig zum Weißen Kreuz hatten weiterlaufen müssen.

Eine Durchsage kündigte an, dass sie in wenigen Minuten an der Staumauer anlegen würden. Ihre Mitwanderer kamen zurück und holten ihre Rucksäcke. Gemeinsam ging die Gruppe nach unten.

Ellens Handy klingelte. Sie zog es aus dem Rucksack. Macy. Ihre Wahlnichte wusste doch, dass Ellen arbeitete. Ob auf dem Hof alles in Ordnung war?

»Einen Moment, Macy.« Ellen verließ das Schiff und suchte sich abseits der Anlegestelle einen ruhigen Platz zum Telefonieren. Sie bedeutete den anderen, dass sie schon mal vorgehen sollten. »So, jetzt geht es. Was ist los?«

»Leihst du mir dein Auto?«

»Nein.«

»Ach komm. Du brauchst es doch gerade nicht.«

»Trotzdem nein.« Ellen seufzte. »Was sagt deine Mutter?«

»Dass ich volljährig bin.«

»Mal gerade eben.«

»Ich passe auch übermäßig drauf auf und fahr krass vorsichtig.«

Ellen hörte die Stimme ihrer Freundin im Hintergrund. Nicki klang mahnend, aber nicht nach Veto.

»Ma sagt, ich soll dich nicht überfahren.«

»Kann ja nicht passieren, wenn du ›übermäßig‹ aufpasst.«

»Hä? Ach so. Mal wieder voll der Wortwitz. Egal. Du bist die Beste!«

»Das ist Bestechung.« Ellen schmunzelte. Sie schaute der abfahrenden »Seensucht« nach, erwiderte das Winken der Kinder auf dem Oberdeck, während sie am anderen Ende erneut Nickis Stimme hörte.

»Ich soll fragen, wie es mit dem Wandern läuft.«

»Voll der Wortwitz.«

»Was? Wegen wandern und laufen? War nicht von mir. Aber

jetzt erzähl. Hat dein Fall was mit dem Toten in Monschau zu tun?«

Ellen hörte, wie Macy auf ihr Zimmer lief. Bestimmt wollte sie nicht, dass Nicki mithörte, wenn Macy Ellen ausfragte. Dabei war Ellen mit Nicki einer Meinung. Macy sollte was Richtiges lernen. Ellen würde sie garantiert nicht in ihrer Privatdetektei einstellen. Sie wandte sich um und blickte auf die Staumauer, die sich vor ihr erhob. »Woher weißt du denn von dem Toten?«

»Ist der umgebracht worden? Im Netz steht was von einem Unfall, aber das stimmt nicht, oder?«

»Macy.«

»Ja, ich weiß, ich soll meine Nase nicht in deine Fälle stecken.«

»Dann ist es ja gut.« Ellen zögerte. »Bist du eigentlich noch mit diesem Geocacher befreundet?«

»Hat der Typ 'nen Cache gesucht? Abgefahren. Einen Nachtcache? Soll ich Musta danach fragen?«

»Aber bitte nur fragen und nicht hinfahren. Ihr könnt eh nicht hoch. Der Zugang ist gesperrt.« Ellen hoffte, dass Macy ihr das glaubte. Und selbst wenn sie hinfuhr und dort nach einem Cache suchte, würde ihr dabei sicher nichts passieren.

»Klar. Du, ich muss Schluss machen. Schöne Grüße an Max, ja?«

»Max ist nicht …« Doch da hatte Macy die Verbindung schon gekappt. Wahrscheinlich brauchte sie die Leitung, um mit diesem Musta zu sprechen. Ellen schüttelte den Kopf und machte sich auf den steilen Weg nach oben.

Auf der Straße zur Staumauer angekommen, verschnaufte sie erst einmal und hielt Ausschau nach den NaKuLi-Wanderern. Einige Schritte weiter lag ein Lokal mit Außenbewirtung. An einem der Tische saßen Florian, Frieda, Axel, das Paar, mit dem der Belgier auf dem Schiff zusammengesessen hatte, und Anouk. Ellen stutzte. Langsam tauchte Anouk ihr zu oft auf. Klar, sie gingen denselben Weg. Aber was war mit dem Pausentag in Monschau? Normalerweise legte man doch gerade auf den ersten Etappen keinen ein. Und in Höfen hatte sie sich prompt verabschiedet, nachdem sie den Transporter mit dem Gepäck gesehen hatte. Wobei sie, um dem Wagen hätte folgen zu können, motorisiert gewesen sein müsste. Oder sie hatte einen Komplizen. Anouk spähte aus, der andere erledigte den Rest. Oder die andere. Und da sie die Diamanten nicht gefunden hatten, wartete Anouk jetzt an der Staumauer auf sie. Sie hatte sich ja ausrechnen können, dass sie früher oder später hier vorbeikommen würden.

Und was war mit Axel? Den hatten sie zwar erst gestern kennengelernt, aber das musste nichts heißen. Auch er war auf dem Eifelsteig unterwegs. Wie viele andere. Ellen rieb sich die Stirn. Und auch Kevin war nicht raus. Nur weil sie in seinem Rucksack nichts entdeckt hatte, bedeutete das ja nicht, dass er die Diamanten nicht doch hatte.

Sie nickte der kleinen Gruppe zu, hob die Kamera, um anzudeuten, dass sie Fotos machen wollte, und ging weiter. Noch bevor sie die eigentliche Talsperre erreicht hatte, erspähte sie Rita. Die Dichterin hatte ihr Heft auf der Mauer vor sich abgelegt und blickte über das aufgestaute Wasser auf den Turm, der auf dem Berg in der Ferne aufragte. Das musste die ehemalige Ordensburg aus der NS-Zeit sein. Ellen wandte sich zur anderen Seite, wo mehrere Informationstafeln Auskunft über die Gegend und ihre Geschichte gaben. Natürlich war Philipp dort zu finden. Und auch Günther stand dort. Halb verdeckt hinter einer Tafel las er nicht etwa, sondern beobachtete den Trupp im Lokal. Warum setzte er sich nicht einfach dazu?

Jetzt schaute er auf, trat zu ihr und musterte sie. »Alles in Ordnung?«

Meinte er das Telefonat? Oder machte er sich Sorgen, weil sie vom Anstieg glühte wie ein roter Luftballon mit Innenbeleuchtung? Als würde sein Blick für zusätzliche Hitze sorgen, spürte sie das verhasste Prickeln auf der Stirn. Sie ignorierte es und richtete ihre Kamera auf Anouk. »Schon witzig, dass wir Anouk immer wieder treffen. Oder hat sich Frieda hier mit ihr verabredet?«

»Nicht dass ich wüsste.« Günther hob die Schultern.

»Ah, da bist du ja.« Rita hatte sie entdeckt. Rasch löste sie ihr Nickituch vom Hals, winkte Philipp heran und band das Tuch um seinen Wanderstock. Anschließend hielt sie den Stock in die Höhe und wedelte damit herum. »Wandergruppe NaKuLi bitte hierher!«

Die Gruppe sammelte sich. Sophie und Kevin schlenderten von der Staumauer her zu ihnen heran. Frieda kam mit Anouk im Schlepptau aus dem Lokal. Axel verabschiedete sich von dem Bootspaar und grüßte gleich die nächsten Wanderer, zwei Paare, alle vier zünftig mit Wanderstöcken, hohen Wanderschuhen und grauem, weißem oder gar keinem Haar. Als geselliger Einzelwanderer lernte man offensichtlich schnell Leute kennen. Als Philipp hörte, dass die vier nach Vogelsang wollten, legte er los, Feuer und Flamme, ihnen nicht nur den Weg, sondern auch die Historie zu erläutern.

Fehlte nur noch Florian.

Ellen schaute sich um und sah, wie er sich schwerfällig erhob und dann auf die Gruppe zutorkelte. Hatte er was getrunken?

Sofort lief sie zu ihm, doch Axel und Frieda, die näher gestanden hatten, erreichten ihn als Erste und griffen ihm unter die Arme.

»Schon gut«, nuschelte er.

»Offensichtlich nicht«, sagte Günther. »Ist dir übel? Gib mir mal deinen Rucksack.«

Mit vereinten Kräften nahmen sie ihm den Rucksack ab und bugsierten Florian auf den erstbesten Stuhl im Lokal.

»Bin nur müde«, murmelte Florian. »Ruft ihr mir ein Taxi?«

»Das wird nicht gehen«, erklärte Philipp. »Die Staumauer ist für Autos gesperrt.«

Rita verdrehte die Augen und schob ihren Mann beiseite, damit Günther zu seinem Sohn konnte.

»Hast du was genommen?« Günther klang streng, doch sein Gesicht zeigte, dass er besorgt war.

»Nein, nur müde«, wiederholte Florian und war kaum zu verstehen.

»Aber doch nicht einfach so.«

»Vorhin war er auch schon recht schläfrig«, wandte Frieda ein.

Anouk und das Paar vom Schiff stimmten ihr zu. »Können wir noch was für euch tun? Wir möchten euch hier nicht im Weg stehen.«

»Nein, aber vielen Dank.« Rita wandte sich an Günther. »Ich hab Tina angerufen. Sie kommt sofort. Und bevor du fragst, Philipp, sie hat eine Sondergenehmigung.«

Florians Kopf sank auf den Tisch. Er fröstelte.

»Warte, ich geb dir deine Jacke.« Ellen bückte sich zu Florians Rucksack, tastete nach der Jacke und erwischte Florians Beutel. Der Inhalt fühlte sich hart an, kantig, nicht wie Kaffeebohnen, auch wenn mehrere Teile darin waren. Die Diamanten müssten kleiner sein, aber vielleicht täuschte sie sich ja. Ellens Herz klopfte. Sie ließ sich jedoch nichts anmerken. Rasch holte sie Florians Jacke heraus und schob dabei den Beutel in ihren Rucksack. Sie legte ihm die Jacke um. »Ich besorg dir eine Cola. Vielleicht hilft die ja.«

Ellen lief ins Lokal, bestellte eine Cola und verschwand auf die Toilette. Dort hockte sie sich auf den geschlossenen Klodeckel, holte den Beutel hervor, zerrte ihr Taschenmesser aus dem Rucksack und zerschnitt den Kabelbinder. Ein paar Kieselsteine kamen zum Vorschein. Sie unterdrückte einen Fluch. Was wollte er denn damit? Die hätte er auch gleich wegwerfen können. Was gab es denn an Kieselsteinen loszulassen? Ellens Herz raste immer noch. Für einen Moment hatte sie doch tatsächlich geglaubt, dass es jene anderen Steine seien. Sie beugte sich über ihren Rucksack, entnahm ihm einen neuen Kabelbinder und verschloss Florians Beutel wieder. Die Reste des zerschnittenen Teils sammelte sie ein und verstaute sie in ihrem Rucksack. Nicht dass jemand aus der Gruppe sie noch entdeckte.

Mit der Cola in der Hand kehrte sie zu den NaKuLis zurück, und Frieda brachte Florian dazu, ein bisschen davon zu trinken.

Motorgeräusche ließen sie aufschauen. Der Transporter rollte heran. Ellen nutzte die Gelegenheit und steckte den Beutel wieder in Florians Rucksack. Und mit ihm ihren letzten GPS-Tracker. Dann winkte auch sie Tina zu.

Prompt entbrannte eine Debatte, ob Florian nicht lieber zum Arzt als ins Hotel gebracht werden sollte. Mit einer Souveränität, die Ellen an Tina bislang nicht wahrgenommen hatte, sorgte die junge Tourbegleiterin dafür, dass die Männer Florian zum Transporter halfen.

»Je eher er hier wegkommt, desto besser. Ich kümmere mich schon um ihn. Macht euch keine Sorgen.« Tina öffnete die Fahrertür. »Ich halte euch über den Gruppenchat auf dem Laufenden.«

»Ruf an, wenn was ist.« Günther sah sie eindringlich an, lief um den Wagen herum und legte Florian die Hand auf die Schulter. »Du auch. Mach's gut! Meld dich.«

»Wartet!« Frieda schob sich neben Günther und reichte Florian seinen Rucksack.

Dann warf Günther die Tür zu, und der Transporter fuhr ab.

»Hey.« Unbeholfen berührte Philipp Günther am Arm. »Das wird schon wieder. Bestimmt ist das nur der ganze Stress, die viele frische Luft. Das kann einen schon mal umhauen. War bei Ellen gestern doch auch so. Und guck sie dir heute an.«

Günther reagierte nicht. Er schaute dem Wagen nach, bis er nicht mehr zu sehen war, und drehte sich dann abrupt um. Mit großen Schritten machte er sich auf den Weg Richtung Vogelsang.

»Der arme Kerl«, murmelte Philipp und erntete einen wütenden Blick von Rita.

Ohne ein weiteres Wort lief sie Günther hinterher, holte ihn ein und ging dann mit ihm gemeinsam vorneweg.

»Seine Frau ist an Krebs gestorben«, erklärte Philipp Ellen.

Sie machte eine betroffene Miene. Dabei wusste sie das natürlich, genauso, dass ihr Tod bereits fünfundzwanzig Jahre zurücklag. Was sie jedoch nicht wusste, war, was mit Florian los war. War er wirklich nur müde, oder war er verletzt? War er derjenige, dessen Blut sie an der Haller-Ruine gefunden hatte, und das machte ihm jetzt zu schaffen? Oder spielte er ihnen was vor, weil er etwas vorhatte? Aber was? War er im Besitz der Diamanten und wollte sie jetzt woanders hinbringen? Verkaufen? In dem Fall konnte Ellen nur hoffen, dass er seinen Rucksack bei sich tragen würde. Sie beschloss, seine GPS-Daten im Auge zu behalten. Viel mehr konnte sie von hier aus nicht tun.

WOLLSEIFEN

Nach einem längeren Stück durch den Wald lichteten sich die Bäume. Immer noch ging es bergan, doch die Landschaft wurde offener. Hell leuchtete der Ginster, darüber der blaue Himmel – Postkartenmotive, wohin man schaute. Ellen zückte die Kamera.

»Ist diese Weite nicht traumhaft?« Frieda breitete die Arme aus und drehte sich langsam im Kreis. »Wer sich hier nicht frei fühlt, der fühlt sich nirgends frei.«

»Die Dreiborner Hochfläche«, dozierte Philipp. »Eigentlich müssten wir hier oben übernachten. Hier gibt es kaum künstliche Lichtquellen. Nachts ist der Himmel sternenklar. Deshalb ist die Gegend auch als Sternenpark ausgezeichnet. Ein weiterer Pluspunkt des Eifelsteigs.«

In Wollseifen trafen sie auf Anouk und die beiden Paare, die sich die Ausstellung in der ehemaligen Schule des nach dem Zweiten Weltkrieg zwangsgeräumten Dorfes angesehen hatten und gerade wieder loswollten. Weil sie die Gruppe hatten kommen sehen?

Anouk lief auf Ellen zu und umarmte sie.

Verwirrt ließ Ellen sich drücken. »Womit hab ich das verdient?«

»Na, wegen Florian. Günther und du, ihr habt mir vorhin so leidgetan.«

»Günther und ich?« Es klickte. Ellen lachte. »Nein, ich bin nicht Florians Mutter. Und Günther und ich sind auch kein Paar.«

»Oh.« Anouk stimmte in ihr Lachen ein. »Sie sehen dich beide immer so an ...«

Ausgerechnet jetzt spürte Ellen die Hitze wieder aufsteigen, zog den Fächer aus dem Seitenfach und wedelte sich Luft zu.

»Seit ich ein Hormon-Gel nehme, habe ich keine Probleme mehr.« Anouk lächelte Ellen offen an. »Vorher ging es mir wie dir. Dazu der Schlafentzug, der ständige Brain Fog. Ich war zu nichts mehr zu gebrauchen. Und das mit vierzig!«

Ellen wedelte heftiger. Sie hatte Anouk auf höchstens Anfang dreißig geschätzt.

Die anderen marschierten los.

»Kannst du kurz auf mein Gepäck aufpassen?« Anouk setzte den großen Rucksack ab und platzierte ihn vor Ellens Füße. Sie öffnete ihn und nahm eine pinkfarbene Pinkelhilfe aus einer Schutzhülle.

»Endlich mal eine Frau, die auch eine hat. Und dann noch in einer Farbe mit Strahlkraft. Klasse!« Ellen nickte erfreut. Ihre war in einem unauffälligen Grau. Unverzichtbares Arbeitszubehör, auch wenn das Finanzamt das nicht anerkennen wollte.

»Ich dachte, wennschon, dennschon.« Anouk sprang über die Böschung und lief ein paar Schritte in den Wald, bevor sie sich hinter einen Baum stellte.

Rasch linste Ellen in den geöffneten Rucksack. Auf den ersten Blick konnte sie darin nichts Ungewöhnliches erkennen. Am Kopffach befand sich eine Innentasche mit Reißverschluss. Sie zog ihn auf. Ein Portemonnaie fiel ihr entgegen. Sie öffnete es, fischte eine der Karten halb heraus – Anouk Lefèvre aus Belgien. Schnell schob sie die Karte wieder zurück, verstaute das Portemonnaie im Kopffach und schloss es. Keine Sekunde zu früh.

»Bist du zufrieden mit deinem Rucksack?« Ellen richtete sich auf und sah Anouk fragend an. »Gerade bei der Inneneinteilung hab ich gern möglichst viele Fächer und Taschen, um schnell an Sachen ranzukommen, ohne immer alles ausräumen zu müssen.«

Anouk lachte. »Dann ist ein Rucksack wohl nichts für dich. Mein Ex schwört auf Packbeutel. Da musst du dir dann nur merken, was in welchem Beutel steckt. Apropos Beutel …« Anouk schwang sich den Rucksack auf den Rücken. »Mir gefällt eure Idee mit den Loslass-Beuteln. Letztes Jahr bin ich den Jakobsweg gegangen, und da waren so viele Pilger, die was verarbeiten wollten. Durch den Beutel ist man gezwungen, sich auch wirklich damit auseinanderzusetzen. Man trägt es ja so oder so mit sich herum. Und am Ende kann man es dann verbrennen. In Fisterra, am Ende der Welt.«

Kein Wunder, dass Frieda und Anouk sich so gut verstanden. Die Belgierin war fast zu perfekt, um wahr zu sein. Eine starke Frau. Auf der Jagd nach dem Diamantenbeutel? Ellen mochte sie. Aber was hieß das schon?

VOGELSANG

»Wow.« Anouk war es, die das Schweigen brach, das sie alle überkommen hatte angesichts der Größe der Anlage. »Das ist ja …«

»Irre. Verrückt. Größenwahnsinnig.« Frieda rieb sich die Arme. »Furchteinflößend.«

»Es war ja noch viel mehr geplant.« Philipp fuchtelte mit seinem Wanderstock herum. »Eine gigantische Bibliothek, die aufgrund ihrer Ausmaße alles in den Schatten stellen sollte, ein ›Kraft durch Freude‹-Hotel, die größten Sportstätten Europas. Eine weitere Machtdemonstration Hitlers hätte das Ganze werden sollen.«

Und mächtig war die Anlage, obwohl sie nicht in Gänze umgesetzt worden war. Allein der Blick von der Besucherterrasse über das steil abfallende Gelände bis hinunter zum Sportplatz. Und das eingebettet in diese traumhafte Landschaft. Da konnte einem schon anders werden.

»Wollen wir uns in einer Stunde wieder hier treffen?« Rita schaute auf die Uhr. »Es lohnt sich wirklich, sich umzusehen und alles auf sich wirken zu lassen, aber mir ist heute nicht danach. Ich denke, ich drehe nur eine kleine Runde durch die Ausstellung im Informationszentrum und trinke anschließend einen Kaffee.«

Sie einigten sich auf Zeit und Treffpunkt, dann zerstreute sich die Gruppe. Frieda und Anouk wollten zum Sonnwendplatz. Sophie hatte auf dem Übersichtsplan ein Freilichttheater entdeckt, das sie sich anschauen wollte.

»Ohne mich. Ich gehe zum oder in den DOM.« Kevin deutete auf ein Schild, das auf eine Ausstellung alter Opel-Modelle wies. »Hätte ich hier gar nicht erwartet.«

»Nicht dein Ernst.« Sophie stemmte die Hände in die Hüften. »Autos kannst du doch überall gucken.« Sie zog einen Schmollmund.

Ellen nickte treppabwärts. »Meinst du die alte Thingstätte, Sophie? Die müsste etwa auf halber Höhe liegen. Ich komm gern mit dir mit.«

»Ach, ich glaub, ich geh doch lieber erst mal ins Informationszentrum.« Sophie wedelte mit dem Arm in Richtung der Älteren und schloss sich ihnen an.

Ellen runzelte die Stirn. Wich Sophie ihr aus, oder wollte sie eine Person aus der Gruppe nicht aus den Augen lassen?

Mit etwas Abstand folgte sie den anderen und tippte rasch eine Nachricht an Uta mit der Bitte, so viel wie möglich über Anouk Lefèvre und Axel Maes herauszufinden. Anschließend prüfte sie die Koordinaten des GPS-Trackers, den sie in Florians Rucksack gesteckt hatte. Augenscheinlich war er in Gemünd angekommen und hatte sich beziehungsweise den Rucksack nicht mehr von der Stelle bewegt. Ellen sah auf. Während die fremden Wanderer ins Informationszentrum abbogen, gingen die NaKuLis gleich ins Restaurant, holten sich Kaffee und Kuchen und suchten sich dann einen Platz auf der Außenterrasse. Ellen versorgte sich mit einer Tasse Tee und setzte sich dazu.

Philipp betrachtete die Aussicht. »Kannst du diesen herrlichen Blick über den Urftsee einfangen, Ellen?«

»Jetzt lass sie doch erst mal ihren Tee trinken.« Rita lächelte Ellen entschuldigend zu.

»Ich hab doch gar nicht gesagt, dass sie es sofort tun soll.« Philipp kehrte seiner Frau den Rücken zu.

Kriselte es etwa in der NaKuLi-Vorstandsehe? Ellen nahm ihre Kamera und stand auf. »Der Tee muss eh noch etwas abkühlen.«

Sie ging ein Stück, fotografierte den wirklich grandiosen Ausblick und machte noch ein paar Bilder von der Anlage. Als sie an den Tisch zurückkam, hatten sich auch Frieda, Anouk und Axel zu ihnen gesellt. Die Wanderer genossen die Sonne und die Fernsicht.

Rita gähnte. »Wenn ich noch länger hier sitze, schlaf ich ein.« Sie leerte das Glas Wasser, das vor ihr stand, und erhob sich. »Ich geh schon mal zum Kulturkino vor. Wir müssen ja sowieso da lang. Sammelt ihr die anderen ein und kommt mit ihnen dort vorbei?«

Die Männer nickten.

»Ich begleite dich.« Sophie raffte ihre Sachen zusammen.

Ellen trank ihren inzwischen kalten Tee und folgte den beiden. Anscheinend waren sie alle etwas müde, denn sie nahmen die Treppe, die sie nach weiter oben brachte, langsamer als sonst. Dort angelangt, war es nicht mehr weit zu dem Gebäude, in dem das Kino untergebracht war. An den Stufen, die zum Gebäude hinunterführten, setzte sich Rita auf eine Bank. Sophie hingegen wollte unbedingt den Saal besichtigen.

Ellen hockte sich neben Rita. »Ich passe auch. Möchtest du deinen Rucksack bei uns lassen, Sophie?«

Zu Ellens Erstaunen nickte Sophie und reichte ihn ihr.

Rita hatte ihren zwischen den Füßen abgesetzt, den Kopf zurückgelegt und die Augen geschlossen. Ellen drehte sich mit dem Rücken zu ihr – für den Fall, dass sie die Augen aufschlug – und öffnete leise das vordere Fach von Sophies Rucksack. Taschentücher, eine Bürste, ein Lippenstift, ein Sunblocker und eine Kaugummidose. Ellen öffnete sie. Sie war fast voll. So leise wie möglich schüttete sie die Dragees in ihre Hand. Nein, darunter verbargen sich keine Diamanten.

Ellen schaute nach Rita. Die rührte sich nicht. Also inspizierte Ellen schnell noch das Hauptfach. Darin befanden sich ein leichter Pullover und eine Regenjacke, eine kleine Flasche Wasser und der Loslass-Beutel. Ein schleifendes Geräusch ließ sie herumfahren, Rita kippte zur Seite, Ellen konnte sie gerade noch auffangen.

»Rita?«

Schlaff hing die Frau in Ellens Armen. Ellen bettete ihren Oberkörper auf die Bank und versicherte sich, dass sie atmete. Sie fühlte ihren Puls. Etwa fünfzig Schläge pro Minute.

Sie rief noch einmal, aber Rita reagierte nicht.

»Oh nein!« Sophie kam angelaufen. »Hat's jetzt auch Rita erwischt?«

»*Kan ik u helpen?*« Vom Parkplatz her näherte sich ein Paar, der Mann kniete sich neben Ellen.

Jetzt wurden auch die NaKuLi-Wanderer auf sie aufmerksam, die die Treppe heraufkamen. Sophie winkte und schrie.

»Rita!« Philipp stürzte heran. Der hilfsbereite Niederländer räumte seinen Platz, und Philipp beugte sich über seine Frau.

»Ist was mit Mama?« Frieda quetschte sich neben Ellen.

Ellen versuchte, die beiden zu beruhigen. Puls und Atmung waren zwar verlangsamt, aber stetig. Sie nahm einen Pullover aus ihrem Rucksack und legte ihn Rita unter den Kopf.

»Ich rufe Hilfe.« Günther hatte das Handy schon in der Hand.

Es dauerte eine Weile, aber dann hörten sie die Sirene.

Wenig später war der Rettungswagen da. Die Notärztin untersuchte Rita. Die Vitalfunktionen seien in Ordnung. Sie wollte wissen, ob sie Medikamente nehme, Schlafmittel zum Beispiel, und wann sie das letzte Mal etwas gegessen oder getrunken habe.

»Sie hat vorhin einen Kaffee gehabt.« Philipp berührte Ritas Hand. »Was kann das denn sein?«

»Wir werden Ihre Frau ins Krankenhaus bringen. Dort wird sie durchgecheckt.« Die Notärztin packte ihre Sachen zusammen. »Hatte Ihre Frau Kopfschmerzen und hat vielleicht die Tabletten vertauscht?«

Erneut verneinte Philipp. »Rita nimmt ungern was. Und wenn, dann nach Möglichkeit homöopathische Mittel.«

Die Ärztin runzelte die Stirn, stellte aber keine weiteren Fragen. Sie wies die Sanitäter an, Rita in den Wagen zu bringen. Philipp durfte vorn mitfahren.

Frieda drückte ihn und half ihm auf den Beifahrersitz. »Hast du Mamas Rucksack?«

»Hier ist er.« Sophie klaubte den Rucksack auf, der neben der Bank lehnte, und trug ihn zum Rettungswagen.

»Pass gut auf Mama auf, ja?« Frieda warf die Tür zu.

Günther trat neben sie und legte seinen Arm um sie. »Du

hast doch die Ärztin gehört. Rita kommt sicher schnell wieder auf die Beine.«

Sie sahen dem Wagen nach. Ellen ging zurück zur Bank und sammelte ihren Pullover ein. Was lag denn da? War das nicht ein Loslass-Beutel? Sie bückte sich, hob ihn auf und tastete ihn ab. Einzelne Teile, die unregelmäßige Formen aufwiesen, manche waren spitz, alle hart. Ihre Hand schloss sich um den Beutel. Sie richtete sich wieder auf und wollte ihn gerade in ihre Rocktasche schieben, als sie einen Blick auf sich spürte. Sie sah auf – direkt in Günthers Augen. Schräg dahinter stand Axel. Auch er schaute sie an. Genauso wie Anouk.

»Vermisst den jemand?« Ellen hob den Beutel hoch und fluchte innerlich, aber was blieb ihr anderes übrig? Sie konnte das Teil jetzt nicht verschwinden lassen.

Frieda blickte sich um und löste sich aus Günthers Armen. »Der ist bestimmt gerade aus dem Rucksack meiner Mutter gefallen.«

Ellen gab ihr den Beutel. Das war er ganz sicher nicht. Es sei denn, jemand hatte Ritas Rucksack zuvor geöffnet, denn er war zu gewesen. Derselbe Jemand, der Rita etwas in den Kaffee oder in ihre Trinkflasche geschüttet hatte. Wie zuvor Florian. Die Leute aus der Gruppe betäuben, um anschließend in Ruhe deren Sachen durchwühlen zu können – auf der Suche nach den Diamanten. War das der Plan? Verabreichte ihnen hier jemand K.-o.-Tropfen, sobald sich die Möglichkeit dazu ergab? Aber die wirkten schneller.

»Hast du was von Florian gehört?«, wandte sich Ellen an Günther. »Da nun auch Rita umgekippt ist, wäre es vielleicht sinnvoll, wenn er sich untersuchen lässt.«

»Glaubst du etwa, jemand hat nachgeholfen?« Günther rieb sich über die Glatze.

»K.-o.-Tropfen beim Wandern? Echt jetzt?« Kevin kickte einen Stein weg. »Wozu denn?«

»Wurde Florian nicht zu einem Arzt gefahren?« Axel fischte ein Feuerzeug und eine Selbstgedrehte aus seinem Tabakbeutel. »In so einem Fall sollte man sich möglichst schnell Blut abnehmen lassen. Sonst ist nicht mehr rauszufinden, was es war.« Er zündete sich seine Zigarette an.

»Ich frage ihn«, meldete sich Frieda zu Wort.

»Und ich bitte Tina, sich darum zu kümmern.« Ellen zog ihr Handy heraus und schickte eine Nachricht an den Tour-Engel. Wenn hier wirklich jemand einen nach dem anderen ausknockte, dann kam dafür doch eigentlich nur einer von ihnen in Frage. Ellen schaute in die Runde. Rita und Florian schloss sie aus. Dass Philipp und Frieda es waren, erachtete sie für sehr unwahrscheinlich. Blieben Kevin und Sophie, die konnten sich gegenseitig abgeschirmt haben. Und was war mit Axel, Anouk und Günther? Dem Richter traute sie so etwas nicht zu. Andererseits hielt er sich auffallend oft abseits und beobachtete alles und jeden. Und nur weil er früher mal Richter gewesen war, musste er kein guter Mensch sein. Auch wenn sie ihn als solchen betrachtete.

Also Axel oder Anouk? Oder doch Kevin und Sophie? Anmerken ließ sich keiner was.

GEMÜND

Lag es an dem Beutel, dass sich mit einem Mal alle um Frieda scharten? Anouk und Günther nahmen sie zwischen sich. Sophie ging mit Kevin dicht dahinter. Nur Axel hielt sich zurück. Mit Absicht?

Ellen hängte sich ihren Rucksack vor den Bauch, holte ein Taschentuch heraus und ließ dabei ihren eigenen Beutel in die Rocktasche gleiten. Sie ärgerte sich, dass sie das nicht schon früher gemacht hatte, aber vielleicht ergab sich ja unterwegs noch eine Gelegenheit, ihren Beutel mit dem von Friedas Mutter zu vertauschen.

An der nächsten Weggabelung verabschiedete sich Anouk. Ihr Trekkingplatz lag nicht unmittelbar am Eifelsteig. Zügig ging die Gruppe weiter und gelangte zu einem steilen, glatten Pfad, der ins Tal führte.

Ellen überdachte den Kreis der Verdächtigen erneut. Auch wenn Florian zusammengeklappt war, konnte er trotzdem hinter den Diamanten her sein. Vielleicht hatte er seinen Zusammenbruch nur vorgegaukelt. Oder aber es war ein Ablenkungsmanöver gewesen und deswegen nicht so intensiv ausgefallen wie bei Rita. Florian und Günther könnten ihr angespanntes Vater-Sohn-Verhältnis vorspielen, in Wahrheit aber zusammenarbeiten. Nur warum sollten sie das tun? Wussten sie, dass Jörg die Edelsteine selbst gestohlen hatte? Aber woher? Und immer vorausgesetzt, dass Jörg den Diebstahl vorgetäuscht hatte, wovon Ellen ausging, war es doch nach wie vor der plausibelste Grund für seinen nächtlichen Besuch der Haller-Ruine.

»Vorsicht, Baum!«, rief Günther von weiter unten.

Aus ihren Gedanken gerissen, sah Ellen auf, ihr linker Fuß

rutschte weg, sie riss die Arme zur Seite, da griff plötzlich jemand von hinten nach ihr und packte sie.

»Hoppla.«

Sie spürte Axels Atem an ihrem Ohr, die Muskeln seines Arms, der sie festhielt, während die andere Hand an ihrem Rücken nach unten glitt ... über ihre Rocktasche. Hatte sie dort etwa kurz verharrt? Abrupt drehte sich Ellen um.

»Bist du okay?« Axels braune Augen schimmerten hell. Eine seiner unstylishen Locken kringelte sich auf der Stirn, platt und dunkel und so was von unsexy, dass es schon wieder was hatte.

»Danke.« Ellen richtete den Blick zurück auf den Weg.

Wollte Axel mit ihr flirten, oder ging es ihm um ihren Beutel? Hatte er vorhin mitbekommen, wie sie ihn in ihre Rocktasche geschoben hatte? Frustriert schüttelte Ellen den Kopf und konzentrierte sich auf den Abstieg.

Den Rest des Weges passte sie besser auf. Frieda bat sie, viele Fotos zu machen, weil ihr Vater ja dieses Wegstück verpasste. So würde er wenigstens ein bisschen daran teilhaben können. Natürlich tat ihr Ellen den Gefallen und schoss Bilder von den Treppen am Ende des Steilstücks, der Holzbrücke, die über den Bach führte, dem Ausblick von der Kickley, der Doppeleifelliege, die wie eine Spirale geformt war und von der aus man auf der einen Seite auf Gemünd und auf der anderen auf Vogelsang schaute.

Erst am Pferdehof in Gemünd packte Ellen die Kamera weg, doch die Führung des Steigs wollte, dass sie noch mal die Urft überquerten, ja sogar noch einmal einen Hang hinaufstiegen, wo sie doch bequem am Fluss entlang durch den Kurpark zu ihrem Hotel gehen konnten. Einmütig schlugen die Wanderer den Weg an der Urft entlang ein und erreichten kurz darauf ihre Unterkunft, wo Florian schon ungeduldig auf sie wartete.

»Geht es dir wieder gut?« Frieda lief zu ihm und umarmte ihn. »Bin ich froh.«

»Warst du beim Arzt?« Günther musterte seinen Sohn, als könnte sein Äußeres ihm Aufschluss darüber geben. Die Erleichterung, die Ellen gerade noch auf seinem Gesicht gesehen hatte, war schon wieder der Besorgnis gewichen.

»Ja, eine Ärztin hat mir Blut abgenommen und wird sich melden, sobald die Ergebnisse vorliegen.« Florian zuckte mit den Achseln und verteilte die Zimmerschlüssel.

»Hier, dein Schlüssel.« Axel reichte ihren an Ellen weiter.

»Danke. Bist du auch hier untergekommen?« In Einruhr hatte es sie nicht gewundert, aber Gemünd war doch etwas größer.

Axel nickte. »Hast du die alten Wanderschuhe im Baum neben dem Haus nicht gesehen? *This is the place to be.*«

Doch, hatte sie. Aber nur weil hier Wanderschuhe an den Bäumen wuchsen, hieß das nicht, dass dies das einzige Hotel für Wanderer war.

»Treffen wir uns in zehn Minuten hier unten?« Günther warf Frieda einen aufmunternden Blick zu. »Du auch. Nicht dass du die Nächste bist, die umkippt.«

Der Richter hatte gesprochen.

Ellens Handy brummte. Sie zog es heraus. Unmittelbar vor ihr stand immer noch Axel. Ellen sah auf und schaute direkt in seine Augen. Sie waren sanft wie die einer Kuh.

Fragend sah er sie an. »Willst du nicht rangehen?«

»Doch.« Sie kehrte ihm den Rücken zu und nahm das Gespräch an. Es war Max.

»Bist du noch unterwegs?«

Ellen ging vor die Tür. »Nein, wir sind gerade angekommen.«
»Prima. Ich auch.«

Sie hörte die Freude in seiner Stimme und musste unwillkürlich lächeln. Max musste ein hinreißender kleiner Junge gewesen sein. Seine Begeisterung war ansteckend. Auch wenn sie gerade nicht begriff, was er ihr sagen wollte. Freute er sich auf ein längeres Telefonat? Da musste sie ihn wohl auf später vertrösten.

»Musst du noch mit der Gruppe essen gehen?«, fragte er und kam ihr zuvor. »Wollen wir uns anschließend treffen?«

»Videocall um zehn?«

»Face-to-face-Meeting am Tretbecken im Kurgarten.«

»Face-to-was?«

»Wir können uns in echt treffen. Im wirklichen Leben. Zehn Uhr?«

»Bist du etwa in Gemünd, Max? Was machst du hier?«

»Dich treffen.«

»Übernachtest du hier?«

»Sehr gern.« Er lachte. »War das eine Einladung?«

»Wir sehen uns um halb elf. Am Tretbrunnen.«

»Becken. Viel Spaß und bis später.«

Max war hier. In ihrem Bauch wurde es warm, sie spürte so ein weiches Ziehen. Sie runzelte die Stirn. Verdammt, sie freute sich richtig. Aber was wollte er hier? Sie sehen, oder hatten die Kollegen ihn geschickt, um herauszufinden, was sie trieb?

KURSCHATTEN

Auch heute Abend war das Wetter schön, sodass die Gruppe sich einen Tisch auf der Außenterrasse des Brauhauses suchte. Das Lokal lag an einem kleinen Platz, der direkt an die Fußgängerzone grenzte. Sie studierten die Karte und bestellten.

Gerade hatte die Bedienung ihre Getränke gebracht, da kam Philipps frohe Botschaft, dass Tina Rita und ihn zum Hotel fahren würde. Was genau Rita erwischt habe, habe man auch im Krankenhaus nicht herausgefunden. Erinnern könne sich Rita an nichts. Sie sei müde gewesen und erst im Krankenhaus wieder aufgewacht. Frieda sprach noch ein paar Worte mit ihrem Vater, ließ sich dann Rita geben und strahlte, als sie an den Tisch zurückkam. »Ich soll euch schön grüßen.«

Erneut diskutierte die Gruppe, was es wohl gewesen sein könnte, das Florian und Rita hatte zusammenbrechen lassen.

»Haben nicht beide in Einruhr Forelle gegessen?« Sophie rutschte auf ihrem Stuhl vor. »Eine Art Fischvergiftung?«

»Die sieht anders aus.« Axel hatte seine Selbstgedrehte fertig und guckte Florian fragend an, doch der zuckte nur mit den Achseln. »Entschuldigt mich bitte.« Axel stand auf und schlenderte Richtung Fußgängerzone.

»Habt ihr euch eure Getränke in dem Lokal an der Urftstaumauer alle selbst geholt, Florian?« Ellen ließ den Blick zurück zum Tisch wandern.

»Nee. Axel, Anouk und der Mann von dem Pärchen, das Axel wiedergetroffen hatte, sind reingegangen und haben uns versorgt.« Florian schob die Brille hoch. »Aber wenn mir jemand was in den Kakao getan hat, was ist dann mit Rita? Sie war ja nicht dabei.«

»Dort nicht, aber im Lokal auf Vogelsang.« Ellen schaute

zu Günther. Hatte er nichts gesehen? Er hatte die Truppe doch beobachtet.

Er nickte ihr zu. »Dann wären wir beide raus, weil wir nicht im Lokal auf der Urftstaumauer waren.«

»Genauso wie Philipp, Kevin und Sophie.« Ellen seufzte.

»Super!« Kevin hob die Hände wie zum Torjubel. »Soph, wir sind raus.«

Sie boxte ihm in die Seite. »Das ist doch kein Spiel hier.«

»Bleiben Frieda, Anouk und Axel.« Günther sah zur Fußgängerzone, wo Axel gerade seine Zigarette ausdrückte, bevor er sich auf den Rückweg machte.

»Und Florian.« Ellen lächelte Florian entschuldigend an. »Sorry. Nur der Vollständigkeit halber.«

»Aber ihn hat's doch auch erwischt.« Frieda schüttelte den Kopf. »Florian war's ganz bestimmt nicht.«

»Was war Florian ganz bestimmt nicht?« Axel hatte den Tisch erreicht.

»Er hat sich nicht selbst was in seinen Kakao geschüttet.« Kevin hob sein Bier, setzte es wieder ab und stieß Frieda an, die neben ihm saß. »Ich hab gerade nicht aufgepasst. Hast du mir was ins Bier getan?«

»Kev!« Sophie funkelte ihren Bruder böse an.

»Wie gut, dass ich meins schon ausgetrunken habe.« Axel winkte der Bedienung und deutete auf sein leeres Glas. Sie nickte. Dann wandte er sich wieder der Gruppe zu. »Man könnte wirklich meinen, jemand ist hinter euch her. Habt ihr euch unterwegs Feinde gemacht?«

»Quatsch.« Friedas Stimme klang jedoch nicht so entschieden, wie sie es vermutlich gewollt hatte.

Ihre Gerichte wurden serviert, und das Gespräch versiegte. Auch nach dem Essen schien jeder seinen eigenen Gedanken nachzuhängen. Sie zahlten und kehrten ins Hotel zurück. Ellen folgte Axel in den ersten Stock. Die anderen waren wohl alle im Erdgeschoss untergebracht.

»Noch ein Bierchen, Ellen?« Axel öffnete den Gästekühlschrank auf dem Flur und warf ihr einen fragenden Blick zu.

»Heute Abend nicht.« Sollte er derjenige sein, der Florian und Rita was verabreicht hatte, dann hatte er ziemlich gute Nerven. Sie wünschte ihm eine gute Nacht, verschwand in ihr Zimmer und hörte, wie kurz darauf auch seine Tür zufiel.

Ein bisschen Zeit bis zu ihrem Treffen im Kurgarten war noch. Ellen ging ins Bad, machte sich frisch und schalt sich albern. Schließlich war es draußen schon dunkel, und wenn man von der Fußgängerzone auf den Kurgarten schließen konnte, brannte dort wahrscheinlich nicht mal mehr eine Laterne.

Um Viertel nach zehn öffnete sie behutsam die Zimmertür. Im Flur war es still. Ellen lauschte, zog dann die Tür hinter sich zu und stieg leise nach unten. Vor dem Eingang roch es nach Zigarettenrauch. Sie schaute sich um, konnte aber niemanden entdecken. Um ganz sicher zu sein, dass keiner ihr folgte, lief sie erst einmal um den Block, bevor sie den Weg zum Kurhaus einschlug. Wie sie erwartet hatte, war es gespenstisch still. Ob hier immer so wenig los war? Oder waren das noch die Auswirkungen der letzten Flutkatastrophe?

Sie erreichte das Kurhaus und orientierte sich Richtung Kurpark. Neben ihr plätscherte es, aber das war ein Springbrunnen. Sie ging weiter. Hier musste irgendwo das Tretbecken sein. Vor der Kinderspielburg unter der Laterne erspähte sie ein Fuß- und ein Armbecken. Sie sah sich weiter um, hörte ein einzelnes Plätschern. Ein leises Lachen aus der Dunkelheit. Am Geländer hangelte sie sich weiter, während sie gleichzeitig ihr Handy herauszog und die Taschenlampenfunktion einschaltete.

»Buh!«, kam es von unten. Max stand im Becken.

»Kindskopf.« Ellen ging zu ihm, würde aber einen Teufel tun und ihre Füße neben seine in das eiskalte Wasser tunken. Auch nicht, wenn es lauwarm wäre.

Er trat aus dem Becken und umarmte sie. Sie versenkte ihre Nase an seinem Hals, sog seinen Geruch ein und entspannte sich.

»Was treibt dich nach Gemünd?«, flüsterte sie in sein Ohr.

»Du.« Er küsste sie. Ein Mal nur, nahm den Kopf etwas

zurück und musterte sie. »Ich weiß, du wirst nicht gern überfallen. Langeweile. Zwei freie Tage. Such's dir aus.«

»Langeweile.« Sie lachte.

Er stimmte ein.

Eines der Dinge, die sie so an ihm mochte. Er hatte den gleichen schrägen Humor wie sie.

Sie setzten sich auf die Bank vor dem Wasserbecken, und Ellen kam sich vor wie mit sechzehn, als sie aus dem Haus geschlichen war, um mit einem Jungen Händchen zu halten.

»Und du? Hast du auch Langeweile? Oder wieso wanderst du immer noch mit der Gruppe mit?« Max drehte ihre Hand und zeichnete ihre Herzlinie nach. »Ich wüsste da was Besseres.«

Ellens Herz schlug schneller.

Sie entzog ihm ihre Hand. »Mein Auftrag ist noch nicht zu Ende.«

»Hey, weißt du, wie sexy das klingt?« Max beugte sich vor und küsste sie am Ohr.

In ihr kribbelte es. Ein Geräusch ließ sie auffahren. Sie schaute sich um. Ein Hund lief über den Spielplatz.

»Du bist ganz schön schreckhaft für eine Undercover-Agentin.« Auch Max hatte sich wieder aufgerichtet. »Ich habe mit den Kollegen in Aachen gesprochen. Mal im Ernst. Mit dem Tod von Feldmann ist dein Fall doch beendet.«

»Der ursprüngliche, ja.« Ellen erklärte ihm ihren neuen Auftrag. »Ich mische mich also nicht in die Polizeiermittlungen ein. Sei unbesorgt. Haben deine Kollegen denn inzwischen herausgefunden, von wem das Blut an der Ruine stammt? Und mit welcher Waffe geschossen wurde?«

Max seufzte. »Die meisten Leute, die befragt wurden, haben nichts gehört oder gesehen. Dann gibt's noch die üblichen Geschichtenerzähler. Von mehreren Schüssen und Schreien bis hin zu Personen, die den Berg hinuntergelaufen sein sollen, ist alles dabei. Manche wollen einen erstickten Schrei gehört haben, mal von einem Mann, mal von einer Frau. Immerhin wurde eine Patrone gefunden. Die zugehörige Pistole leider nicht.« Max sah sie an. »Woher hast du das mit dem Blut? Ellen, sprich mit den Kollegen, wenn du was weißt.« Seine Stimme war eindringlich geworden.

»Okay«, sagte sie rasch. Eine Pistole, verdammt. Im Gepäck der Wanderer befand sie sich vermutlich nicht. Oder nicht mehr. Bei Kevin, Sophie und Florian hatte sie jedenfalls keine entdeckt. Aber was hieß das schon?

»Ich weiß, das ist jetzt nicht der richtige Zeitpunkt, Ellen, aber in letzter Zeit machst du dich rar. Du würdest mir doch sagen, wenn was ist, oder?«

Sollte sie ihm etwa offenbaren, dass sie Hitzewallungen hatte und Herzrasen, dass sie nachts nicht mehr schlafen konnte und ihre Gefühle steiler in die Höhe schossen oder abstürzten als dieser vermaledeite Wandersteig? Er wollte eindeutig mehr von ihr als Freundschaft, aber wie sollte sie einem Kerl, der weit jünger war als sie, Menopause und Schweißausbrüche erklären? Wobei mit der Menopause beim Intimwerden wenigstens die Verhütungsfrage nicht aufkam.

Ellen nickte. Was sollte sie auch sonst tun? Wasser treten vielleicht. Das hatte angeblich einen harmonisierenden Effekt auf alle Systeme im Körper und förderte die seelische Gelassenheit. Die ihr gerade fehlte.

Sie stand auf. »Schön, dass du gekommen bist, aber so langsam muss ich. Morgen geht es wieder früh raus.«

»Warte.« Er zog etwas aus dem Rucksack, der hinter ihm auf der Bank lag.

Eine Mappe. Hatte er ihr etwa die Polizeiakte kopiert? Die würde er doch niemals rausgeben, oder?

Sie streckte die Hand aus.

SCHATZSUCHE

Natürlich hatte Max ihr keine Kopie der polizeilichen Untersuchungsakte mitgebracht. Stattdessen handelte es sich wohl um den Anfang eines Manuskripts. Was sollte das denn?

»Keine Ahnung, ob das was mit dem Fall zu tun hat.« Max nahm seinen Rucksack und hängte ihn sich über die Schulter. »Wurde am Dienstag im Gebüsch unterhalb der Haller-Ruine gefunden. Ich hab's dir kopiert. Lies es und sag mir, was du davon hältst. Okay?«

Er begleitete sie noch zu ihrem Hotel und verschwand dann Richtung Ortsmitte. Ellen sah ihm nach. Nicht mal gefragt, ob er noch mit hochdurfte, hatte er. Klar, sie hätte Nein gesagt, und er wusste das. Seit wann war sie so unsicher? Frau wurde doch souveräner im Alter, hatte sie gelesen. Abrupt wandte sie sich ab, nahm sich nun doch ein Bier mit aufs Zimmer und verzog sich mit ihrer Lektüre ins Bett.

»Schatzsuche« von M. Stone. Ellen gähnte. So was hatte sie als Kind gern gelesen, aber heutzutage? Sie fasste nach dem nächsten Blatt. Offensichtlich fehlten hier Seiten, denn der Text begann mitten im Satz. Eine Frau schlich zur Haller-Ruine, es war dunkel, sie schien jemandem heimlich zu folgen, so viel reimte sich Ellen zusammen, bevor der Text abbrach. Sie legte das Blatt beiseite und griff zum letzten.

Überm Halven Mond
schimmert die Wegmarkierung.
Achte auf den Stein!

Spruch oder Haiku? Oder Cache-Beschreibung? Ellens Herz raste. Ein nächtlicher Schweißausbruch folgte.

Oh nein, bitte nicht. Sie hatte es so satt. Noch dazu hatte sie keine Ahnung, was sie von dieser »Schatzsuche« halten sollte. War der Text von Jörg? Sie wusste gar nicht, welches Genre er geschrieben hatte. Oder steckte einer der anderen NaKuLis dahinter? Oder ein Fremder?

Als sich ihr Herzschlag wieder beruhigt hatte, suchte sie im Netz nach der Cache-Beschreibung, die Florian ihr vorgelesen hatte. Die gab es schließlich wirklich, sie war gar nicht schwer zu finden. Davon inspiriert, hätte jeder diesen Dreizeiler zu Papier bringen können. Und die Tatsache, dass die Haller-Ruine vorkam, hatte nichts zu bedeuten. Außer dass M. Stone Monschau kannte. Dennoch ließen die Zeilen sie nicht los. Zu gern hätte sie gewusst, worum es in der Geschichte ging. Ellen suchte im Netz nach Autor und Titel.

Wow, dazu gab es richtig viele Einträge. Stones erstes Buch hatte ein bisschen gebraucht, wurde dann aber zum Bestseller. Das zweite war gleich auf Platz eins gelandet. Und jetzt wartete man ungeduldig auf das dritte. »Schatzsuche« sollte im Oktober erscheinen. Wer sich hinter M. Stone verbarg, wusste anscheinend niemand. Ellen wunderte sich. Gierten nicht alle Künstler nach Ruhm und Anerkennung? Neben dem Geld, versteht sich.

Sie lud sich das erste Buch herunter und fing an zu lesen.

Die fünfundfünfzigjährige Nora Feldhausen kämpfte ums Überleben des Familienbetriebs, rang mit ihrem Partner, den Kindern und der Menopause, bis sie zu einem mitternächtlichen Treffen auf die Burg Eltz einbestellt wurde. An dieser Stelle wechselte die Erzählung zu einer anderen Nora. Diese Nora war die Matriarchin eines angesehenen und erfolgreichen Winzer-Clans, führte eine glückliche Ehe, alles war Friede, Freude, Eierkuchen, bis ihr Mann plötzlich verschwand. Nora suchte ihn. Eine Spur führte sie zur Burg Eltz. Wieder stoppte die Geschichte und fuhr mit einer anderen Nora fort. So ging das noch ein paar Mal. Erst hatte Ellen gedacht, dass es sich um verschiedene Frauen zu unterschiedlichen Zeiten handelte, doch die Stränge verwoben sich immer mehr, bis am Ende klar wurde, was es mit den verschiedenen oder doch nicht so verschiedenen Noras auf sich hatte. Was für eine Geschichte!

In einigen Passagen ging es ziemlich zur Sache. Erotisch, dann wieder poetisch. Dass einer der NaKuLis M. Stone war, konnte sich Ellen nicht vorstellen. Den Männern traute sie weder die erotischen Szenen noch die Darstellung der Nora-Versionen zu. Allein schon die erste. Wie sie die Menopause durchlitt, das konnte kein Mann geschrieben haben. Es sei denn, er hatte verdammt gut recherchiert. Das Gleiche galt für Frieda oder Sophie. Außerdem würde sich Sophie doch garantiert feiern lassen.

Konnte es Rita sein? Aber wenn sie M. Stone war, wozu dann das Pseudonym? War die Belletristik für sie als Dichterin unter ihrer Würde? Waren ihr die erotischen Stellen peinlich? Wollte sie nicht, dass Philipp davon erfuhr? Das passte hinten und vorne nicht zusammen.

Vielleicht hatte ja Katja oder Jette das Buch geschrieben? Aber auch bei den beiden begriff Ellen nicht, warum sie nicht zu ihrem Werk hätten stehen sollen. Falls es denn eine von ihnen war. Vermutlich kannte sie sie einfach nicht gut genug.

Ellen legte das Tablet weg und löschte das Licht. Glaubten Max' Kollegen, die Seiten hätten einen Bezug zum Fall? War M. Stone derjenige, mit dem sich Jörg in der Nacht an der Haller-Ruine getroffen hatte? Derjenige, dessen Blut sie dort oben gefunden hatte? Aber warum hatte er das Manuskript oder Auszüge daraus dabeigehabt? Einen Zusammenhang zu den Diamanten konnte Ellen auch nicht erkennen. Wenn man mal davon absah, dass Edelsteine einen Schatz darstellten, nach dem man durchaus suchen konnte. Verflixt! Das Ganze wurde immer verworrener.

TAG 5

AUS DER NAKULI-TOURENBESCHREIBUNG:

*Aussicht, Basilika, Champignons, Distelfalter,
Erzgruben, Felder, Golbach, Hochebene,
Insekten, Judasohr, Kuckucksley, Laubbäume,
Mischwald, Nationalpark, Olef, Pingen,
Querhaus, Rast, Schürfstellen, Türme,
Urft, Vögel, Waldwege, X-Beine,
Y-Kehre, Zunderschwamm.
Ob wir alles davon heute erleben werden?*

WANDERSCHUHBAUM

Nachdem sie bis drei Uhr gelesen hatte, war Ellen umgehend eingeschlafen und auch nicht wie sonst dauernd aufgewacht. Vielleicht eine neue Strategie, um die Schlafstörungen zu bezwingen? Noch im Liegen schickte sie Max eine Nachricht: »Genialer Autor, aber keiner von den NaKuLis«. Danach ging sie ins Bad. Nach der nächtlichen Lektüre legte sie heute sorgfältiger Make-up auf als an den Tagen zuvor. Sie kaschierte die Augenringe, trug großzügiger Lippenstift auf. Ihr Mund sollte voll und rot sein und nicht – wie war das gewesen? – »herbstlich welk«. Sie wollte die starke Nora sein. Keine Macht den Wechseljahrsymptomen! Mit einem Lächeln auf den Lippen hängte sie sich die Sling um und lief nach unten.

Heute waren alle gleichzeitig beim Frühstück. Ellen bediente sich am Büfett und setzte sich auf den letzten freien Platz.

»Wie das wohl ist, hier zu leben? Kevin ist gestern Abend noch mal raus, aber es war so was von nichts los. Da ist er gleich wieder zurück.« Sophie stieß Kevin an, aber der zuckte nur mit den Achseln.

»Was höre ich da? Du bist gestern zu wenig gewandert?« Philipp stellte seinen O-Saft ab und wandte sich Kevin zu. »Wenn ich das gewusst hätte, wäre ich mit dir zur Urftstaumauer gelaufen, anstatt mit dem Schiff zu fahren.«

»Passt schon.« Dass Kevin tatsächlich antwortete, war erstaunlich.

Überrascht sah Ellen auf.

»Hatte Bock auf was Süßes.« Kevin nickte zu Florian. »Und du?«

Florian gähnte. »Brauchte noch frische Luft.«

Ellen fluchte innerlich. Ob einer der beiden sie gesehen hatte?

Besser, sie beugte vor. »War gestern etwa Vollmond? Ich bin auch noch mal vor die Tür. War wirklich sehr ruhig.«

»Sonst noch wer? Bin nur ich brav auf meinem Zimmer geblieben?« Axel warf Ellen einen Blick zu, den sie nicht deuten konnte. War er sauer, weil sie das Bier mit ihm abgelehnt hatte und dann nicht schnurstracks ins Bett gefallen war? Jetzt zwinkerte er ihr zu und ging raus, um eine zu rauchen, während ihr wieder mal die Hitze ins Gesicht stieg.

In Ermangelung ihres Fächers nahm sie ihre Serviette und wedelte nicht sehr wirkungsvoll damit herum. »Sagt mal, kennt einer von euch M. Stone?« Ellen gab das Wedeln auf und nutzte die Serviette stattdessen, um sich den Schweiß von der Stirn zu tupfen.

»Ist das nicht der, den Ma so verschlingt?«, fragte Kevin Sophie.

»Der oder die.« Sophie köpfte ihr Ei. »Ich glaub ja, es ist eine Frau.«

»Im Herbst soll ein neues Buch rauskommen.« Ritas Augen leuchteten. »Hast du auch schon was von ihr gelesen, Ellen?«

Ellen goss sich eine weitere Tasse Tee ein. »Sollte ich?«

Rita nickte.

»Bist du fertig?« Philipp stellte Ritas und sein Geschirr zusammen und sah aus, als wollte er jede Sekunde das Zeichen zum Aufbruch geben. »Ich versteh nicht, was man an diesen Büchern findet.«

»Klar, ist ja auch kein Wanderführer«, murmelte Florian zu Frieda hin, die prompt loskicherte.

Ellen schaute zu Günther. Wie so oft hielt er sich aus der Diskussion heraus, aber in diesem Fall lag es vermutlich daran, dass ihn solche Bücher nicht interessierten. Sie trank ihren Tee. Die Gruppe brach auf.

Ellen holte ihr Gepäck, stellte ihren Koffer zu denen der anderen vors Hotel und streckte sich. Trat beiseite, als Philipp mit zwei weiteren Koffern kam.

»Ellen, Philipp?« Sophie winkte und zeigte auf den Baum im Hotelgarten, an dem die Wanderschuhe hingen. »Axel macht ein Foto von uns, damit Ellen auch mal auf einem Bild drauf ist. Kommt ihr? Wollen wir unsere Rucksäcke dazuhängen? Oder alle auf einen Haufen davorlegen?«

»Ich hab eine bessere Idee.« Philipp hielt seinen Wanderstock hoch. »Der hier ist viel fotogener.«

»Fehlen nur noch Kevins Sneaker.« Florian grinste und schaute sich nach Kevin um.

Seinen Sprüchen nach zu urteilen, war Florian wohl wieder auf dem Damm. Ellen begab sich zu den anderen.

»Darf ich?« Axel streckte die Hand aus und nickte zu ihrer Kamera.

»Tut mir leid. Die geb ich nicht aus der Hand.« Ellen fotografierte den Baum, fokussierte auf einen Wanderschuh vor lichtblauem Himmel und dirigierte die Gruppe dann vor den Wanderschuhbaum. Ohne Rucksackberg. Außer Sophie hatte keiner seinen Rucksack hergeben wollen. Ellen waren die Blicke, die sich Rita, Günther, Frieda und Philipp zugeworfen hatten, durchaus aufgefallen. Sosehr Ellen mehr Vorsicht begrüßte, würde das Misstrauen des inneren NaKuLi-Zirkels es ihr sicher schwerer machen, an die Sachen ihrer Mitwanderer ranzukommen, fürchtete sie und seufzte.

KUCKUCKSLEY

Gestern war ihm wirklich das Herz in die Hose gerutscht, als er Rita so leblos auf der Bank hatte liegen sehen. Es holperte immer noch, wenn er daran dachte. Aber Gott sei Dank ging es ihr wieder gut. Philipp legte die Arme um seine Frau und lächelte in die Kamera. Wenigstens hatten sie weiter Glück mit dem Wetter. Strahlend blauer Himmel, dazu eine Etappe, die zwar anspruchsvoll, aber nicht zu lang war, hoffte er und nahm sich fest vor, auf Rita achtzugeben.

»Danke.« Ellen ließ den Fotoapparat sinken.

Philipp nickte zu den Schuhabstreifern vor dem Eingang. »Machst du auch Bilder vom Hotel, Ellen?«

Eine echte Empfehlung. Nicht nur, dass es gut lag, es war auch wandererfreundlich. Besonders begeistert hatten ihn die kleinen Wannen für das Fußbad. Was für eine ausgezeichnete Idee!

Der Transporter fuhr vor. Philipp lief zum Kofferraum, öffnete ihn und hatte den ersten Koffer hineingehoben, noch bevor Tina ausgestiegen war. Er fand, dass er das ruhig machen durfte, auch wenn er Gast war. Sie war da anderer Ansicht. Weil er es nicht tun würde, wenn sie ein Mann wäre, glaubte sie. Einwinken sollte er sie auch nicht. Er verstand das nicht. Jemandem zu helfen hatte doch nichts damit zu tun, welches Geschlecht derjenige hatte. Wahrscheinlich war er einfach nicht charmant genug. Bei Jörg hatte sie sich nicht beschwert, als der ihr am ersten Morgen beim Verladen behilflich gewesen war. Hauptsächlich allerdings verbal. Reden, das hatte er gut gekonnt. Wobei er auf der Wanderung erstaunlich still gewesen war. Immer vorneweg, das war nicht der Jörg gewesen, den er gekannt hatte. Ob ihn seine finanzielle Lage so sehr bedrückt hatte? Oder dass Rita ihm neuerdings Kontra gegeben hatte? Ja, Philipp hatte durchaus bemerkt, dass die beiden nicht mehr zusammengehalten hatten wie Pech und Schwefel. Nur weil er nicht immer gleich reagierte, hieß das nicht, dass er keine Augen im Kopf hatte. Philipp schnaubte.

»Lass nur, ich mach das schon.« Tina nahm ihm den Koffer aus der Hand und wuchtete ihn ins Auto. »Nicht dass du auch noch umkippst. Wie geht es deiner Frau?«

»Gut, aber ich möchte trotzdem, dass du uns heute öfter an der Strecke triffst, damit sie jederzeit zusteigen kann, falls es nötig sein sollte.« Philipp beugte sich zum nächsten Gepäckstück, wischte sich verstohlen über die Stirn und reichte es Tina.

»Mach dir keine Sorgen, Schatz.« Rita trat zu ihnen. »Guten Morgen, Tina. Ich habe gut geschlafen und sehr gut gefrühstückt. Was auch immer mich gestern umgehauen hat, ist sicher verdaut.« Rita legte ihre Hand auf seine und drückte sie kurz. Dass Rita die Stärkere von ihnen war, wussten sie beide. Aber er war auch nicht zu unterschätzen.

Die Gruppe verabschiedete sich von Tina und marschierte los. Philipp beeilte sich und übernahm die Spitze. Als es gleich darauf in die Fußgängerzone ging, schoben sich Kevin, Florian und Axel neben ihn. Der Belgier war eine wahre Bereicherung, zuverlässig, trug sein Gepäck mit sich, was Philipp auch gern gemacht hätte. Nur dass Axel rauchte, gefiel ihm nicht, aber ein kleines Laster hatte schließlich jeder.

Florian zum Beispiel schlurfte ständig irgendwo herum. Bei ihm wusste man nie, wo er steckte. Heute, hatte Philipp gedacht, sei er schlapp und spät dran. Stattdessen lief er ganz vorn. Und wenn man glaubte, er sei bei der Gruppe, war er plötzlich verschwunden. Kein Wunder, dass Günther sich immer noch Sorgen um den Jungen machte, obwohl er natürlich längst alles andere war als das. Ein komischer Kerl. Das sagte er auch regelmäßig zu Frieda, die das nicht gern hörte. So war sie, seine Frieda. Immer auf der Seite der Schwächeren – oder vermeintlich Schwächeren.

»Philipp, hier lang!«, rief ausgerechnet Florian. Und zwar so, als wäre er ein Hund.

Philipp knurrte. Hätte er nicht über Florian nachdenken müssen, wäre er wohl kaum an dem Eifelsteig-Zeichen vorbeigelaufen. Rasch schwenkte er ein.

»War das so ein Lehrerding, um zu sehen, ob wir auch auf den Weg achten?« Florian und seine Witze. Wobei das nicht mal einer war.

Wie gut, dass sie wenig später einen schmalen Pfad erreichten. Auf dem würde er solche dummen Sprüche gar nicht erst mitbekommen.

»Wollen wir den Weg wirklich gehen?« Frieda deutete auf das Warnschild an der Seite. »Hier ist auch eine Umleitung beschrieben.«

»Ach was, ein paar umgestürzte Bäume.« Philipp schwenkte seinen Wanderstock. Sein Blick fiel auf Rita. Oder sollte er doch für den sicheren Weg plädieren?

Nein, auf seine Rita war Verlass. Ohne zu zögern, betrat sie den Pfad. Während Philipp hinter ihr den Hang hinaufstieg, hörte er, dass die anderen ihnen folgten. Na also. Ein Hinweis war schließlich kein Verbot.

Nachdenklich betrachtete er die schmale Gestalt, die vor ihm lief. Er hatte sie damals gewarnt, als es zwischen Jörg und ihr immer enger wurde. Sie hatte nichts erwidert, aber in ihren Augen war etwas aufgeblitzt. Bis heute war er sich nicht sicher, ob was zwischen den beiden gelaufen war. Er stieß seinen Stock in den Boden. Jörg war tot. Langsam sollte er dieses Kapitel zu den Akten legen.

Nachdem sie eine Weile stramm bergauf marschiert waren, erreichten sie eine Schutzhütte mit einem herrlichen Ausblick über das Oleftal. Philipp lehnte seinen Wanderstock an die Wand, holte sein Notizbuch aus dem Rucksack und vermerkte die Hütte.

»War doch gut, dass wir uns für diesen Weg entschieden haben. Keine Gefahren weit und breit. Wahrscheinlich sind die Bäume längst beseitigt worden.« Mit seiner Wasserflasche prostete er den anderen zu.

Nach ein paar Schlucken wollte die Gruppe weiter. Philipp verstaute seine Sachen. »Geht ruhig schon vor. Ich muss noch mal für kleine Jungs.«

»Aber doch nicht hier!« Entrüstet quietschte Sophie auf.

Die anderen lachten.

Florian machte eine ausladende Armbewegung. »Er wird schon einen Baum finden, hinter den er sich stellen kann.«

Während die Gruppe aufbrach, lief Philipp ein Stück zurück. Überall ging es steil bergab, doch schließlich entdeckte er einen Baum, an dem er sich beim Verlassen des Weges festhalten konnte. Er streckte den Arm aus, machte einen großen Schritt, rutschte weg und konnte sich gerade noch so am Baumstamm fangen. Puh! Das hätte auch ins Auge gehen können. Vorsichtig richtete er sich auf und erleichterte sich erst einmal.

»Hallo, alles klar bei Ihnen?«

Die ganze Zeit war ihnen niemand begegnet, und ausgerechnet jetzt musste jemand vorbeikommen. Gott sei Dank war es ein Mann. Philipp sah auf.

Ein jüngerer Kerl, vielleicht Ende dreißig – den Schirm seiner Baseballkappe nach hinten gedreht, mit Sonnenbrille und eher in Freizeit- als in Wanderkleidung –, kam den Weg herauf und schaute ihn fragend an. Philipp wollte schon abwinken, aber der Schritt, den er machen musste, um auf den Pfad zu gelangen, war reichlich groß. Ohne zusätzlichen Halt würde er den nicht schaffen. Das hatte der andere wohl auch erkannt. Er blickte sich um, fand einen Stock, der lang genug war, und hielt ihn Philipp hin. Selbst damit war es eine rutschige Angelegenheit, und Philipp war froh, als er wieder »festen Weg« unter den Wanderschuhen hatte.

»Hannes«, stellte sich sein Retter vor.

Ein Geocacher auf der Suche nach den verborgenen Schätzen der Eifel, erfuhr Philipp auf dem Weg zurück zur Schutzhütte, wo Florian, Kevin und Axel auf ihn warteten.

»Wir haben uns schon Sorgen gemacht.« Axel reichte Philipp Rucksack und Wanderstock.

»Hannes hat mir zurück auf den Weg geholfen.« Philipp stellte die Männer einander vor.

Gemeinsam gingen sie weiter. Hannes erzählte von seiner Schatzsuche. Als sie die anderen eingeholt hatten, zeigten die sich auch neugierig. Schließlich war Jörg beim Suchen eines solchen Cache abgestürzt.

Hannes wirkte betroffen. »Wo ist das denn passiert? Um welchen Cache ging es?«

Ellen und Günther waren ein Stück vorgegangen, sie würdigten den Neuankömmling keines Blickes. Von Günther kannte Philipp das ja. Der war Fremden gegenüber oft zurückhaltend. Aber dass auch Ellen so miesepetrig drauf war. Jetzt blieb sie stehen und funkelte den armen Hannes an, als wollte sie ihn pulverisieren. Frauen. Ob sie wohl ihre Tage hatte?

PINGEN

Hannes! Ellen traute ihren Augen nicht. Was wollte Max denn hier? Und sich dann auch noch als Geocacher auszugeben, wo er davon überhaupt keine Ahnung hatte! Das durfte doch nicht wahr sein. Rasch wandte sie sich ab und ging einfach weiter.

Hinter ihr hörte sie, wie die anderen sich mit ihm unterhielten. Neben sich spürte sie Günther, wusste, dass sein Blick auf ihr ruhte. Konnte er sie nicht ein Mal allein lassen? Sie lief schneller, was natürlich gar nichts brachte. So wurde sie weder Günther noch Max los. Heute war definitiv nicht ihr Tag.

Dafür aber der von Philipp. Ein Highlight jage das nächste auf dieser Etappe, hörte sie ihn schwärmen, als sie das kleine Örtchen Olef erreichten. Die Fahrt mit der Oleftalbahn, auf die er sich so sehr gefreut hatte, musste jedoch ausfallen. Die Strecke war nach der Flutkatastrophe noch nicht wieder instand gesetzt. Stattdessen besichtigten sie den »verrückten Stuhl« auf einem kleinen Platz in der Mitte des Ortes, der ihnen demonstrierte, wie einfach sich optische Täuschungen ergaben. In verschiedenen Konstellationen fotografierte Ellen die Wanderer als David und Goliath, die Kleineren erschienen dort groß, die Größeren klein.

»Hey, hier gibt's einen Nano!« Kevin steckte sein Handy weg und marschierte zum Stuhlgestell.

Florian folgte ihm.

Philipp, der gerade auf der Sitzfläche gehockt hatte, erhob sich und gesellte sich zu den beiden. »Was gibt's hier?«

»Einen Cache, einen ganz kleinen, weil hier so viele Muggel rumlaufen.« Kevin grinste.

»Falls du mich damit meinen solltest, ich bin nicht so phantasielos, wie du denkst.« Philipp beugte sich über die Stuhlbeine. »Und hier soll ein Schatz versteckt sein?«

»Es hilft, wenn man zuerst das Rätsel löst.« Florian schwenkte sein Handy und schlenderte Richtung Sitzfläche, auf der Sophie gerade für »Die kleine Prinzessin auf dem Thron« posierte. Ihr nächstes Märchen, wenn Ellen sie richtig verstanden hatte.

»Noch jemand ein Foto?«, rief Ellen und schaute sich um.

Rita und Frieda waren schon dran gewesen. Sie hatten sich auf der Picknickbank niedergelassen und tranken Tee. Günther stand im Schatten eines Baumes auf dem kleinen Platz. Die Arme vor der Brust verschränkt, beobachtete er wohl insbesondere Kevin, Philipp und Florian. Axel hatte sich etwas abseits positioniert, rauchte und unterhielt sich mit »Hannes«. Sofort kochte es wieder in Ellen. Als spürte er ihren Ärger, hob Max die Hand und verabschiedete sich.

»Wir gehen auch gleich weiter.« Philipp konnte wohl niemanden ziehen lassen.

»Ich dachte, wir warten auf Tina?« Frieda warf ihrem Vater einen tadelnden Blick zu.

»Stimmt, ja. Das hatte ich ganz vergessen.« Philipp wirkte beinahe schuldbewusst, als er zur Picknickbank ging und Rita fragte, wie es ihr ging.

»Papa.«

»Lass nur.« Rita seufzte.

Philipp setzte sich neben sie. »Vielleicht kann Hannes es nicht verkraften, wenn wir den Nano finden und er nicht«, überlegte er laut.

»Fängst du jetzt auch noch damit an?« Günther löste sich von seinem Baum und stapfte zu den malerischen Fachwerkhäusern auf der gegenüberliegenden Seite des Platzes.

Es kam Ellen so vor, als würden nicht nur bei ihr die Nerven ziemlich blank liegen. Auch die anderen reagierten zunehmend gereizt aufeinander. Als Tina endlich da war, hatte niemand Lust auf Kekse, Obst oder Getränke. Nicht einmal Frieda unternahm etwas, um die Stimmung zu verbessern. Sogar die Loslass-Zeremonie schien sie vergessen zu haben. Nur Philipp war gut drauf. Oder tat zumindest so, als sie weitergingen.

Nach einem kurzen Anstieg im Ort bogen sie in den Wald ab. Der Weg war breit und wies eine leichte Steigung auf. Er war wie gemacht für eine Unterhaltung. Zu dumm, dass sie ausgerechnet Philipp neben sich hatte.

»Bald erreichen wir die ersten Pingen«, erzählte er freudig. »Wusstest du, dass es hier mehr als zweitausend verlassene Erzgruben oder Schürfstellen gibt?«

Bevor er sie zu jeder einzelnen hinzerren konnte, ließ Ellen sich zurückfallen.

Rita schob sich als Letzte neben sie. »Komische Stimmung heute, nicht wahr? Als würde unter dem strahlenden Blau, den leuchtenden Grüntönen, hinter all dem Blühen etwas Finsteres lauern.« Verlegen lachte sie auf.

»Bist du sicher, dass du den gestrigen Tag gut überstanden hast?« Verstohlen musterte Ellen die Vereinsvorsitzende von der Seite. Vielleicht wirkte sie etwas müder um die Augen herum, nicht ganz so energiegeladen wie sonst.

»Bis auf diese Anwandlung gerade eben, ja.« Rita ruckelte an ihrem Rucksack und schritt beherzter aus.

Das mit der Energielosigkeit zog Ellen geistig zurück. Wenn sie es nicht besser gewusst hätte, hätte sie angenommen, Rita laufe vor etwas davon. Und sei es nur vor den Gedanken, die ihre Frage ausgelöst hatte.

»Was hast du eigentlich mitgebracht, das du hinter dir lassen möchtest?«

»Du meinst, was ich in meinem Beutel habe?« Rita seufzte. »Zucker.«

»Kandiszucker?« Ellen runzelte die Stirn. Waren es Zuckerstückchen, die sie gestern gefühlt hatte?

»Ja. Ich möchte gern gesund alt werden. Aktiv, fit, und wenn es dann so weit ist, einfach einschlafen.«

Ellen nickte.

»Im Prinzip wie gestern. Aber gerade macht mir die Vorstellung, so zu sterben, doch ein bisschen Angst.«

»Kein Wunder. Und du hast keine Ahnung, was deinen Zusammenbruch ausgelöst haben könnte? Hast du deine Trinkflasche von jemand anders auffüllen lassen?«

»Nein, und den Kaffee im Restaurant hab ich mir auch selbst geholt. Schwarz. Ohne alles. Aber das weißt du ja. Du warst schließlich dabei.« Rita blieb stehen und schaute sie an. »Was willst du, Ellen?«

Ruhig erwiderte Ellen ihren Blick. »Wissen, was hier los ist. Hat Jörg dir vor seinem Tod irgendwas gegeben? Solltest du was für ihn aufbewahren?«

Rita schüttelte den Kopf. Ein paar Meter gingen sie schweigend nebeneinanderher. Dann sagte sie leise: »Du denkst also auch, dass da jemand was sucht.«

»Im Leben gibt es eine Menge Zufälle, aber so viele auf einmal?« Ellen schob die Daumen unter die Riemen ihres Rucksacks.

»Ich frage mich, ob der Einbruch in der Goldschmiede was mit dem Einbruch in unseren Transporter zu tun haben könnte.« Rita holte ihre Trinkflasche aus dem Seitenfach und nahm einen Schluck.

Ellen sah sie fragend an.

»Nein, das kann nicht sein. Vergiss es.« Rita presste die Lippen zusammen und ging entschlossen weiter.

Ahnte sie, dass Jörg die Diamanten gestohlen hatte? Offensichtlich wollte sie nicht weiter darüber reden, und wenn Ellen nachfragte, würde sie vermutlich nur mauern. Also musste ein anderes Thema her.

Ellen folgte ihr, schob sich wieder neben sie. »Wer ist eigentlich auf die Idee gekommen, NaKuLi zu gründen? Philipp und du?«

»Hat Philipp dir das erzählt?« Der Weg machte eine Kurve und lag nun im Schatten der Bäume. Rita steckte die Sonnenbrille ins Haar. »Nein, das waren Jörg und ich. Margot hatte zu einer Gartenparty eingeladen. Ganz Kornelimünster war da. Sie hatten frisch geheiratet, still und heimlich. Traumhochzeit auf den Malediven. Hat das ein Gerede gegeben!«

»Weil sie auf den Malediven geheiratet haben?«

»Das auch. Und weil es so schnell gegangen ist. Die Leute zerreißen sich gern das Maul.« Rita warf Ellen einen Blick zu, der deutlich machte, was sie davon hielt. »Ich habe mich für Margot gefreut. Warum sollte eine Frau über fünfzig nicht einen neuen Partner finden? Jörg bewunderte sie. Das hat man gesehen. Er war stolz auf ihre Werke, hielt sie für Kunst. Darüber sind wir ins Gespräch gekommen. Wie man der Kunst mehr Beachtung verschaffen könnte. Und von da war es nicht mehr weit bis zur Vereinsgründung.«

»Darüber, dass sich Jörg so schnell und so gut eingelebt hat, war Margot bestimmt erleichtert.«

»Ich hatte den Eindruck, sie hätte ihn gern mehr für sich gehabt, aber dem Verein beitreten wollte sie nicht. Vielleicht hatte sie auch wirklich keine Zeit, zu den Treffen zu kommen. Außerdem waren wir ihr vermutlich zu unspezifisch.« Rita zuckte mit den Achseln. »Dabei haben wir uns bewusst breit ausgerichtet, um möglichst viele Leute anzusprechen. Natur, Kultur, Literatur, übergreifende Veranstaltungen, Wanderungen von Gedicht zu Gedicht, Lesungen im Wald, Vorträge darüber, wie die Natur in verschiedenen Kulturkreisen gesehen wird. Das hat super geklappt. Jörg und ich …« Sie schluckte.

»Wie gut, dass ihr das Buch trotzdem macht. Auch wenn Jörgs Beitrag fehlen wird. In welchem Genre war er eigentlich unterwegs?«

»Jörg?« Rita nahm ihre Sonnenbrille ab, putzte sie und setzte sie wieder auf. »Er war unser Schatzmeister. Es hat ihn glücklich gemacht, etwas Schönes unter die Menschen zu bringen. Seine Kunst war es, für den Rahmen zu sorgen, für gelungene Veranstaltungen, einen Verlag für das Buch zu finden, solche Sachen …«

Sie gingen auf eine Anhöhe zu. Rita erzählte, wie gut sie sich mit Jörg verstanden hatte. Ja, sie hatte sich sogar gefragt, wie es wäre, mit so einem Mann zusammenzuleben, einem, der die gleichen Interessen hatte, dem Gedichte wichtig waren, der an ihre Kraft glaubte.

Rita seufzte. »Ich weiß, was du jetzt denkst. Und ich weiß auch, dass du Philipp nicht magst.« Sie hob die Hand. »Nein, du brauchst nicht zu widersprechen. Ich sehe das. Er ist dir zu anstrengend. Früher war er nicht so. Er hat sich verändert. Vielleicht war ich nicht ganz unbeteiligt daran. Ich habe ihn so werden lassen. Da wäre es unfair, ihn jetzt zu verdammen. Zumindest nicht, ohne ihm eine Chance zu geben.«

»Wow.« Sprach- und so atemlos, als hätte sie selbst gerade ohne Punkt und Komma geredet, blieb Ellen auf der Anhöhe stehen, um zu verschnaufen.

»Ein flammender Vortrag, was?« Rita grinste schief. »Reden halten kann ich gut. Jetzt weißt du, warum ich die Vorsitzende des Vereins bin.«

Sie lachten. Bergab lief sich der Weg nun wie von selbst, bevor er wenig später wieder etwas steiler wurde. Eine Weggabelung war zu sehen, mit einer Eifelliege. Stimmen wehten von dort zu ihnen herüber. Frieda und Florian. Oder Günther?

Rita wurde noch einmal langsamer. »Danke fürs Zuhören«, sagte sie, und ihre Stimme klang wieder voll, wie zu Beginn der Wanderung. »Das hat gutgetan.«

»Da nich für«, brummte Ellen.

Rita lachte. Sie hakte Ellen unter. »Du schlägst dich echt gut, weißt du das?«

Verwirrt runzelte Ellen die Stirn. Hatte Rita ihre Tarnung durchschaut?

»Ich stelle die Leute gern auf die Probe, erzähle ihnen was über Dichtung und lasse sie ein Haiku machen. Die meisten denken, ich bin plemplem, aber du hast wirklich gut reagiert.«

»Weil ich es geschafft habe, bis fünf beziehungsweise sieben zu zählen?« Ellen lächelte. »Trotzdem danke.«

»Hey, da seid ihr ja.« Frieda winkte ihnen zu. »Sollen wir zusammenrücken, oder wollt ihr zu den anderen vorgehen?«

»Wo sind sie denn?« Rita schaute sich suchend um.

Günther erhob sich von der Liege. »Ein Stück weiter bei der nächsten Bank.«

»Bis auf Axel. Der meinte, in Olef wäre Anouk an uns vorbeigelaufen. Er wollte sie einholen. Und Papa hat im Chat geschrieben, dass er sich den Pingentrichter ansieht und später wieder zu uns stößt.«

»Dein Vater verzichtet freiwillig auf ein Stück des Eifelsteigs?« Rita schüttelte den Kopf. »Das glaub ich jetzt nicht.«

Frieda lachte. Sie zeigte auf ein weißes Schild auf der anderen Seite des Weges. »Kannst du bitte ein Foto von dem Warnschild machen, Ellen? Die schwarze Schrift ist schon beinahe weiß und kaum noch zu lesen, aber es zeugt von der Bergbauvergangenheit.«

Ellen trat näher an das Schild heran. »›Bergsenkungsgebiet, Einsturzgefahr!‹«, las sie laut vor. »Erst umgefallene Bäume, jetzt die alten Gruben, die den Boden aushöhlen, heute ist die Strecke aber wirklich gefährlich.«

Ein Handy klingelte.

»Tina? Müssen wir wieder umplanen?« Erstaunt begrüßte Rita den Wander-Engel. »Oh nein! Ist er schlimm verletzt? Wo ist er?«

Ellen fuhr herum.

Rita war leichenblass. Sie sank auf die Liege.

»Philipp«, sagte sie. »Oh Gott, bitte nicht auch noch Philipp.«

GLÜCKAUF

»Gib her!« Friedas Herz raste. Hatte sie richtig gehört? Wie ferngesteuert nahm sie ihrer Mutter das Smartphone aus der Hand. Die wurde prompt von den anderen umringt. Frieda wandte ihnen den Rücken zu, presste den Lautsprecher des Handys an das eine Ohr und hielt sich das andere zu.

»Tina?« Sie entfernte sich ein paar Schritte. »Ich bin es, Frieda. Was ist mit meinem Vater?«

»Er wurde bewusstlos im Wald gefunden. Ist vermutlich auf den Kopf gefallen. Er ist gerade auf dem Weg ins Krankenhaus. Soll ich euch hinfahren?«

Sie vereinbarten, dass Tina sie in Gollbach einsammeln würde. Anderthalb Kilometer waren es bis dorthin.

Frieda stürmte los. Dicht hinter sich spürte sie ihre Mutter. Anscheinend folgte ihnen die ganze Gruppe. Florian schob sich neben sie, doch sie hörte nicht, was er sagte. Sie achtete nur auf ihre Schritte. Auf die ihrer Mutter. Nicht langsamer werden. Nicht hinfallen. Auf den Weg achten. Laufen, gehen, laufen. »Mama, pass auf.«

Sie erreichten den Waldrand. Jenseits einer Wiese entdeckte Frieda Häuser. Das musste Gollbach sein. Eine Landstraße kam in Sicht. Frieda sah den Transporter. Und rannte.

»Hey, beruhigt euch erst mal.« Tina kam ihnen entgegen. »Zwei Wanderer haben ihn gefunden und gleich den Notruf verständigt. Er kann nicht lange in der Grube gelegen haben.«

»Hast du mit ihm gesprochen? Warum haben sie nicht uns angerufen?« Frieda ballte die Hände.

»Er hatte wohl die Karte vom Unternehmen im Rucksack, deswegen haben die Sanitäter mich informiert.«

»Worauf warten wir?« Rita kletterte in den Wagen.

Frieda quetschte sich neben sie.

»Gebt Bescheid, sobald ihr was wisst.« Günther warf die Beifahrertür zu.

Und dann fuhren sie auch schon. Tina versicherte ihnen, dass es bis zum Krankenhaus nicht weit war, doch Frieda kam die Fahrt endlos vor. Wie hatte ihr Vater nur stürzen können? Er war trittsicher und keinesfalls leichtsinnig. Ob sein Kreislauf auch kollabiert war? So wie der von Florian und ihrer Mutter?

Wenn es bei den beiden überhaupt der Kreislauf gewesen war.

Nicht sein Herz, bitte, lass es nicht sein Herz sein! Und auch keine Hirnblutung, keinen Schlaganfall.

Frieda spürte, wie Rita ihre Hand nahm und drückte.

Endlich kamen sie am Krankenhaus an. Sobald Tina den Transporter vor dem Eingang zum Stoppen gebracht hatte, sprang Frieda heraus. Ihre Mutter und sie liefen zur Notaufnahme.

»Philipp Hampf? Ja, der ist bei uns. Und Sie sind seine Frau und seine Tochter?«

Ungeduldig erledigten sie die Formalitäten. Dann hieß es erneut: warten.

Irgendwann kam ein Arzt zu ihnen.

»Vermutlich hatte Ihr Mann Glück im Unglück«, wandte er sich an Rita. »Seine Rippen sind geprellt, das ist schmerzhaft, aber zum Glück ist nichts gebrochen. Darüber hinaus konnten wir nur Hautabschürfungen und ein paar Kratzer am Kopf feststellen.«

»Aber sonst ist der Kopf okay?« Ihre Mutter ließ den Arzt nicht aus den Augen.

Frieda hielt die Luft an.

»Wahrscheinlich hat er eine Gehirnerschütterung, aber mit letzter Sicherheit können wir das noch nicht sagen. Daher schlagen wir vor, ihn zur Beobachtung hierzubehalten, um ein epidurales Hämatom auszuschließen. Sie wissen, was das ist? Bei dem Sturz könnte es zu einer Blutung zwischen Schädelknochen und Dura Mater gekommen sein. Damit ist nicht zu spaßen, aber wir gehen – wie gesagt – nicht davon aus. Haben Sie gesehen, wie er gestürzt ist?«

»Nein, mein Vater ist vorgelaufen, als wir eine Pause gemacht haben«, sagte Frieda schnell. »Ist er denn bei Bewusstsein?«

»Inzwischen ja. Sie können auch gleich kurz zu ihm. Aber wundern Sie sich nicht, wenn er noch etwas verwirrt ist. Uns hat er ständig gesagt, dass jemand an seinen Schotter wollte.«

Frieda runzelte die Stirn. Wurde er etwa ausgeraubt? Im Wald? Das war vielleicht nicht sehr wahrscheinlich, aber doch nicht unmöglich. Sie schaute zu ihrer Mutter. Rita stand auf. Energisch, sie wollte zu Philipp. Typisch ihre Mutter. So schnell warf sie nichts um. Aber Frieda hatte gesehen, wie sie geschluckt und die Finger verknotet hatte. Sie machte sich Sorgen. Genauso wie sie.

Ein Pfleger brachte sie zu ihm. Mit geschlossenen Augen lag er da. Aus einem Infusionsbeutel tropfte Flüssigkeit. Ein Pflaster klebte auf seiner Wange, eines auf der Stirn.

»Philipp?« Behutsam nahm ihre Mutter seine Hand.

Frieda schob ihr einen Stuhl hin und trug einen zweiten an die andere Seite. Sie setzte sich. »Papa?«

Philipps Augenlider flatterten.

»Was machst du nur für Sachen?« Rita strich ihm über die Wange.

Philipp brummte etwas Unverständliches, stöhnte, dämmerte wieder weg. So ging es noch eine ganze Weile. Wahrscheinlich bekam ihr Vater neben Schmerz- auch Beruhigungsmittel. Frieda berührte seinen Unterarm. Schon am Vormittag war er beinahe gestürzt. Eine Unachtsamkeit in unwegsamem Gelände, hatte sie gedacht. Das hätte jedem passieren können, auch den Jüngeren. Jetzt war sie sich da nicht mehr so sicher. Dreiundsechzig war eigentlich kein Alter heutzutage, und ihr Vater bewegte sich viel, war immer unterwegs. Still sitzen konnte er noch nie. Umso mehr schockierte es sie, ihn so zu sehen. Sie biss sich auf die Unterlippe. Hoffentlich hatte der Arzt recht, und es blieb dabei, dass ihr Vater kein Schädel-Hirn-Trauma hatte.

Philipp schlug die Augen auf und lächelte sie an. Wie ein kleiner Junge. Jetzt kamen ihr doch die Tränen.

»Nicht weinen«, murmelte er und klang verschlafen.

Ihre Mutter beugte sich über ihn. »Was ist denn passiert?«

»Ich war an dem Trichter ...« Er schaute zur Decke.

»Und dann?« Ihre Mutter streichelte seine Hand.

»Ich hab hineingeschaut und ...« Er schwieg.

Frieda tauschte einen Blick mit ihrer Mutter. »Bist du zu nah rangegangen und dabei reingefallen?«, fragte sie leise.

»Nein, Schotter.« Er stöhnte. »Der Schotter.«

»Bist du darauf ausgerutscht?« Ihre Mutter legte ihre Hand auf den Unterarm ihres Vaters. Ihre Art, die Leute zu beruhigen.

»Schotter«, wiederholte er und versuchte, sich aufzusetzen. »Er hat mich angefasst.«

»Wer?« Erneut biss Frieda sich auf die Unterlippe. Ihr Vater klang doch arg durcheinander.

Jetzt sank er zurück ins Kissen. »Angefasst und gestoßen.«

»Hast du Schmerzen? Sollen wir jemanden rufen?« Frieda spähte in den Flur.

»Nein, es geht schon.« Philipp schloss die Augen.

Frieda sah aus dem Fenster. Hatte jemand es auf den Verein abgesehen? Waren sie irgendwem mit ihren Aktionen oder Veranstaltungen auf die Füße getreten? Schwer vorstellbar. Es musste um etwas anderes gehen. Aber um was? Wer steckte dahinter? Und was wollte derjenige erreichen? Ihren Vater daran hindern, weiterzuwandern? Ihn unschädlich machen? Wer konnte das wollen? Wer profitierte davon, wenn Philipp hier im Krankenhaus lag, anstatt den Eifelsteig entlangzuwandeln?

Von ihnen konnte es niemand sein. Aber wer sonst? Wer war von Anfang an dabei und fremd? Ellen. Eine Bekannte von Jörg. Wie gut waren sie überhaupt bekannt gewesen? Hatte er ihr was geschuldet? Hatte sie ihn geliebt, und er hatte sie zurückgewiesen, woraufhin sie ihn den Berg hinunterschubste? Ellen gab nicht viel von sich preis. Sie hielt sich zurück, beobachtete, machte Fotos.

»Jemand hat mich in die Grube gestoßen.« Ihr Vater sah sie eindringlich an.

»Mann oder Frau?«

Ihr Vater seufzte. »Ihr immer mit eurer Gleichberechtigung. Es war ein kräftiger Stoß. Falls es eine Frau war, dann eine große.«

Wie Ellen. Frieda nickte ihm beruhigend zu. Was dachte sie denn da? Ellen war hinter ihr gewesen, war die ganze Zeit mit ihrer Mutter gegangen. Wenn, dann musste sie einen Mittäter haben. Dieser Hannes heute, die beiden hatten sich so komische Blicke zugeworfen. Und war ihr Vater nicht schon beinahe gefallen, als er ihn getroffen hatte?

Oder hatte Axel ihn in den Trichter geschubst? Anouk konnte es nicht gewesen sein. Nein. Für Anouk legte Frieda ihre Hand ins Feuer. Die war wie sie. Die fühlte und lebte mit dem Herzen.

Sie stand auf und trat in den Gang. In ihrem Kopf surrten die Gedanken wie in einem Bienenstock. Ellen wollte was von Jörg, bekam es nicht, durchsuchte daraufhin ihr Gepäck in der Annahme, dass einer von ihnen es hatte.

Nein, das war dämlich. Um diese Sache von Jörg zu fordern, hätte sie sich nicht extra ihrer Wandergruppe anschließen müssen.

Außerdem konnte Ellen den Transporter nicht überfallen haben. Auch da war sie die ganze Zeit bei der Gruppe gewesen. Allerdings hätte sie Florian und Rita was ins Essen oder in ihre Trinkflaschen mischen können. Wie auch ihrem Vater. Ein Halluzinogen. Die beiden waren heute ein Stück zusammen gegangen. Gestoßen musste ihren Vater dann Ellens Komplize haben. Aber warum?

Der Rucksack! Hatte ihr Vater seinen Rucksack noch?

Sie lief zurück ins Zimmer. Ja, da lag er. Sie nahm ihn, öffnete ihn, holte den Inhalt heraus und fragte ihren Vater, ob was fehlte.

»Was ist denn mit dir los?« Unwirsch hob er die Hand. »Räum bitte alles wieder ein. Also ehrlich. Man könnte meinen, du wärst auf den Kopf gefallen und nicht ich.«

Frieda atmete durch. Ihr Vater hatte recht. Sie war wirklich ganz wirr im Kopf. Diese Verdächtigungen – das war doch nicht sie!

KLOSTER STEINFELD

Ellen nickte zum Wald zurück. »Bis zu dieser Grube ist es nicht weit. Ich hab vorhin das Schild gesehen.«

»Willst du hin?« Florian nahm seine Brille ab und putzte sie. »Ich komm mit. Vielleicht haben sie ja seine Sachen liegen lassen.«

»Wir kommen auch mit.« Sophie stieß Kevin an.

Der nickte.

Also gingen sie alle, auch Günther, bogen auf den Pfad ab, der sie tiefer in den Wald hineinführte, bis sie etwas später den Pingentrichter erreichten.

»Und jetzt?« Unsicher blieb Sophie stehen. »Suchen wir nach Schuhabdrücken?«

»Wozu?« Florian zog die Augenbrauen hoch. »Willst du nach den Rettungssanitätern fahnden oder den Wanderern, die ihn gefunden haben?«

»Sei nicht so blöd.« Sophie schob die Unterlippe vor.

»Rumliegen tut jedenfalls nichts mehr.« Kevin trat an den Rand der Grube. »So tief ist die gar nicht. Das sind doch höchstens zwei Meter.«

Das dachte Ellen auch. Allerdings war da vorn eine Wurzel. Und der Boden war ziemlich trocken. Sie stieß mit der Schuhspitze dagegen. Und sehr hart. Wenn man blöd fiel, konnte man sich ernsthaft verletzen. Die Frage war allerdings, wie man überhaupt fallen konnte. Der Trichter war ausgeschildert, Philipp hatte ihn noch dazu gesucht. Er lag keineswegs getarnt mitten auf dem Weg. Wie hatte Philipp hier stürzen können?

»Hat er was gesagt, bevor er weitergegangen ist?« Ellen wandte sich an Florian, Kevin und Sophie. »Wollte er sich hier mit jemandem treffen?«

»Was fragst du uns?« Kevin verschränkte die Arme vor der Brust. »Ich war pinkeln, und als ich zurückkam, war er schon weg.«

Sophie nickte. Und auch Florian schaute fragend zu seinem Vater.

»Ist er mit Axel zusammen weitergelaufen?«, fragte Ellen.

»Nein, ich hatte den Eindruck, er wollte seine Ruhe haben.« Günther sah zu Kevin und Sophie. »Ihr habt ihn ja ganz schön belagert.«

»Wir haben ihm nur zugehört. Das macht von euch doch keiner.« Sophie warf die Haare zurück und funkelte Günther empört an.

Der hielt ihrem Blick gelassen stand und wandte sich schließlich wieder an Ellen. »Axel hat keine Pause eingelegt. Er wollte Anouk einholen.«

Axel also? Hatte er gehofft, Philipp allein zu erwischen? Ziemliches Glücksspiel. Ellen seufzte. Oder war Philipp zusammengebrochen wie Florian und Rita, nur dass er das Pech gehabt hatte, dabei am Rand einer Grube gestanden zu haben, noch dazu allein?

Ellens Handy brummte. Sie zog es aus dem Rucksack. Eine Nachricht von Uta: »Finger weg vom Stick. Datenklau!« Auch das noch.

Obwohl sie es befürchtet hatte, war Ellen enttäuscht. Dass die verlässliche Tina mit ihren Juckt-mich-nicht-Sticks insgeheim die Handys ihrer Kunden ausspionierte, hätte sie ihr nicht zugetraut.

»Was Neues von Philipp?« Günther nahm seine Mütze ab, fuhr sich über die Glatze und setzte sie wieder auf, als Ellen den Kopf schüttelte.

Schweigend machten sie sich auf den Weg. Den Wald ließen sie rasch hinter sich, liefen durch den Ort, in dem Tina Rita und Frieda eingesammelt hatte, und wanderten anschließend an Wiesen und Feldern vorbei wieder bergauf. Wenn sie jetzt noch die Köpfe gesenkt halten würden, könnte man glauben, sie seien eine Pilgergruppe auf ihrem Bußgang ins Kloster, dachte

Ellen. Eine der Kühe auf der eingezäunten Wiese, an der sie gerade vorbeigingen, muhte laut und glotzte sie mit ihren großen Augen vorwurfsvoll an.

Ellen streckte ihr die Zunge heraus.

Sie trotteten weiter, bis sie schließlich wieder zu einem Wald kamen. Dort ging es auf und ab, der Trail wand und schlängelte sich – Philipp wäre begeistert gewesen. Ellen ertappte sich dabei, wie sie ein paar besonders schöne Passagen für ihn fotografierte.

Und dann erreichten sie die Klostermauern. Liefen an ihnen entlang bis zum Eingang. Endlich! Natürlich hielt sie auch diesen Moment fest. Max und Anouk bemerkte sie erst, als Florian sie begrüßte.

»Axel ist auch da.« Anouk deutete zum Herbergsgebäude. »Er wollte schon mal duschen. Wo habt ihr denn den Rest gelassen?«

DUNKELBIER

Dieses Kloster lag so was von im Off! Dass man es überhaupt erreichte, grenzte schon an ein Wunder. Aber wenigstens schien es hier Bier zu geben. Kevins Laune hob sich minimal, als er den Biergarten ansteuerte.

»Lass uns erst aufs Zimmer gehen. Ich will duschen.« Sophie zog ihn zurück auf den Weg.

Hatte sie sie noch alle? Wer wusste, wie lange der Ausschank geöffnet war. Duschen konnte er die ganze Nacht. Jetzt warf sie ihm auch noch einen dieser verschwörerischen Blicke zu. Nein, danke, ihm langte es.

»Ich hab Durst«, brummte er. »Geh du schon mal vor.«

Sie machte einen Schmollmund.

Als ob der bei ihm wirken würde.

»Für dich auch ein Abteibier, Kevin?« Florian sah ihn fragend an.

»*Whatever.* Hauptsache, groß und vom Fass.«

»Hey, Kevin!« Anouk winkte von einem Tisch unter einem der großen Bäume.

Blöderweise war sie nicht allein. Der Geocacher vom Morgen hatte sich an sie rangeschmissen. War ja klar. Wenn einer schon Hannes hieß!

Hinter ihm knirschten die Kieselsteine. Kevin fuhr herum, doch es waren nur Günther und Ellen. Wobei … was hieß hier »nur«? Irgendwie waren die alle schräg drauf.

Er ging rüber zu Anouk und Hannes und ließ sich auf den nächstbesten Stuhl fallen.

Florian kam zurück und stellte ihm eine Flasche Dunkelbier hin. »Gab nur Flaschenbier. Immerhin handelt es sich dabei um die hiesige Spezialität.«

Sie stießen an.

Günther verschwand ins Café, um für Ellen und ihn was zu trinken zu holen, und Kevin rückte ein Stück zur Seite, da sich die Fotografin neben ihn setzen wollte.

»Habt ihr schon gehört? Philipp ist im Krankenhaus.« Sie schaute Hannes an, als wäre er daran schuld.

Dachte Ellen, was er dachte? Der Typ war nicht echt. Wie er jetzt eine ernste Miene aufsetzte und einen auf betroffen machte. Was denn passiert sei, wollte er wissen, wie es Philipp gehe. Ganz so, als ob er von nichts wüsste. Wie heute Morgen, als er ihnen erst erzählt hatte, dass er Caches suche, und sich dann null für den ersten interessiert hatte, den es in ihrer Nähe gegeben hatte. Und war Philipp nicht beinahe den Steilhang hinuntergerutscht, als er pinkeln musste? Angeblich war er nur deswegen nicht abgestürzt, weil Hannes gerade zufällig vorbeigekommen war. Vielleicht hatte der Kerl ihn da schon geschubst, und als es nicht geklappt hatte, hatte er ihm eben wieder auf den Weg geholfen.

Kevin zog sein Handy heraus und sah Hannes herausfordernd an. »Hast du schon geguckt, wo es hier Caches gibt?«

»Ich hoffe doch sehr, dass es im Kloster keine gibt.«

Musste Günther ausgerechnet jetzt zurückkommen und ihn mit seinem Richterblick durchbohren? So einen Vater zu haben, Mann, würde ihn das nerven. Trotzig rief Kevin seine Geocaching-App auf und startete die Suche.

»Und, wie sieht's aus?« Interessiert beugte sich Hannes vor. Wollte der Typ ihn verarschen?

Nach einem Blick aufs Display lehnte sich Hannes wieder zurück. »Ich mache das privat mit ein paar Freunden. Jeder versteckt, und jeder sucht. Am Ende des Jahres rechnen wir ab.«

»Und wie? Mit einer App?« Florian war es, der nachhakte. Ob er Hannes auch nicht glaubte?

»Hey, da seid ihr ja.« Axel schlug ihm auf die Schulter.

Kevin zuckte zusammen. Musste der Kerl ihn so erschrecken?

»War eine schöne Strecke heute. Was wollt ihr trinken? Ich geb einen aus.«

Florian berichtete Axel von Philipps Unfall.

»Mensch, eure Gruppe ist echt vom Pech verfolgt. Hätte nicht gedacht, dass diese Gruben so gefährlich sind. Einen Schnaps auf den Schreck?«

»Nee, lass mal lieber.« Florian hob seine Flasche. »Ich bleib beim Bier.«

Axel ging zum Café und kam kurz darauf mit einer Runde Bier zurück. »Auf Philipp und darauf, dass er rasch wieder auf die Beine kommt!«

»Wisst ihr, ob Frieda und Rita über Nacht bei Philipp bleiben? Ich würde sie gern noch mal sehen.« Anouk kramte im Kopffach ihres Rucksacks und zog schließlich den Beutel heraus, den Frieda ihr geschenkt hatte. »Es gibt hier ganz tolle Kraftorte. Sogar einen Garten der Stille habe ich entdeckt, mit mächtigen uralten Bäumen. Und ein Labyrinth, um seine Mitte zu finden. Ein guter Platz, um was loszuwerden. Tragt ihr eure Beutel auch noch mit euch rum?«

»Ich hätte nichts dagegen, meinen hierzulassen.« Kevin leerte seine Flasche und tauschte sie gegen eine volle aus.

»Was willst du hierlassen?« Sophie war zurück und hatte wohl gute Laune geduscht. Sie grinste wie ein Honigkuchenpferd, als sie sich neben ihn setzte und Anouks Beutel entdeckte. »Ah, die Beutel. Wollen wir uns erzählen, was wir dabeihaben?«

»Weiß doch eh schon jeder.« Kevin stöhnte.

»Oder wir tauschen.« Sophie strahlte in die Runde.

Mann, was war denn mit der los? Hatte sie was genommen? Kevin hob die Flasche und trank.

Ein Bulli der Polizei rollte auf den Parkplatz. Mehrere Männer stiegen aus dem Bus, streckten sich, sahen sich um. Einer nickte zu den Tischen hin. Jetzt schauten alle herüber. Was sollte das denn werden?

»Das gibt's doch nicht.« Ein Zwei-Meter-Mann kam auf sie zu.

Hannes wandte sich um, sprang dann auf und hastete dem Hünen entgegen. Ziemlich schnell, dafür, dass er bis gerade eben noch tiefenentspannt bei ihnen gesessen hatte. Die beiden klopften sich gegenseitig auf die Schulter. Sie kannten sich ganz offensichtlich. Nach ein paar Worten griffen sich die Polizisten ihre Taschen und gingen Richtung Gästehaus.

»Von wegen Caches suchen.« Kevin nahm einen Schluck.

»Eine Drogenrazzia im Kloster?« Axel zwinkerte ihm zu. Dachte er etwa, er habe was dabei?

»Besser.« Florian deutete auf den Bulli. »Polizei-Seelsorge.«

»Bullen-Yoga.« Kevin stellte seine Flasche klirrend ab, als Hannes sich wieder zu ihnen setzte.

»Bist du Polizist?« Sophie musterte Hannes, als würde ihm gerade eine Uniform auf die Haut wachsen.

»Weil ich Polizisten kenne, meinst du?« Hannes lachte. »Da kann ich ja nur selbst einer sein, was? Oder ein Verbrecher.«

»Bist du einer?« Sophie übertrieb es mal wieder. Und hinterher jammerte sie dann, dass die Leute sie für naiv hielten. Jetzt riss sie auch noch die Augen auf. »Oder ist das eine Undercover-Mission?«

Hannes lachte erneut. »Das wär's noch. Weil das Leben von 'nem Polizisten aufs i-Tüpfelchen so ist, wie ihr es aus Büchern und Filmen kennt. Aber wenn ich nicht gerade Urlaub habe wie jetzt, arbeite ich tatsächlich bei der Kripo. Und ihr, was macht ihr so beruflich?«

Scheiße, der Typ war echt ein Bulle. Kevins linker Arm fing an zu jucken. Keiner sagte was.

Kevin leerte seine Flasche und stand auf. »Ich geh dann mal duschen.«

»Hast du dich verletzt?« Anouk sah auf seinen Arm.

Hastig zog er den Ärmel runter. »Bin gestochen worden.«

»Hat es sich entzündet? Brauchst du was zum Kühlen?«

»Nö, geht schon.« Kevin nahm seinen Rucksack und lief los.

»Warte, der Schlüssel!« Sophie sprang auf. »Ach, ich komm mit. Dann kann ich auch noch mal nach den Stichen sehen.«

Kevin verdrehte die Augen, blieb aber stehen. Da war sie auch schon, drückte ihm einen Kuss auf die Wange und schlang einen Arm um seine Hüfte. »Mein armer Mausebär.«

Mann, musste sie immer so übertreiben?

STICKY

Nach Max' alias Hannes' Outing als Kriminalkommissar hatte sich die Runde schnell aufgelöst. Ob das immer so war, wenn er erzählte, wo er arbeitete? Ellen wickelte sich in das Badetuch und wühlte in ihrem Koffer nach frischer Unterwäsche, als ihr Handy klingelte. Uta.

»Kannst du reden?« Ihre Freundin und IT-Expertin kam wie immer gleich zur Sache.

»Ja«, sagte Ellen. Es war so angenehm, nicht viele Worte machen zu müssen.

Während sie sich anzog, erklärte Uta ihr, was es mit dem Stick, den Ellen ihr geschickt hatte, auf sich hatte. »Er tut zwar, was er vorgibt zu tun, sprich, die kleine aufgesetzte Platte erhitzt sich und lindert so den Juckreiz, wenn du sie auf einen Stich hältst, aber der Stick arbeitet auch, wenn die Juckt-mich-nicht-App nicht aktiv ist. Und zwar als Keylogger. Alles, was du am Handy eingibst, wird zusätzlich an eine Adresse im Netz weitergeleitet. Eine super Möglichkeit, um Passwörter, PINs und Bankdaten zu sammeln.«

»Scheiße.« Ellen ließ sich aufs Bett fallen. Vor ihrem inneren Auge sah sie, wie Tina den Stick am ersten Tag verteilt und ziemlich eindrücklich angepriesen hatte, wie prima er bei Mückenstichen helfe. Oder bildete sie sich das im Nachhinein ein?

»Noch was.«

»Ja?« In Gedanken war Ellen noch beim Stick.

»Eine Waffenlizenz hat keiner deiner Wanderer, auch scheint kein Sportschütze darunter zu sein. Dein Axel Maes ist fünfundvierzig, arbeitet seit fünf Jahren bei LogiToll, einer Logistikfirma in Antwerpen. Davor war er drei Jahre in London und ein

Jahr in Dubai. Mehr konnte ich auf die Schnelle nicht über ihn herausfinden. Last, but not least Anouk. Sie ist zweiundvierzig, wohnt in Belgisch-Limburg, ist frisch getrennt und gerade von Maasmechelen nach Diepenbeek gezogen. Vor zwei Jahren hat sie sich als Stimm-Coach selbstständig gemacht. Schöne Grüße an Max.«

Max, wieso Max? Verdammt. Sie hätte die beiden einander nie vorstellen sollen. »Wieso hat Max deine Nummer?«

»Weil er im Unterschied zu dir gut bezahlt und ehrliche IT-Arbeit zu schätzen weiß.«

»Sprechen wir vom selben Mann?«

Uta lachte.

»Im Ernst, Uta. Hat Max dich gebeten, Anouk näher unter die Lupe zu nehmen? Anouk Lefèvre? Die Anouk mit dem schweren Rucksack, die wie der Igel immer schon da ist, wenn wir Hasen auftauchen?«

»Geht es dir gut, Ellen?«

»Da bin ich mir gerade nicht so sicher.«

»Ich habe eine Website für ihn erstellt. Bogenschießen, wenn du es genau wissen willst. Erinnerst du dich?«

»Die Geschichte mit dem Apfel auf dem Kopf, ja.« Ellen atmete zischend aus. »Tut mir leid. Das hatte ich völlig vergessen.«

»Stauch ihn nicht zusammen, wenn er bei dir auftaucht. Und nein, ich hab ihm nicht verraten, wo du steckst.«

»Zu spät. Er ist schon da.« Mit einem Mal musste sie lachen. »Er hat sich richtig Mühe gegeben und sich als Geocacher Hannes ausgegeben, und dann ist auch noch ein Bulli von der Polizei mit lauter Kollegen vorgefahren. Du hättest die Gesichter meiner Wanderer sehen sollen.«

»Na, dann kannst du die Kavallerie ja gleich auf diejenigen ansetzen, die diese Sticks verticken.«

»Danke, Uta.« Ellen wurde wieder ernst. Sie verabschiedeten sich. Ja, sie nutzte die Technik auch schon mal mehr, als erlaubt war, aber niemals, um sich selbst zu bereichern. Kontodaten von Urlaubern ausspionieren! Da hatte jemand eine wirklich gute Räuberidee gehabt. Der Juckt-mich-nicht-Stick lieferte den perfekten Vorwand. Sie hatte ja selbst gesehen, wie schnell das ging. Ein Mückenschwarm fiel über einen her, und schon saß der Stick auf dem Handy, wo er erst mal blieb. Die Menschen waren bequem. Und vergesslich. Und leichtsinnig. Schließlich hatten sie den Stick von einer scheinbar vertrauenswürdigen Person erhalten.

Ob Tina die Daten wohl aufbewahrte? Falls sie sie nicht täglich löschte, könnte das interessant sein. Jörg hatte den Stick genutzt. Gleich nachdem er ihn bekommen hatte, hatte er ihn auf sein Handy gesteckt. Aber an dem Handy in seinem Hotelzimmer hatte sich keiner befunden. Entweder hatte er ihn abgemacht, verloren, entsorgt, oder er hatte tatsächlich ein zweites Gerät. Nur blöd, dass keines gefunden worden war.

Auf dem Flur wurde es laut. Abendessenszeit. Ellen machte sich fertig und trat in den Gang. Vermutlich würde Tina Rita und Frieda später hierherbringen. Sie würde bis nach dem Essen warten. Sollte Tina bis dahin nicht aufgetaucht sein, würde Ellen sie herbitten.

Ellen folgte den anderen hinüber ins eigentliche Klostergebäude. Das Refektorium lag direkt am Kreuzgang. Große Tische, an denen alle zusammen aßen. Max, Axel und Anouk waren schon da und saßen an dem Tisch für die Einzelwanderer.

»Wollt ihr euch nicht zu uns setzen?« Florian winkte sie rüber. »Sonst müssen wir die ganze Zeit auf die leeren Plätze starren.«

Ellen musste sich ein Grinsen verkneifen. Charmant war anders, aber den dreien schien es nichts auszumachen. Bereitwillig wechselten sie den Tisch.

Kaum hatten sie sich am Büfett versorgt, ging die Tür erneut auf, und Rita, Frieda und Tina kamen herein.

Sofort prasselten die Fragen auf sie ein.

»Wie geht es Philipp?«

»Hat er erzählt, was passiert ist?«

Rita berichtete, dass er sich die Rippen geprellt und eventuell eine Gehirnerschütterung habe. Deswegen würde er zur Beobachtung im Krankenhaus bleiben, bis sie sicher sein konnten, dass es nichts Schlimmeres war.

»Er kommt bestimmt schnell wieder auf die Beine.« Günther legte seine Hand auf die von Rita und drückte sie kurz.

Anouk lief um den Tisch und umarmte Frieda.

Jemand schlug mit einem Löffel gegen ein Glas. Tina. Ein wenig verlegen stand sie da. »Ich wollte nur eben klären, wie es weitergehen soll. Wollt ihr die Tour fortführen oder abbrechen?«

»Abbrechen«, kam es wie aus der Pistole geschossen von Kevin.

»Weitergehen«, sagte Sophie zeitgleich.

Die beiden funkelten sich an.

Rita hob die Hand, alle wurden ruhig und sahen zu ihr. »Ihr wisst, wie sehr Philipp den Eifelsteig liebt. Er hat uns gebeten, die Tour wie geplant zu Ende zu führen, und würde sich sehr über Bilder« – sie warf einen bedeutungsvollen Blick zu Ellen – »Notizen und Berichte freuen.«

»Ihr wandert also morgen weiter?« Günther schaute fragend von Rita zu Frieda. Beide nickten. »Gut, ich bin dabei.«

»Ich auch«, kam es von Florian.

»Klar!« Sophie reckte triumphierend ihr Kinn vor.

»Na gut«, brummte Kevin, aber seine Miene drückte das Gegenteil aus. Seine Augenbrauen hatten sich zusammengezogen, finster guckte er auf seinen Teller und schob ihn zurück. Der Appetit schien ihm vergangen zu sein.

»Und ihr?«, wandte sich Florian an ihre neuen Mitwanderer.

»Ein Stück werde ich morgen noch mitkommen, aber dann muss ich mich leider ausklinken.« Axel schüttelte bedauernd den Kopf. »Wie das Leben so spielt. Meine Tochter ruft, ich komme.«

Max räusperte sich. »Ich werde gleich in der Früh abreisen. Auch wegen meiner Tochter. Luca hat morgen ein Spiel.«

»Seid mir nicht böse, aber ich entscheide von Tag zu Tag, ob und wie weit ich gehe.« Anouk schaute Frieda an. »Wollen wir uns vor dem Frühstück treffen und eine Loslass-Zeremonie machen?«

»Gern.« Frieda sah zu Axel und Max. »Wollt ihr auch daran teilnehmen? Vielleicht könnt ihr euch ja eine Butterbrottüte nehmen. Es ist echt blöd, ich hatte so viele Beutel, aber irgendwo hab ich sie wohl liegen lassen. Oder hast du sie vielleicht im Auto gefunden, Tina?«

»Die Jutesäckchen? Nein. Nach dem Einbruch in den Transporter habe ich alles, was lose im Wagen herumgeflogen ist, eingesammelt. Müsliriegel, Kaugummis, Servietten, Kabelbinder, Hustenbonbons … War viel dabei, aber keine Beutel.« Tina klopfte auf den Tisch. »Ich bin dann weg. Gute Nacht und bis morgen.« Sie ging zur Tür.

»Wartet nicht mit dem Essen auf mich. Ich hab noch was zu erledigen.« Ellen erhob sich und verließ das Refektorium ebenfalls.

»Tina?« Ellen ließ die schwere Tür hinter sich zufallen und eilte die Treppe hinunter. Tina war stehen geblieben und schaute sie fragend an. »Diese Sticks, die du uns am ersten Tag gegeben hast …«

»Die sind super, oder?« Tina wirkte erleichtert.

»Kann man die ganz normal kaufen, oder sind das Spezialanfertigungen für EIFEL LEICHT?«

»Hast du deinen verloren? Ich kann gern schauen, ob ich noch einen im Auto hab.« Tina nickte zum Parkplatz. »Das war eine Probecharge von meinem Freund.«

»Und jetzt geht er damit in ›Produktion‹?« Ellen malte Gänsefüßchen in die Luft, während sie neben Tina zum Transporter lief. »Da sollte er sich mal mit mir unterhalten.«

»Mit dir? Kennst du dich damit aus?« Tina warf ihr einen erstaunten Blick zu.

»Nö.« Ellen grinste. »Aber ich hab schon so einiges gemacht im Leben und kenn viele Leute. Ganz im Ernst. Fährst du jetzt zu ihm? Dann nimm mich doch mit.«

Sie kamen am Transporter an, und als Tina den Wagen öffnete, stieg Ellen einfach ein. Tina schien von den zusätzlichen

Fähigkeiten des Sticks keine Ahnung zu haben, aber selbst wenn sie nicht mit ihrem Freund unter einer Decke steckte, war es besser, ihr vorab nichts zu sagen. So konnte sie gar nicht erst auf die Idee kommen, ihn zu warnen.

Zögernd schob sich Tina auf den Fahrersitz.

»Keine Sorge.« Ellen lächelte ihr zu. »Ich nehm mir später ein Taxi, wenn kein Bus mehr fährt, ich brauch mal ein bisschen gruppenfrei.«

Tina ließ den Wagen an. Was blieb ihr auch anderes übrig?

IRRGARTEN

Eine Dreiviertelstunde später war Ellen auf dem Rückweg zum Kloster. So einfach und unkompliziert hatte sie lange niemanden mehr überzeugt. Dagegen war jede Diskussion mit Macy ein Kampf. Sicher hatte es auch geholfen, dass Tina ihren Freund zur Minna gemacht hatte, als sie erfahren hatte, was er trieb. Danach war es ein Leichtes gewesen. Hoody hatte ihr – ohne zu murren – die Daten überlassen und auf alle Technik, die ihm heilig war, geschworen, die Finger von dem Geschäft zu lassen.

Jetzt hatte sie den Beweis dafür, dass Jörg sich Montagnacht an der Haller-Ruine verabredet hatte. »Tagsüber geht nicht. Das Risiko, dass mich jemand von der Gruppe sieht, ist zu hoch.«

»Um ein Uhr in der Nacht.«

Es folgten die Koordinaten der Turmruine. Innerlich schüttelte Ellen immer noch den Kopf über so viel Blödheit. Immerhin hatte Jörg für sein zweites Handy eine belgische SIM-Karte benutzt. Garantiert eine Prepaidkarte, deren Herkunft sich nicht zurückverfolgen ließ. Auch die Nummer, an die die Nachrichten gegangen waren, hatte eine belgische Vorwahl. Beide Nummern hatte Ellen sofort an Uta geschickt, mit der Bitte, sie zu prüfen.

Das Taxi hielt am Eingang zum Kloster. Ellen zahlte, lief auf ihr Zimmer und schnappte sich ihr Tablet, um die Daten, die Tinas Freund gesammelt hatte, durchzugehen. Aus Jörgs Nachrichten ging hervor, dass sich der Diamantenkäufer am Roten Haus hatte treffen wollen. Mittags, wenn viel los war. Da würden sie nicht auffallen. Doch Jörg hatte sich geweigert und auf ein Treffen in der Nacht bestanden. Was der andere sich hatte bezahlen lassen. Zumindest hatte er einen Bonus gefordert.

Ellen tat der Händler fast leid. Laien konnten einem das Leben schon schwer machen.

Sie überprüfte die verbleibenden Rufnummern. Philipp, Kevin, Sophie und Rita hatten den Stick auf ihr Handy gesteckt. Zu Günther, Florian und Frieda gab es keine Daten. Und auch Jette und Katja fehlten.

Ellen fing mit Sophie an. Ihre Einträge begannen erst gestern und enthielten im Wesentlichen Notizen, die sie wohl gemacht hatte, um sie später für ihre Schreibprojekte zu verwenden. Am Abend war sie auf Facebook und Instagram unterwegs gewesen, augenscheinlich war sie ein Fan von Katzenvideos.

Kevin hatte den Stick gleich am ersten Tag benutzt, vermutlich nachdem er an Kaiser Karls Bettstatt gestochen worden war. Am zweiten Tag hatte er nach Verbindungen von Monschau nach Walheim gesucht und sich ansonsten durch die Fußballwelt geklickt. An den folgenden Tagen sah es ähnlich aus. Fußball, Netflix, Autosportseiten. Rasch prüfte sie die Daten von Philipp, Rita und Frieda, fand aber nichts Ungewöhnliches. Sie legte das Tablet weg und griff zum Handy.

Eine Nachricht von Margot. Ihre Auftraggeberin wollte wissen, ob es was Neues gebe. »Nicht zu den Diamanten«, antwortete Ellen und versprach, sich am nächsten Tag zu melden.

Uta schrieb, dass die beiden belgischen Nummern zu Prepaidkarten gehörten. Hatte Ellen sich ja schon gedacht. Trotzdem frustrierte es sie.

»Kannst du versuchen, die Nummern von Anouk und Axel herauszukriegen? Vielleicht passt ja eine.«

»Seit wann spielst du Lotto? ☺«

Ellen grinste und verkniff es sich, »immer noch besser als Bingo« zurückzuschreiben.

Eine weitere Nachricht wartete auf sie. Von Max. »Bei mir oder bei dir?«

Ellen begann zu tippen, doch er war schneller.

»In 15 min am Kreuz im Labyrinth?« Offenbar hatte er gesehen, dass sie ihm gerade schrieb.

»Ich bring was zu trinken mit«, gab sie rasch ein und erntete ein Daumen-hoch-Symbol für den Vorschlag. Sie lächelte. Dann stand sie auf, plünderte die Minibar und ging nach draußen.

Inzwischen war es dunkel geworden. Und still. Wie es sich für ein Kloster gehört, dachte Ellen und hoffte, dass ihre Mitwanderer friedlich in ihren Betten lagen und nicht auch durch den nächtlichen Klostergarten wandelten. Vielleicht wäre ein Treffen in einem der Zimmer doch besser gewesen. Die Wände waren sicher dick.

Vor dem Hauptgebäude wies ein Schild zum Klostergarten, wo sie kurz darauf auch den Eingang zum Labyrinth fand. Sie zwängte sich zwischen die hohen Hecken. Zu breit durfte man hier nicht sein. Ellen vergegenwärtigte sich die Rechte-Hand-Regel, mit der man am besten in die Mitte gelangte. Einfach immer rechts halten. Sie erreichte die erste Biegung und stellte fest, dass es keine Auswahlmöglichkeiten gab. Achselzuckend folgte sie dem Weg, nahm Ecke um Ecke und lief und lief. Ab und zu wurde der Gang so schmal, dass Äste sie streiften. Als sie kurz davor war, umzudrehen und Max einen anderen Ort für ihr Treffen vorzuschlagen, brummte ihr Handy. Im Gehen zog sie es aus der Hosentasche. Max hatte geschrieben. »Ich höre dich. Soll ich schon mal anrichten?«

Ellen steckte das Handy weg und öffnete eine Bierflasche mit einem Plopp. Das sollte Antwort genug sein.

Schließlich erreichte sie das Zentrum. Ein großes Stahlkreuz ragte in der Mitte auf. Davor hatte jemand zwei Stühle gestellt. Auf einem davon saß Max. Ob er die Stühle extra ins Labyrinth getragen hatte? Jetzt stand er auf, kam auf sie zu und umarmte sie. Als ob sie sich lange nicht gesehen hätten und sich zum Abendessen in einem Restaurant treffen würden.

Noch bevor sie saßen, legte Max los. »Anouk kommt aus Belgisch-Limburg. Findest du nicht auch, dass sie Kim de Rooij aus ›Undercover‹ total ähnlich sieht?« Er pfiff die Melodie von »Limburg allein«.

»Haha. Vorhin mit deinen Kollegen, das war ganz schön eng. Und die Aktion heute Vormittag war auch überflüssig.«

»Ich war neugierig auf deine Wanderer«, gab Max freimütig zu.

»Und?«

»Mit der Fotografin, die sie dabeihaben, stimmt was nicht.«

»Nur weil sie nicht auf deinen jungenhaften Charme angesprungen ist?«

»Zum Wohl! Auf meinen jungenhaften Charme.« Max stieß seine Flasche gegen ihre.

Sie tranken. Ellen öffnete eine Packung Erdnüsse und fragte Max, wann und wo er Anouk getroffen habe. Und wann und wo Axel. Doch sosehr sie sich auch bemühten, es ließ sich nicht zweifelsfrei klären, ob einer der beiden Philipp in die Grube hätte befördern können. Vermutlich ja. Aber das galt auch für Kevin und Sophie. Und für Florian. Und für Tina oder ihren Freund Hoody. Sowie für Frieda und Günther, wenn sie sich gegenseitig deckten. Nur Rita konnte es nicht gewesen sein.

»Was sucht dein großer Unbekannter eigentlich? Die gestohlenen Diamanten?«

»Möchtest du noch ein Bier?« Sie leerte ihre Flasche, tauschte sie gegen eine volle und hielt Max auch eine hin.

»Ellen, im Ernst. Schick deine Auftraggeberin zur Polizei. Wir haben doch ganz andere Möglichkeiten, nach den Steinen zu suchen.« Er nahm die Flasche.

Ellen öffnete ihre und prostete ihm zu. »Du bringst mich auf eine Idee. Wie wäre es mit einer Leibesvisitation? Wegen irgendwelcher Drogen.«

»Vergiss es. Ich bin morgen früh hier weg. Ich habe die Kinder am Wochenende.«

»Ich weiß, Luca hat ein Spiel.« Ellen lehnte den Kopf zurück und sah in den Nachthimmel. Sie könnte Hoody als Undercover-Drogenpolizisten einsetzen, der die Wanderer durchsuchen sollte. Eine Schnapsidee.

»Du denkst doch nicht wirklich über eine Leibesvisitation nach?« Max hatte die Tüte mit den Nüssen geleert und zerknüllte die Packung. »Lass es. Wer auch immer hinter den Diamanten her ist, ist nervös. Eigentlich müsste ich das alles melden.«

Ellen seufzte. »Wir wandern doch nur noch morgen. Und ich habe schon ganz andere Jobs gemacht. Ich weiß, was ich tue. Und ich weiß auch, wann ich die Polizei einschalten muss.« Sie spürte seinen Blick auf sich – und sie spürte, wie die Hitze in ihr hochwallte. Nur gut, dass es dunkel war.

»Wo warst du eigentlich vorhin?« Max schaltete in den Fragemodus.

Ellen hatte keine Lust, ihm zu antworten. Sie beugte sich vor, ihre Nase stupste seine.

»Hey.« Er klang überrascht. Aber keineswegs abgeneigt.

Ihre Lippen berührten sich. Seine Hand glitt über ihr Haar, in ihren Nacken, in Ellens Bauch wurde es warm.

»Bei mir oder bei dir?«, flüsterte sie.

TAG 6

AUS DER NAKULI-TOURENBESCHREIBUNG:

Ein langer Tag liegt vor uns. An unserem letzten Wandertag wollen wir noch einmal die Zwanzig-Kilometer-Marke knacken. Wir überqueren den Gillesbach, werfen von der Westflanke des Königsbergs aus einen letzten Blick auf das Kloster und wandern unter dichten Baumkronen ins Tal der Urft, wo wir den Spuren der Römer folgen. Nach einer ausgiebigen Pause in Nettersheim gehen wir weiter, entspannen am Römerweiher und laufen noch mal durch den Wald, bis wir zur Burg Blankenheim gelangen. »Sie haben Ihr Ziel erreicht«, würde das Navi jetzt sagen. Genau darauf lasst uns am Abend anstoßen.

FRÜHMORGENS

Neugierig sah sich Ellen auf dem Weg durch den Klostergarten um. Gestern Nacht hatte es ihr hier sehr gut gefallen. Nun ja, das mochte auch an anderen Dingen gelegen haben. Sie lächelte. Max hatte schon um sechs Uhr gefrühstückt und sich gerade ins Taxi gesetzt. So schön es gestern auch mit ihm gewesen war, so gut war es, dass er abgereist war und sie sich wieder voll und ganz auf die Arbeit konzentrieren konnte.

Ellen nahm die Treppe hinab zum Garten der Stille, wo Frieda die Zeremonie durchführen wollte, und war froh, dass sie sich einen Pullover übergezogen hatte. Es war frisch unter den alten Bäumen, was an heißen Sommernachmittagen bestimmt angenehm war.

»Guten Morgen«, grüßte Frieda sie leise, als sie unten angekommen war. »Such dir gern schon einen Sitzplatz. Ich fang gleich an.«

Ellen nickte und orientierte sich erst einmal. Um einen Brunnen herum gab es Stühle und Bänke, aber auch an anderen Stellen fanden sich Sitzgelegenheiten: unter einem besonders alten Baum, in einer lauschigen Ecke oder auf einem Mauerrand. Günther, Florian und Rita waren bereits da. Jetzt kamen auch Sophie und Kevin, und vom anderen Zugang zum Garten her näherte sich Anouk.

Nachdem sich alle gesetzt hatten, trat Frieda an den Brunnen und begrüßte sie mit sanfter Stimme. »In den letzten beiden Tagen haben wir es leider nicht geschafft innezuhalten, aber auch das gehört dazu – das Leben kommt einem schon mal dazwischen. Deswegen möchte ich heute zwei Beutelmomente zusammenfassen, die beide gut zum Tag und zu unserer Situation passen: ›Akzeptanz‹ und ›mit Gleichgesinnten reden‹. Wenn ich in wenigen Minuten unsere stille Meditation einleite, spürt in euch hinein. Wie geht es euch? Habt ihr das, was ihr loslassen wolltet, schon hinter euch gelassen? Oder ist es euch noch nah, vielleicht sogar wieder sehr präsent geworden? Möchtet ihr euren Beutel in die Hand nehmen, oder soll er dort bleiben, wo er gerade ist? Akzeptiert das, was ist. Spürt hin und lasst es dann gehen. Und wenn ihr mögt, tauscht euch im Laufe der Wanderung darüber aus. Auch das hilft beim Loslassen. Schließt jetzt gern die Augen oder aber genießt das Grün hier. Ich werde ab jetzt nichts mehr sagen. Lasst den Garten der Stille auf euch wirken.«

Frieda nahm die Klangschale und ließ den Klöppel dagegenschwingen. Dann setzte auch sie sich.

Ellen tastete nach ihrem Beutel. Nein, sie wollte ihn nicht herausholen. Blinzelnd beobachtete sie die anderen. Kevin gähnte und schloss die Augen. Er wirkte, als wollte er sich am liebsten wieder ins Bett legen. Sophie hingegen lächelte verträumt. Florian hatte den Kopf in den Nacken gelegt und betrachtete die Blätter der Bäume. Rita hingegen hielt sich ganz aufrecht, die Hände auf den Knien, die Füße fest auf dem Boden, die Augen geschlossen. Genau wie Anouk. Nur dass die Belgierin im Lotussitz saß und ihr Beutel vor ihr auf dem Brunnenrand lag. Ellen schmunzelte. Wenn sie ihren Beutel irgendwo ablegen würde, dann nicht vor, sondern hinter sich. Gerade fühlte sie sich wohl in ihrer Haut. Gelassen und mit sich im Reinen. So konnte es bleiben.

Blieb es natürlich nicht. Mit einem Mal kam Ellen sich beobachtet vor. Sie linste zu Günther, er hatte die Lider gesenkt. Das Gefühl blieb, verstärkte sich noch. Ein Kribbeln im Rücken drängte sie, sich umzudrehen. Ellen schloss die Augen und konzentrierte sich auf die Geräusche. Die Blätter raschelten leise, ein Vogel zwitscherte, verstummte. Knirschte hinter ihr ein Stein? Waren das Schritte? Jetzt herrschte wieder Stille. Wenn man genau hinhörte, konnte man sogar die Atemzüge der anderen wahrnehmen. Okay, vielleicht bildete sie sich das auch nur ein.

Da war ein Geräusch, als ob sich jemand bewegte. Ellen öffnete die Augen.

Frieda schlug den Klöppel sachte gegen die Klangschale. »Bleibt noch ein bisschen bei euch, in der Stille, genießt die Ruhe. Wenn ihr so weit seid, treffen wir uns oben beim Frühstück. Es gibt eine Zeit zum Schweigen und eine zum Reden.« Friedas Stimme verklang.

Eine Frau trat still an den Brunnen. Eine Fremde. Sie sah sich um und ging dann zur Treppe. Wahrscheinlich war sie es, deren Blick Ellen gespürt hatte. Als hätte sie den Bann gebrochen, standen Kevin und Sophie auf, und auch Ellen erhob sich, dann Florian. Einer nach dem anderen begaben sie sich zur Treppe.

»Seid ihr schon fertig?« Vom anderen Ende des Gartens kam Axel auf sie zu. »Na ja, dann muss ich wenigstens nicht allein frühstücken.«

»Was würdest du in deinen Beutel tun, wenn du einen hättest?« Sophie schob sich neben ihn.

»Nichts, das ich loswerden will. Das würde ich gleich entsorgen.« Axel lachte. »Sorry, ich bin wohl nicht der Typ für so was.«

»Ach, das ganze Getue ist gar nicht so schlecht.« Kevin warf seinen Beutel in die Luft, bevor er ihn in der Hosentasche verschwinden ließ. »Hätt ich am Anfang auch nicht gedacht.«

»Was ist denn mit dem los?« Still und leise hatte sich Günther zu ihnen gesellt und schaute Ellen mit hochgezogenen Augenbrauen an.

Sie zuckte die Schultern. »Man sollte niemanden in eine Schublade stecken. Auch junge Männer nicht.«

Und junge Frauen auch nicht. Nachdem sich Sophie die letzten beiden Tage an Philipp geklemmt hatte, schien sie sich heute Axel ausgeguckt zu haben. Aus Mangel an Alternativen?

ABMARSCH

Nach dem Frühstück versammelten sie sich auf der Treppe vor dem Klostergebäude und machten ein Foto, das sie Philipp schickten. Tina war schon bei ihm gewesen und hatte ihm seinen Schlafanzug und den Waschbeutel gebracht.

»Wie geht es ihm?« Frieda hatte Tina ein paar Schritte zur Seite gezogen, doch Ellen stand nah genug, um sie zu verstehen. »Redet er immer noch nur von ›Schotter‹, wenn man ihn fragt, was passiert ist? Oder erinnert er sich inzwischen besser? Hat er vielleicht doch gesehen, wer ihn gestoßen hat?«

»Sie untersuchen ihn heute noch mal.« Beruhigend legte Tina die Hand auf Friedas Unterarm. »Wenn du magst, fahr ich euch am Abend ins Krankenhaus. Ich schau mal, wie die Besuchszeiten sind.«

Ellen wandte sich ab. Wurde Philipp in die Grube geschubst, weil er seinen Beutel in der Hosentasche und nicht im Rucksack hatte? Verdammt! Hatte er nicht gesagt, dass er Schotter in seinen Beutel getan hatte? Ein Bild tauchte vor Ellens innerem Auge auf. Philipp und Jörg an Kaiser Karls Bettstatt. Die Wasserflasche, beide legen ihren Beutel auf dem Stein ab, Jörg steckt Philipps Beutel ein. Wenn sich etwas wie Diamanten anfühlt, dann kleine Schottersteinchen. Oh Mann. Was für ein Mist! Ob Philipp seinen Beutel noch hatte?

Hinter ihr war es still geworden. Ellen guckte sich um. Frieda hatte sich vor eine Art Schwarzes Brett geschoben und studierte ein Veranstaltungsplakat. Ellen trat neben sie.

»Hoffentlich geht es deinem Vater bald wieder besser. Ich überlege die ganze Zeit, was passiert sein könnte. Ist ihm was gestohlen worden?«

»So blöd das klingt: Das wär mir fast lieber. Dann wüssten

wir wenigstens, woran wir sind.« Seufzend knetete Frieda ihre Hände.

»Portemonnaie, Handy, Beutel, alles noch da?«

Frieda nickte.

»Braucht ihr noch was?« Tina machte die Runde. Sie wollte los.

Rasch entschuldigte sich Ellen bei Frieda und begleitete Tina zum Transporter.

»Kannst du bitte noch mal zu Philipp fahren und schauen, ob er seinen Beutel noch hat?«, bat sie.

»Du meinst dieses Jutesäckchen?« Tina runzelte die Stirn.

»Wenn ja, nimm ihn an dich und gib ihn mir in der nächsten Pause.«

»Aber das ist doch seiner.«

»Vielleicht.« Ellen hob die Schultern. »Vielleicht aber auch nicht. Bring ihn einfach mit, ja? Und gib ihn mir nicht vor den anderen.«

»Habt ihr die Beutel vertauscht? Aber das macht doch nichts. Ich denke, ihr wollt die Sachen eh loswerden.« Mit großen Augen sah Tina sie an.

»Stimmt. Tu's einfach. In Ordnung?«

Tina holte tief Luft. »Na gut.«

»Super, danke. Bis später.« Ellen ging zurück zur Gruppe. Bis auf Anouk standen alle bereit. Hatte die Belgierin sich entschieden, nicht mitzukommen? Auch wenn Ellen nicht glaubte, dass sie diejenige war, die hinter den Diamanten her war, wollte sie doch auf Nummer sicher gehen. Und das hieß nachschauen, was in ihrem Beutel war.

»Können wir?« Rita gab das Zeichen zum Aufbruch.

»Anouk fehlt noch.« Ellen guckte sich noch mal um.

»Sie bleibt hier.« Frieda klang traurig. »Ihr gefällt die Atmosphäre.«

»Oh, ich hab mich gar nicht von ihr verabschiedet. Bin gleich wieder da ...« Ellen rannte zum Herbergsgebäude, fragte nach Anouks Zimmernummer und klopfte keine Minute später an ihre Tür. Niemand öffnete. Sollte sie versuchen, das Schloss zu knacken? Ein Klappern aus dem Treppenhaus hielt sie davon ab. Eine Reinigungskraft schob ihren Wagen um die Ecke. Ellen lief zu ihr und bat sie, ihr das Zimmer aufzuschließen. »Bitte schnell! Ich hab was vergessen, die anderen warten schon alle.«

Es funktionierte. Ellen verschwand ins geöffnete Zimmer. Bett, Tisch, Stuhl, Anouks Rucksack und auf dem Fensterbrett der Beutel. Ellen nahm ihn in die Hand. War da überhaupt was drin? Sie tastete noch einmal. Ganz sicher keine zwanzig Edelsteine. Wäre auch zu schön gewesen. Sie legte den Beutel wieder aufs Fensterbrett. So schnell sie konnte, durchsuchte sie Anouks Sachen, fand aber nichts Auffälliges und lief zurück nach draußen.

Also doch Axel, Kevin oder Sophie? Axel hatte keinen eigenen Beutel, was natürlich nichts heißen musste, die Suche aber erschwerte. Ellen erreichte den Vorplatz, doch von den NaKu-Lis war nichts zu sehen. Mit großen Schritten hastete sie weiter und verließ das Klostergelände.

»Ellen!« Von der anderen Straßenseite her winkte Günther. Da hatte ja doch jemand auf sie gewartet. Er deutete auf eine Wohnstraße. »Hier lang.«

Eine Weile wanderten sie schweigend nebeneinanderher, darauf bedacht, die anderen einzuholen. Als sie in Sicht kamen, wurde Günther langsamer.

»Alles in Ordnung?« Er musterte sie.

Ellen nickte. Überlegte es sich anders. »Ich mache mir Sorgen, dass wieder etwas passiert. Florian, Rita, Philipp. Wer ist als Nächstes dran?«

»Wir sollten zusammenbleiben.« Günther schaute grimmig. »Und die Augen offen halten.«

»Das tust du eh immer, oder?« Ellen lächelte, um ihren Worten die Schärfe zu nehmen. »Andere beobachten, meine ich.«

»Nicht bewusst.« Er rückte seine Mütze zurecht.

»Wollen wir uns aufteilen? Du achtest auf Frieda und Rita, ich auf Sophie und Kevin?«

»Und Florian und Axel sind unsere Verdächtigen?« Seine Augenbrauen hoben sich.

»Axel gehört nicht zur Gruppe, und Florian war schon dran. Aber du hast recht. Eigentlich sollte ich ihn bitten, auf dich und Frieda aufzupassen.«

»Aber?«

»Kein Aber. Du bist einfach gerade zur Hand.«

Sie holten die Gruppe ein und trennten sich. Ellen lief mit Kevin vorne, hinter Axel und Sophie. Florian folgte mit Frieda, und Günther und Rita bildeten den Schluss. Dieses Mal zog die Gruppe sich jedoch nicht auseinander. Sie blieben zusammen, bis sie anderthalb Stunden später den Grünen Pütz erreichten.

»Das ist ja ein lustiger Name.« Sophie deutete auf die Überreste der römischen Quellwasserleitung. »Hört sich gar nicht nach den alten Römern an.«

Philipp fehlt, dachte Ellen. Er hätte sicher sofort erzählt, woher die Bezeichnung stammte. Doch sie hatten Florian.

»Pütz stammt vom lateinischen *puteus*«, dozierte er. »Das heißt Pfütze.«

Bevor sie sich die Relikte der alten Eifelwasserleitung anschauten, bedienten sie sich erst mal am Picknicktisch. Wie immer hatte Tina Kaffee, Tee, Wasser, Obst und Gebäck bereitgestellt. Als Ellen zu ihr trat, reichte sie ihr eine Papiertüte mit dem Logo einer Apotheke.

»Danke.« Mit der Tüte in der Hand schlenderte Ellen an den alten Bauwerken vorbei auf die andere Seite der Flussaue, bis sie weit genug von der Gruppe weg war. Im Schutz eines Busches durchschnitt sie den Kabelbinder und blickte auf Kieselsteine. Hatte Philipp seinen Beutel mit Florians vertauscht? Oder nannte er das Schotter? Rasch band sie einen neuen Kabelbinder um den Beutel und zog ihn zu.

Hinter sich hörte sie Sophie auflachen. »Entschuldige bitte.«

Ellen wandte sich um, den Beutel hatte sie wieder in der Apothekentüte verstaut. Sophie war wohl gestolpert, und Axel hatte sie aufgefangen.

Kichernd löste sie sich aus seinen Armen und kam auf Ellen zu. »Ist hier die Damentoilette?«

Ohne auf eine Antwort zu warten, lief Sophie an ihr vorbei und steuerte den nächstgrößeren Busch an. Es schien dringend zu sein. Achselzuckend fotografierte Ellen die ehemalige Wasserleitung, trat dann an den Quellbrunnen und machte eine Nahaufnahme von einem Medusenkopf.

»Hoffst du, so das Unheil von uns abzuwenden?« Florian schob seine Brille nach oben und betrachtete das Relief.

Ellen hatte keine Ahnung, was er meinte. Wollte er ein Foto? Sie nickte zum Brunnen. »Wenn du willst, mach ich ein Bild von deinem Haupt neben dem steinernen.«

Prompt schüttelte er den Kopf und erzählte, dass die Gorgonen jeden zu Stein erstarren ließen, den sie anblickten.

»Eine nützliche Fähigkeit, aber gerade ist mir ein Tee lieber.« Ellen kehrte zum Picknicktisch zurück und tauschte die Apothekentüte bei Tina gegen einen Becher mit Tee ein.

»Liebe Grüße von Axel«, sagte Tina. »Er ist schon mal los, sonst bekommt er seinen Zug nicht, hat er gemeint.«

»Huhu, liegt mein Handy vielleicht bei euch?« Sophie lief suchend durch die Gegend und fand ihr Handy neben den Erdbeeren. »Ah, da ist es ja, wie kommt es denn dahin?«

»Wollt ihr noch was?« Tina rollte einen Einkaufstrolley hinter der Bank hervor.

»Warte, wir helfen dir.« Günther und Florian kamen zum Picknicktisch.

Ellen setzte ihren Rucksack ab und holte ihre Sonnenmilch heraus. Sie deutete auf Sophies Schultern. »Ganz schön rot. Dein Nacken auch. Soll ich dich eincremen?«

»Das wär nett. Ich schreib nur noch schnell eine Nachricht.« Sophie tippte auf ihrem Handy herum.

»Kein Problem.« Ellen cremte sich selbst Gesicht und Arme ein und trat dann hinter Sophie. »Nicht erschrecken.«

Sie träufelte ihr etwas Creme auf den Nacken und verrieb sie. Mit der einen Hand strich sie weiter aus, während sie mit der anderen behutsam die Gürtelschnalle von Sophies Bauchtasche aufdrückte, gerade als diese den Reißverschluss aufzog, um ihr Handy hineinzustecken. Perfektes Timing. Die Bauchtasche fiel ins Gras, ihr Inhalt purzelte heraus.

»Oh nein.« Blitzschnell bückte sich Ellen und tauschte ihren eigenen Beutel gegen den von Sophie. Er war weich und gut gefüllt. Sie ließ ihn in ihrer Rocktasche verschwinden. Nachsehen, was drin war, konnte sie später. Sie half Sophie beim Aufsammeln und bemerkte, dass sie als Erstes nach einer Zahnpastatube griff, einer belgischen Marke, eine Zahnbürste war aber nicht dabei. Komisch. Ellen klaubte die Tube unbemerkt wieder heraus und riet Sophie, die Bauchtasche lieber im Rucksack zu verstauen. »Nicht dass du sie unterwegs noch verlierst.«

»Das wäre wirklich blöd.« Sophie stopfte die Tasche in den Rucksack. »Heute ist aber auch der Wurm drin.«

»Ellen, kannst du ein Foto von Frieda und mir vor der Brunnenstube machen?« Rita stand mit ihrer Tochter vor dem Teil, das Ellen vorhin schon fotografiert hatte. Dem mit dem Medusenhaupt. Brunnenstube also.

Ellen positionierte sich auf der halbrunden Treppe und lichtete Mutter und Tochter ab. Sie wies sie an, sich vor die Mauer zu hocken, sodass ihre Köpfe auf einer Höhe mit dem Haupt der Medusa waren. Dann spielte sie noch ein wenig mit den Einstellungen. Richtig künstlerisch sah das aus.

»Hast du schon mal überlegt, auch Porträts mit in dein Portfolio zu nehmen?« Günther blickte über ihre Schulter auf das Display der Kamera. »Richtig tolle Bilder sind das.«

Wow, der Herr Richter war ja nahezu überschwänglich.

»Danke.« Lächelnd packte Ellen den Fotoapparat weg.

Gemeinsam mit Günther ging sie zum leer geräumten Picknicktisch, wo Tina auf sie wartete, um den nächsten Treffpunkt abzusprechen.

»Wo sind denn Sophie und Kevin?« Ellen schaute sich suchend um. »Sind sie schon vorgegangen?«

»Keine Ahnung.« Günther runzelte die Stirn. »Haben sie nichts gesagt?«

»Lasst den beiden doch mal etwas Zeit zu zweit.« Tina lachte. »Junge Liebe und so.«

Na ja, so jung war die Liebe zwischen den Geschwistern nun auch nicht. Aber wo sollten sie schon hin? Selbst wenn sie abhauen wollten, müssten sie nach Nettersheim laufen. Und abgesehen davon hatte Ellen ja nun Sophies Beutel, sollten die Diamanten tatsächlich darin und der Grund für das Verschwinden der beiden sein. Zur Not konnte sie die GPS-Daten der Tracker überprüfen, die in ihren Rucksäcken steckten.

»Die warten bestimmt im nächsten Ort auf uns.« Rita schwang sich ihren Rucksack über die Schulter. »Seid ihr so weit?«

Ellen nickte.

GRÜNER PÜTZ

Kevin nahm sich einen Kaffee und hockte sich auf eine Bank, die etwas abseits stand. Es reichte ihm. Und zwar so was von. Zugegeben, zwischendurch hatte es auch mal Spaß gemacht. Florian war ganz okay, und die letzten Tage, an denen sie sich an Philipp gehängt hatten, waren erstaunlicherweise ganz witzig gewesen. Bis aufs Ende. Gestern Abend war er kurz davor gewesen, abzuhauen, aber der letzte Bus war schon weg gewesen, und erst noch zum nächsten Ort latschen, nee danke. Er hätte es wie Ellen machen und sich von Tina mitnehmen lassen sollen. Nur dass er nicht mehr zurückgekommen wäre. Aber okay. Wenn Sophie recht hatte, lohnte es sich ja vielleicht.

Zum x-ten Mal am heutigen Tag schaute Kevin zu Axel und musterte den Belgier verstohlen. Er war kleiner als der Typ in der Nacht an der Ruine. Von der Statur her hätte er geschworen, dass es Hannes gewesen war. Dazu passte auch, dass der gleich wieder verschwunden war. Weil er sich Philipps Beutel geschnappt hatte? Dessen Sturz hatte Kevin noch mal klargemacht, dass das hier kein Spiel war. Nicht dass er das nicht schon vorher gewusst hätte. Er leerte seinen Kaffee und stand auf. Sophie quiekte. Sie lag in Axels Armen. Kevin schüttelte den Kopf.

»Noch einen?« Tina sah zu ihm rüber und hob die Kanne.

Er ließ sich nachfüllen, nahm sich einen Schokokeks und spülte ihn mit dem Kaffee hinunter. Die anderen bestaunten die Mauerüberreste, als hätten sie noch nie alte Steine gesehen. Echt ey. Er stellte seinen Rucksack am Picknicktisch ab. »Ich verschwind mal.«

Tina nickte.

Kevin ließ sich Zeit. Als er wieder zurückkam, richtete Tina schöne Grüße von Axel aus. Der sei schon los, um seinen Zug zu bekommen. Wie er gestern gesagt hatte. Nee, Kevin tippte nach wie vor auf Hannes. Ein Bulle, Mann! Wurde Zeit, dass die Tour ein Ende fand. Aber okay, den einen Tag würde er auch noch schaffen, und auf die Ballonfahrt morgen freute er sich sogar ein bisschen. Er ließ sich auf die Bank fallen und zog sein Handy aus dem Rucksack. Das dauerte hier wohl noch.

Eine SMS von Sophie. Seit wann schickte sie ihm SMS? Egal. Er öffnete die Nachricht.

»DRINGEND!!!! 50.4822724480792, 6.617843286943038. Komm, so schnell du kannst!«

Er blickte sich um, konnte seine Schwester aber nirgends entdecken. Klar, sicher war sie zu dem Treffpunkt unterwegs. Sonst hätte sie ihm ja keine Nachricht zu schreiben brauchen.

Kevin schnappte sich seinen Rucksack und lief los. Im Gehen aktivierte er auf dem Routenplaner den kürzesten Weg zu dem Ort, dessen Koordinaten Sophie ihm geschickt hatte. Scheiße, Mann. Das war irgendwo im Off, knapp fünf Kilometer von hier. Hatte sie nichts Näheres nehmen können?

Er erreichte eine Gabelung. Der Eifelsteig ging in die andere Richtung. Sollte ihm recht sein. Kevin wählte den Weg, den der Routenplaner ihm vorgab.

Erneut vibrierte das Handy in seiner Hand. Kevin runzelte die Stirn. Was wollte sein Navi? Hier zweigte doch kein Weg ab? Nein, eine Nachricht von Sophie. Diesmal wieder im Chat, wie üblich. Sie hatte die Diamanten. Wie geil war das denn?

Er reckte die Arme in die Höhe. Yes! Rasch schrieb er ihr zurück, schob dann die Hände unter die Gurte und trabte los.

NETTERSHEIM

Sie liefen durch bis Nettersheim. Ellen brannte darauf, endlich nachzusehen, was in Sophies Beutel steckte. Als sie an einem Café mit Außenterrasse vorbeikamen, schlug sie eine Pause vor. Während sich die anderen an einem gerade frei gewordenen Tisch niederließen, ging Ellen gleich hinein. Und durch zur Toilette. Sie ließ den Rucksack auf den Klodeckel gleiten, holte die Schere heraus, zog den Beutel aus der Rocktasche und durchtrennte den Kabelbinder. Tempotaschentücher. Gleich mehrere. Um die Tränen irgendeines Kummers loszulassen? Oder hatte Sophie Heuschnupfen? Die Gedanken kamen ihr sofort. Frieda hatte sie wirklich mit ihrer Loslass-Zeremonie angesteckt. Ellen fischte ein Taschentuch nach dem anderen aus dem Beutel. Zuunterst war etwas in das letzte Tuch gewickelt. Hastig zupfte sie daran herum, und eine Kastanie purzelte heraus. Was sollte das denn? Kastanien waren doch nun wirklich nicht zerbrechlich. Ellen runzelte die Stirn. War das ein Ablenkungsmanöver? Oder einfach nur ein Spaß?

Seufzend nahm sie die Zahnpastatube, schraubte den Verschluss ab und drückte probehalber. Ein Klecks Zahnpasta spritzte heraus, und dann … Ellens Herz meldete sich. Wie ein Flugzeugmotor, der sich warm lief, klopfte es immer schneller, immer lauter. War dieser kleine, unscheinbare Stein in ihrer Hand ein Diamant?

Sie linste in die Öffnung der Tube. Da waren definitiv noch mehr Steine. Ellen drückte die Tube zusammen. Ein Stein nach dem anderen fiel in ihre Hand. Sie zählte. Zwanzig. Keiner war verloren gegangen. Dabei waren sie so klein.

Und so viel wert. Da konnte man schnell in Versuchung geraten, wenigstens einen Teil für sich abzuzweigen.

Ellen gab die Diamanten in eine kleine Tüte, nahm ein Tapeband aus ihrem Rucksack und klebte sie damit zu. Anschließend holte sie ihre Kaugummidose aus dem vorderen Fach, leerte sie, packte die Diamantentüte hinein, verteilte die Kaugummis darüber und verstaute die Dose im Innenfach ihres Rucksacks. Dort, wo sie auch ihre Papiere und das Geld hatte. Dann zog sie den Reißverschluss des Innenfachs zu und hielt inne.

Sie hatte die Steine!

»Ellen? Bist du hier?« Das war Rita.

War sie schon so lange weg? Ellen atmete durch. »Ja, ich komme gleich.«

»Es geht dir also gut?«

»Ja, ich bin frisch und munter.« Und das stimmte. Endlich hatte sie diese verdammten Edelsteine.

Sie beugte sich vor und sammelte Beutel, Taschentücher, Kastanie, Kabelbinder und Zahnpastatube ein. Seit wann waren die Diamanten wohl in Sophies Händen? Hatte sie sie schon länger? Aber warum war sie nicht gleich damit abgehauen? Oder hatte sie die Steine gerade erst erbeutet und wollte sich nun mit Kevin zusammen absetzen? Das würde eine bittere Überraschung geben, wenn sie merkte, dass die Diamanten weg waren. Dafür würde sich jemand anders gleich sehr freuen.

Ellen nahm ihr Handy aus dem Rucksack. So viel Zeit musste sein, um Margot zu schreiben, dass sie die Steine hatte und sich später bei ihr melden würde. Das Display zeigte ihr eine Mail von Tinas Freund an. Sie öffnete sie.

»Es sind neue Daten eingegangen. Hab sie sofort bei mir gelöscht! Gruß, Hoody«

Ellen klickte auf den Anhang, fluchte, dass sie das Tablet nicht zur Hand hatte. Auf der kleinen Anzeige des Smartphones musste sie den Inhalt hin und her schieben, nachdem sie ihn vergrößert hatte. Philipp und Rita hatten sich geschrieben.

Dann eine Nachricht von Sophie an Kevin: »DRINGEND!!!! 50.4822724480792, 6.617843286943038. Komm, so schnell du kannst!«

Etwas später, als wäre sie gestört worden, eine zweite: »Ich hab die Steine!!!!!«

Zwei Minuten später die Antwort von Kevin: »GEIL!!!«

Ellen runzelte die Stirn. Was hatte Sophie vor?

Ihr Handy brummte. Eine weitere Mail von Hoody. »Noch eine Nachricht …« Ellen öffnete den Anhang. Von Kevin an Sophie. »Komm SOFORT zum Wald Nähe Matronentempel. 50.4822724480792, 6.617843286943038. Brauch dich hier. ALLEIN!«

Dieselben Koordinaten wie in der Nachricht von Sophie an ihren Bruder. Warum schrieb er nicht einfach: »Wo bleibst du?!« Stattdessen schickte er ihr den Treffpunkt, den sie zuvor ihm geschickt hatte? Da stimmte doch etwas nicht! War das eine Falle? Aber von wem?

Ellens Finger flogen über das Display. Sie öffnete den GPS-Tracker von Kevin. Er befand sich an dem angegebenen Ort, einem Matronenheiligtum. Ellen prüfte Sophies Tracker. Sie bewegte sich auf die Koordinaten zu. Rasch wechselte Ellen auf ihren Routenplaner. Bis zum Matronentempel waren es etwas über zwei Kilometer, und Sophie war so gut wie da. Ellens Bauch zog sich zusammen. Wenn das eine Falle war, dann würde sie gleich zuschnappen. Verdammt!

Sie sprang auf und lief los.

MATRONENHEILIGTUM

Wie einfach es gewesen war! Sophie konnte es immer noch nicht glauben. Ein bisschen Stolpern, ein bisschen Aufschreien, sich festhalten, leicht verlegen lachen, die kleine Zahnpastatube aus der Hosentasche ziehen, ihre eigene Reisetube hineinstopfen. »Oh, entschuldige bitte!« Mit den Wimpern klimpern. Sich lösen und verschwinden. Hinter einem Busch hatte sie die Tube geöffnet. Für einen Augenblick war ihr das Herz in die Hose gerutscht, als sie die Zahnpasta gesehen hatte. Dabei hatte sie doch beobachtet, wie Axel die Diamanten in die Tube gesteckt hatte. Eine Sekunde lang hatte sie gedacht, dass sie sich verguckt hatte. Dass die Sonne etwas reflektiert und er wer weiß was in die Tube gestopft hatte. Schließlich war nur ein kurzes Funkeln zu sehen gewesen. Aber was hätte er sonst in der Zahnpastatube verstecken sollen? Ein kleiner Spritzer, dann hatte sie den ersten Stein erspäht, die Zahnpasta wieder obenauf gepresst. Sie hatte die Diamanten! Sophie hätte vor Freude hüpfen können. Sie schaute sich um, lief schneller. Wie gut, dass sie sich gestern Abend verlaufen hatte. Einmal ums Gebäude herum war sie marschiert und hatte sich mächtig geärgert, weil sie diese blöde Eingangstür nicht gefunden hatte. Bis sie ihn gesehen hatte. In einem Zimmer im Erdgeschoss. Zum Garten hin. Er hatte wohl gedacht, da komme keiner vorbei. Sophie grinste. Kevin würde Augen machen. Das würde ihm zeigen, dass auf ihre Intuition Verlass war. Sie hatte gespürt, dass sie die Tour zu Ende gehen sollten.

Warum er sie wohl an diesem Heiligtum treffen wollte? Um heimlich zu feiern? Manchmal hatte er komische Ideen, ihr kleiner Bruder. Sie keuchte einen Anstieg hoch. Dort oben musste dieser Matronentempel sein. Ob sie Kevin eine Nachricht schicken sollte? Nein, sie würde ihn überraschen. Sophie blieb stehen, um wieder zu Atem zu kommen. Dann schlich sie leise die letzten Meter nach oben.

Hüfthohe Mauern zogen sich durchs Gras und bildeten ein großes Rechteck, darin befanden sich kleinere Vierecke. Wie Zimmer, aber nicht zusammenhängend. Ein paar Grabsteine mit Frauenbildern standen herum. Bunte Bänder wehten an den Ästen eines Busches. Viel Gras und kein Kevin. Sophie schaute sich suchend um, entdeckte ihn schließlich ein gutes Stück hinter der Tempelanlage am Waldrand. Er hatte den Arm nach oben gestreckt.

»Huhu!« Sie lief zu ihm hinüber, öffnete den Rucksack, zog die Bauchtasche heraus und wedelte damit durch die Luft. »Guck mal, was ich hier habe!«

Er sah zwar zu ihr, reagierte aber nicht.

»Hey, was ist denn los? Was ziehst du denn für ein Gesicht? Hat es dir die Spr…?« Abrupt blieb Sophie stehen.

Axel trat hinter einem Baum hervor. Und was hielt er da in der Hand? War das etwa eine Pistole?

»Hallo, Sophie, komm ruhig näher. Die Hände bleiben dabei hübsch oben, wo ich sie sehen kann. Sonst …« Er winkte mit seiner Waffe.

Sophie schaute zu Kevin. Mann, sah ihr Bruder bleich aus. Langsam ging sie weiter, bemerkte erst jetzt, dass Kevin ihr nicht etwa zugewunken hatte, sondern seine Hand an einem Ast festgebunden war.

»Stopp.« Axel bedeutete ihr, ihm die Bauchtasche zuzuwerfen.

Sollte sie versuchen, sie in sein Gesicht zu schleudern? Aber sie war eine schlechte Werferin. Besser, sie schmiss sie einfach hin, sodass er die Tasche holen musste. Vorher sollte sie noch das Handy herausfischen, damit sie Hilfe rufen konnte. Sie ließ die Tasche fallen.

»Keine Spielchen, Sophie. Ich habe deinem Schatz hier schon erklärt, dass es dieses Mal nicht bei einem Streifschuss bleiben wird.«

Sophie hob die Bauchtasche auf und warf sie Axel zu.

»Na also, geht doch.« Er zog den Reißverschluss auf.

Der Inhalt ergoss sich über den Waldboden. Ihr Handy, der Beutel, ihr Portemonnaie. Keine Zahnpastatube. Hatte sie sie übersehen? Axel schob die Sachen auseinander, aber da war wirklich keine Tube. Das konnte doch nicht sein. Sophies Knie wurden weich. Als wären sie aus Zahnpasta statt aus Knochen.

»Was soll das, Sophie? Kevin hat mir schon erzählt, dass du die Steine hast. Wo sind sie, verdammt? Hast du sie etwa wieder in den Beutel getan?« Axel steckte die Pistole weg und zückte ein Messer. Deutete auf sie. »Eine Bewegung, egal, in welche Richtung, und dein Herzallerliebster schneidet sich ganz blöd.«

Sophie wagte nicht mal zu nicken.

Axel bückte sich. Mit einem Ruck durchtrennte er den Kabelbinder und öffnete den Beutel. Sein Gesicht lief rot an. »Was zum Teufel ist das denn?«

Instinktiv wich Sophie zurück.

»Rühr dich nicht vom Fleck.« Axel knurrte jetzt, und sein Knurren machte Sophie noch viel mehr Angst als sein Geschrei von vorhin. Er nahm einen Tampon aus dem Beutel, zerfledderte ihn, holte den nächsten heraus, aber auch in dem war nichts versteckt.

»Das kann nicht sein.« Sophie schlug die Arme um ihren Körper. »Da waren eben noch die Diamanten drin.«

»Ach ja? Und wo sind sie jetzt?« Er nickte zu ihrem Rucksack. »Hast du sie etwa dadrin versteckt? Oder trägst du sie am Leib?«

»Ich … ich hab sie nicht.«

»Du hast drei Minuten.« Axel griff nach der Pistole und hielt sie an Kevins Schläfe.

»Sophie, bitte.« Kevins Adamsapfel sprang wild vor und zurück.

Oh nein! Was sollte sie nur tun?

ÜBER STOCK UND STEIN

Ellen sprintete aus dem WC, durch das Café und raste nach draußen.

»Ruft die Polizei zum Matronentempel!«, schrie sie und rannte beinahe einen Kerl auf einem Segway um. Der kam wie gerufen. Sie stieß ihn hinunter und schnappte sich das Teil.

»Tut mir leid. Das ist ein Notfall«, rief sie, während sie sich vorbeugte und losbretterte. Durch den Ort am Informationszentrum vorbei. Bis hierhin hatte sie sich die Strecke gemerkt. Sie wurde etwas langsamer, griff nach ihrem Handy und warf einen Blick auf die Route. Weiter an der Urft entlang, an der nächsten Gabelung musste sie sich rechts halten. Bevor sie das Handy zurück in die Tasche stopfte, schickte sie noch eine Sprachnachricht an Max. Besser, er wusste Bescheid und gab ihren Hilferuf intern weiter. Nicht dass die anderen erst mal sehen wollten, was los war, anstatt die Polizei zu rufen. Sie beugte sich erneut vor. Der Segway beschleunigte, hielt das Tempo auch bergan.

Ellen erreichte die Stelle, an der sie nach rechts musste. Der Pfad führte steil nach oben. Über Stock und Stein. Sie warf den Segway in die Büsche am Wegesrand und hastete bergauf. Auf einem breiten Waldweg ging es weiter. Verdammt. Wie weit war es denn noch? Ellen keuchte, nahm das Tempo raus, bis sie wieder einigermaßen atmen konnte.

Es knallte. Das war ein Schuss! Ellen rannte, rechts von ihr befand sich ein Schild, das in den Wald wies. Erneut wurde es steil. Sie mobilisierte all ihre Kräfte, lief immer weiter. In ihren Ohren rauschte es. Hörte sie Stimmen? Sie wurde langsamer, spähte durch die Bäume.

»Erzähl keine Märchen, Sophie. Beim nächsten Mal schieße ich nicht ins Bein.« Axels Stimme klang kalt.

Jetzt sah sie ihn. Er hatte eine Pistole in der Hand und richtete sie auf Kevin, der mehr an einem Baum hing, als dass er stand, Blut rann an seinem linken Bein herunter. Scheiße, der Schuss! Auf der Wiese davor war Sophie.

»Bitte«, flehte sie. »Ich tu alles, was du willst. Aber schieß nicht.«

»Wo sind die Diamanten?« Axel sprach mit Nachdruck.

Ellen betete, dass Sophie eine gute Geschichte parat hatte, während sie sich – so leise sie konnte – im Wald vorarbeitete. Je näher sie an Axel herankam, ohne dass er sie bemerkte, desto besser. Sie konzentrierte sich auf ihren Atem, bewegte sich leicht, geschmeidig, verbarg sich hinter dem Stamm vor ihr, huschte zum nächsten. Der Schweiß rann ihr über die Stirn, lief ins Auge, brannte. *Sag was, Sophie, los, mach schon!*

»Ich ... ich überlege.« Sophies Stimme bebte. »Nachdem ich mich eingecremt habe, bin ich zum Picknicktisch gegangen.«

Ellen atmete aus und flitzte zwei Bäume weiter. Noch drei Meter.

»Tina!«

Ellen zuckte zusammen, machte einen Schritt nach vorn, unter ihrem Schuh knirschte es. Sie war zu laut, hielt die Luft an.

»Sie muss es gewesen sein.«

»Ach ja, gehen wir jetzt alle der Reihe nach durch?« Axel lachte höhnisch.

»Nein, ich bin mir sicher. Sie ...«

Ellen blendete Sophies Worte aus und schlich sich weiter vor, sah, wie Axels Körper sich anspannte, schob sich hinter einen Busch. Lauschte. Sophie redete noch immer. Sie spähte zu Axel. Er wandte sich wieder Sophie zu, hatte sie nicht entdeckt. Noch zwei Meter. Das war nah genug. Sie würde ihm die Sicht nehmen, die Waffe entreißen, ihn ausschalten. Eins, zwei, sie preschte los.

Er fuhr herum, aber da schleuderte sie ihm schon ihren Rucksack an den Kopf und stieß die Waffe weg. Er griff nach ihr, erwischte ihren Arm, sie wand sich zur Seite, spürte, wie seine

Hand abrutschte, ihren schweißnassen Arm nicht halten konnte. Sie löste sich, trat ihm in die Eier, hob den Ellbogen, rammte ihn in sein Auge. Er stöhnte, ging in die Knie. Sie packte seinen Arm, verdrehte ihn. Ein guter Hebel half immer.

»Kevin, Mensch, Kevin, sag doch was!« Schluchzend lief Sophie zu ihrem Bruder.

»Ruf Hilfe, Sophie! Und dann hilfst du mir, bevor wir uns gemeinsam um Kevin kümmern.« Ellen sprach ruhig, aber fest. Verstärkte den Hebel, als Axel versuchte, sich zu bewegen.

»Kevin, Sophie?«

»Ellen!«

Florian und Günther liefen über die Wiese auf sie zu. Ellen hatte sich noch nie so sehr gefreut, ihre Mitwanderer zu sehen.

»Gut, dass ihr kommt«, presste Axel hervor.

Ellen traute ihren Ohren nicht.

»Aua!« Er stöhnte.

Bei jedem Mucks von ihm übte sie mehr Druck aus. Ganz automatisch. Rasch informierte sie Günther und Florian, was passiert war. Gemeinsam verschnürten sie Axel, kümmerten sich um Kevin, banden sein Bein ab. Günther sicherte die Pistole. Sirenen waren zu hören. Ein Streifenwagen näherte sich, hielt am Waldrand. Zwei Polizisten und Tina rannten auf sie zu.

»Mensch, was ist denn hier los?« Tina erreichte sie zuerst. Bemerkte den gefesselten Axel. »Hast du den Transporter geklaut?«

Ein Puzzleteilchen mehr, das sich fügte. Ellen hatte sich schon gewundert, wie Axel das alles hinbekommen hatte. Schließlich konnte er nicht viel Vorsprung vor Kevin und Sophie gehabt haben, aber mit dem Transporter war es natürlich kein Problem gewesen.

»Ich hab gerade im Streifenwagen gesessen und Anzeige erstattet, als euer Anruf reinkam.« Tina sprudelte nur so vor Aufregung. »Mann, ey, was für eine Tour!«

Ein Martinshorn ertönte, wurde rasch lauter. Ein Rettungswagen fuhr vor, dahinter ein Notarztwagen, ein weiteres Auto mit Blaulicht auf dem Dach parkte daneben. Während sich die

Sanitäter und die Ärztin um Kevin kümmerten, berichtete Ellen den beiden neu hinzugekommenen Kriminalbeamten Henne und Jankowski, was passiert war. »Ich vermute, dass bei der Übergabe der Diamanten in Monschau etwas schiefgegangen ist. Jörg Feldmann ist dabei zu Tode gekommen.«

»Das darf ja wohl nicht wahr sein! Wo bin ich hier nur reingeraten?« Axel sank in sich zusammen. Rappelte sich wieder auf. »Hören Sie, ich kenne diese Leute nicht. Wir haben uns getroffen, wie man sich beim Wandern halt trifft. Sie gehen den Eifelsteig, ich gehe den Eifelsteig. Also laufen wir ein Stück zusammen, aber dann ... in dieser Gruppe stimmt was nicht. Einer nach dem anderen bricht zusammen, es passieren kleine Unfälle, die sich steigern. Heute ist es mir zu viel geworden. Unter einem Vorwand habe ich mich von ihnen getrennt. Laufe wieder allein, denke an nichts Böses, als dieser Mann plötzlich vor mir auftaucht, mich mit einer Pistole bedroht und was von Diamanten faselt. Ich habe keine Diamanten! Da habe ich Angst bekommen und mich gewehrt ...«

»Er lügt!«, rief Sophie. »Als ich kam, war Kevin an den Baum gefesselt, und er hat ihn bedroht. Und dann hat er geschossen.« Sie schluchzte.

»Reine Notwehr. Wir haben gekämpft, ein Schuss hat sich gelöst ...« Axel nickte zu Kevin hin. »Ich habe bemerkt, dass er bereits eine Schusswunde am Arm hat. Vielleicht ist er öfter in Schieß...«

»Er hat mich angeschossen. Heute und Montagnacht. Und er hat Jörg umgebracht.« Kevin hatte den Kopf gehoben und starrte Axel an. »Hör auf, so 'ne Scheiße zu erzählen, Mann. Ich hab gehört, wie du hinter ihm hergelaufen bist.«

»Wen oder was auch immer du gehört hast, ich war es nicht.« Axel wandte sich wieder an die Beamten. »Ich bin erst am Dienstag nach Monschau gewandert und habe die Gruppe am Mittwochabend in Einruhr getroffen. Am Montag kannte ich noch keinen von denen.«

»Aber er hatte die Diamanten. Das weiß ich, weil ich meine ... meinen Beutel zufällig mit seinem vertauscht habe. Wir haben alle die gleichen Beutel dabei, müssen Sie wissen.« Sophie zeigte auf den Boden, wo eines der Jutesäckchen lag. Dann warf sie ihre Haare zurück und schaute zu Henne, dem jüngeren der beiden Kripobeamten.

Fehlte nur noch, dass sie mit den Wimpern klimperte. Ellen staunte. Flirtete sie etwa mit ihm?

»Und in dem Beutel waren Diamanten?«, fragte der.

»Genau.«

»Offensichtlich nicht, denn sie wollten die Steine ja von mir.« Axel verzog das Gesicht. »Dabei habe ich sie nicht, aber kontrollieren Sie doch mal die anderen.«

»Die Beutel müssen noch mal vertauscht worden sein.« Sophie schob das Kinn vor. »Sie sehen alle gleich aus.«

»Das ist ja das reinste Beutel-wechsel-dich-Spiel.« Jankowski zog die Augenbrauen hoch und inspizierte den Beutel am Boden, dann sah er wieder auf. »Und was war jetzt in Ihrem?«

Sophie zögerte, warf dann erneut die Haare zurück. »Tampons«, sagte sie und funkelte Jankowski an.

»Und die gehören wem?«

»Mir.« Ellen seufzte.

Die Kommissare schauten sich an.

Ellen fluchte innerlich und überlegte ernsthaft, ob sie Max herbitten sollte. Aber wahrscheinlich würde das die Sache nur schlimmer machen. Sie würde den beiden gleich einiges erklären müssen.

EUSKIRCHEN

Ellen fühlte sich zerschlagen, als sie endlich vor der Polizeidienststelle stand und auf das Taxi wartete, das sie nach Blankenheim bringen sollte. Wie sie befürchtet hatte, waren Henne und Jankowski nicht begeistert gewesen, als sie ihnen die abgespeckte Version dessen präsentierte, was sich auf der Wandertour ereignet hatte. Die Tatsache, dass sie undercover als Privatdetektivin unterwegs war, hatte es nicht besser gemacht. Sie waren der Meinung, dass sie sich früher bei ihnen oder den Kollegen in Aachen, die den Fall bearbeiteten, hätte melden sollen, hatten aber eingesehen, dass sich das im Nachhinein leicht sagte. Die Fakten hatte Ellen den Beamten in Monschau schließlich genannt. Alles andere hatte sie sich erst jetzt zusammengereimt. Hatte sie zumindest behauptet.

Ob die Kommissare Axel seine Taten wohl würden nachweisen können? Einen direkten Kontakt zu einem Diamantenhändler in Antwerpen würde es sicher nicht geben. Genauso wenig wie zu Jörg. Ellen hatte die Polizisten auf den Facebook-Account hingewiesen, an den Jörg eine Nachricht geschickt hatte. Die Prepaidnummern hatte sie nicht erwähnt. Die würden ihnen sowieso nicht weiterhelfen. Die Herkunft der Waffe ließ sich garantiert auch nicht zurückverfolgen. Spuren am Transporter? Vermutlich nur die neuesten, die Axel hinterlassen hatte, als er mit ihm zum Treffpunkt gefahren war. Ellen hatte gefragt, ob Axel K.-o.-Tropfen oder ein anderes Mittel, das die Wanderer außer Gefecht gesetzt haben könnte, dabeigehabt habe. Das würden sie untersuchen. Die Suche nach dem Geld lief bereits. Ellen hatte den Beamten auch von Kevins »Heimfahrt« am Dienstag erzählt. Die Diamanten hatte sie ihnen gegeben. Margot würde sie erhalten, wenn sie nachweisen konnte, dass es sich um die gestohlenen Steine handelte. Es war ein langes Gespräch gewesen, zwischendurch hatte es immer wieder Unterbrechungen gegeben, Telefonate. Am Ende hatte es sicher geholfen, dass ihre Aussage sich mit der von Günther und den anderen gedeckt hatte.

Ein Auto hupte und riss sie aus ihren Gedanken. Ellen sah auf, doch es war kein Taxi, das vor ihr angehalten hatte, sondern ein zitronengelber Peugeot. Die Fahrertür öffnete sich.

Margot stieg aus, lief um den Wagen herum und umarmte Ellen. »Günther hat mich angerufen und erzählt, was passiert ist. Geht es dir gut?«

»Ja.« Ellen löste sich von ihr. »Und sobald ich geduscht habe, werde ich ein neuer Mensch sein. Die Diamanten musste ich abgeben.« Sie nickte zum Gebäude hin.

»Ich … danke.« Erneut presste Margot sie an sich. »Ich frage mich die ganze Zeit, was er mir … Wenn er mir nur noch sagen könnte, warum er das gemacht hat.«

War das nicht offensichtlich? Ellen unterdrückte einen Seufzer. »Komm, lass uns reingehen.«

»Die Steine laufen nicht weg. Ich hab's nur nicht mehr ausgehalten und wollte nach dir sehen.« Margot musterte sie. »Mein Gott, wenn du auch noch getötet worden wärst …«

»Hätte, hätte, Diamantenkette.« Ellen ging zum Eingang, sodass Margot nichts anderes übrig blieb, als ihr zu folgen.

Nach einem kurzen Gespräch mit Henne und Jankowski verließen sie das Gebäude wieder. Margot hatte die Steine geprüft, sie waren vollzählig und auf den ersten Blick in Ordnung. Sie schien erleichtert, aber auch erschüttert. Immer wieder fuhr sie sich durch die Haare.

»Am liebsten würde ich die Steine verkaufen. Wenn ich mir vorstelle, ich präsentiere einer Kundin einen Ring, in den ich einen dieser Diamanten eingearbeitet habe …« Sie schüttelte sich, riss sich dann aber zusammen.

Ellen bot an zu fahren, aber Margot lehnte ab. Schnell ließen sie Euskirchen hinter sich und bogen auf die Autobahn.

»Also, wenn ich das alles richtig verstanden habe, ist Axel

derjenige mit dem zweiten belgischen Prepaidhandy. Der, mit dem Jörg den Diamantendeal an der Haller-Ruine ausgemacht hat. Kevin ist Jörg aus irgendeinem Grund gefolgt und hat den Deal gestört. Und dann?« Margot warf ihr einen raschen Blick zu. Ihre Hände umklammerten das Lenkrad. Offensichtlich belastete es sie, dass noch immer nicht klar war, wer Jörg umgebracht hatte. »Als Günther von diesem Belgier erzählte, war ich davon überzeugt, dass er es war, der Jörg in den Tod gestoßen hat. Jetzt muss ich die ganze Zeit daran denken, dass Jörg vielleicht noch leben würde, wenn sich Sophies Bruder nicht eingemischt hätte.« Sie biss sich auf die Unterlippe.

Ellen schaute auf Margots Hände, sie trug wieder die Nagelringe. Die Knöchel schimmerten weiß, Ellen hätte darauf bestehen sollen, selbst zu fahren. Sie riss sich zusammen. »Axel oder Kevin. Oder doch ein Unfall. Nach der Übergabe läuft Jörg weg, übersieht einen Stein, eine Unebenheit und stürzt. Es war schließlich dunkel, und der Weg war steil. Jörg fällt, Axel oder Kevin schnappt sich das Geld.« Sie schüttelte den Kopf. »Wenn Axel das Geld oder die Diamanten gehabt hätte, wäre er uns nicht gefolgt.«

»Also doch Kevin?« Margot beschleunigte.

Ellen klammerte sich an den Seitengriff, zwang sich, ihn loszulassen. »Keine Ahnung. Ich fürchte, das wird schwer herauszufinden sein.«

Abrupt steuerte Margot den Wagen nach links.

Wenn sie heil in Blankenheim ankommen wollten, war es vielleicht besser, das Thema in harmlosere Gefilde zu lenken.

»Bleibst du über Nacht?«, fragte Ellen.

»Ja. Morgen ist doch die Ballonfahrt zum Abschluss der Tour. Rita hat mich eingeladen, mitzukommen. Freust du dich darauf?«

Das Navi enthob Ellen einer Antwort. Sie hatten ihre Ausfahrt und kurz darauf auch das Hotel erreicht.

BLANKENHEIM

Endlich stand Ellen unter der Dusche. Sie ließ das Wasser auf ihren Kopf prasseln, warm und wohltuend, ließ es den Schweiß und die Anspannung abspülen. Zum Schluss brauste sie sich eiskalt ab. Um wach und klar zu werden und um herauszufinden, was ihrem Bauch nicht behagte.

War es tatsächlich Kevin gewesen, der Jörg den tödlichen Stoß versetzt hatte? Er habe jemanden gehört, hatte er gesagt, als Axel am Matronenheiligtum sein Lügenmärchen aufgetischt hatte. Da war es Kevin richtig dreckig gegangen. Okay, die Notärztin hatte ihn versorgt, und es war klar gewesen, dass er überleben würde. Dennoch. Es hatte echt geklungen. Nicht wie etwas, das er in dem Moment erfunden hatte, um aus der Mordnummer rauszukommen. Zudem hatte er sich dadurch selbst belastet und zugegeben, in der Nacht an der Ruine gewesen zu sein. Nein, sollte das gelogen gewesen sein, dann hatte er sich inzwischen selbst davon überzeugt, dass es so gewesen war.

Ellen stellte das Wasser ab, griff zum Handtuch und wickelte sich darin ein. Ihr Telefon klingelte. Max? Sie hatte ihm vorhin versprochen – versprechen müssen –, sich sofort zu melden, sobald sie im Hotel war. Nur so hatte sie ihn davon abhalten können, nach Euskirchen zu kommen.

Sie lief ins Zimmer und klaubte das Handy vom Bett. Ein Videocall von Macy. Sie nahm ihn an, allerdings nur Audio, und ließ sich aufs Bett fallen.

»Hast du meine Aufstellung bekommen? Hilft sie dir?«

Wie immer hielt sich ihre Wahlnichte nicht mit einer langen Vorrede auf.

»Keine Ahnung. Wovon sprichst du? Und ja, danke, mir geht es gut. Fährt mein Auto noch?«

»Bla, bla, bla. Klar fährt das Auto. Das ist Mobbing, Ellen.« Macy klang entrüstet.

Ellen lachte. Parallel zum Gespräch schaute sie in ihre Mailbox, fand eine Nachricht von Macy und öffnete sie.

»Schau in den Anhang«, sagte Macy, als ob sie sehen könnte, dass Ellen gerade ihre Mail las. »Aber nimm das Tablet.«

Zu spät. Ellen hatte die Excel-Tabelle schon aufgemacht. Und schloss sie gleich wieder. Macy hatte recht. Auf dem kleinen Display konnte sie nichts erkennen.

»Wir haben den Cache übrigens gefunden. Kein Eintrag in der Tatnacht. Das hab ich jetzt nicht aufgeschrieben.« Macy plapperte fröhlich weiter. »War voll easy. Und auch nicht direkt an der Stelle, wo der Mann gestorben ist. Mensch, wie lang brauchst du denn noch?«, fragte sie schließlich ungeduldig. »Hast du die Tabelle vor dir? Du kannst nach allem Möglichen suchen. Ist cool, oder? Los, sag schon: ›Das hast du super gemacht, Macy. Richtig klasse. So genial, dass ich gar nicht anders kann, als dich auszubilden. Wann willst du anfangen?‹«

»Mein Gott, Macy, wie viele Leute habt ihr denn befragt?« Ellen scrollte durch die Datei. »Das sind ja irre viele Einträge.«

»Gut, was?«

»Kein Schuss: siebenundvierzig. Ein Schuss: zweiundvierzig. Zwei Schüsse: vierzehn. Drei Schüsse: …«

»Zwei sagen, sie hätten fünf Schüsse gehört. Irre, oder?«

»Ja, und sehr hilfreich.«

»Meinst du das jetzt ernst?« Macy klang verunsichert, fing sich aber sofort wieder. »Das mit den Schreien find ich interessant. Da geht der Trend eindeutig zu zwei unterschiedlichen Stimmen, auch wenn man nicht eindeutig ableiten kann, ob es zwei Männer oder ein Mann und eine Frau waren. Manche wollen sogar gehört haben, was die gerufen haben.«

Ellen ging auf die entsprechende Spalte und musste lachen. »Da hat aber wirklich jeder was anderes verstanden.«

»Weißt du noch, was ich gerade als Erstes zu dir gesagt habe?«

»Hast du meine Datei bekommen? Ist sie nicht toll?« Ellen grinste. »Ja, ist sie, aber ich nehm dich trotzdem nicht. Und jetzt muss ich mich fertig machen. Danke und vergiss nicht, den Wagen vollzutanken. Morgen Abend bin ich wieder da.«

»Warte, ich hab dir gerade noch einen Link zu meiner Dropbox geschickt. Die enthält Fotos von allen Sachen, die ich am Tatort gefunden habe. Hab mir extra einen Metalldetektor ausgeliehen.«

»Du hast mit einem Metalldetektor die Haller-Ruine abgesucht?« Wenn Ellen nicht schon gesessen hätte, dann hätte sie sich spätestens jetzt hingesetzt. Das Mädel war wahnsinnig.

»Hat sich voll gelohnt. Du glaubst nicht, was ich alles entdeckt habe. Drei Coladosen, eine Bierflasche, Zigarettenstummel, zwei Kaugummis, eine Kaugummipackung, mehrere Gummibärchentüten, unzählige Geldstücke, einen Schlüsselanhänger, drei Murmeln … Ich wusste gar nicht, dass es so was noch gibt. Dazu ein Silberkettchen, ein goldenes, einen Ring, ein Freundschaftsarmband …«

Ein Metalldetektor. Ellen konnte es nicht fassen. Sie bedankte sich noch mal bei Macy und legte dann auf. War schon süß, wie sie sich da reingekniet hatte.

Sie las sich noch einmal in Ruhe durch, was die Leute glaubten gehört zu haben.

»Hilfe!«
»Nein!«
»Warte!«
»Hau ab!«
»Mistkerl!«
»Du Schwein!«
»Bleib stehen!«
»Was soll das?«
»Was ist passiert?«
»Ich erklär's dir!«
»Wir müssen hier weg!«
»Ich kann dir das erklären.«
»Es ist nicht so, wie es aussieht.«

Macy hatte die Einträge wahrhaftig nach der Anzahl der Wörter sortiert. Ellen schüttelte den Kopf. Wie kam sie nur auf solche Ideen?

Neugierig öffnete sie den Link, den Macy ihr geschickt hatte. Wie sie wohl die Bilder geordnet hatte?

Nach den Koordinaten des Fundorts.

Ellen klickte sich durch die Galerie. Müll, Müll, Müll. Wie viele Fotos waren das? Unmengen. Bevor sie die alle durchsah, sollte sie sich erst bei Max melden. Der würde sie sonst lynchen.

Sie stand auf, öffnete die Minibar und füllte sich ein Glas mit Weißwein. Zur Feier des Tages schlüpfte sie in ein Kleid, nahm das Weinglas und setzte sich in den Sessel vorm Fenster. Sie angelte nach dem Handy und rief Max an.

»Scheiße«, sagte er und atmete durch. »Geht's dir gut?«

»Wie war Lucas Spiel?« Ellen nahm einen Schluck. »Und ja, mir geht es gut. Warum nur werde ich das heute ständig gefragt?«

»Tja. Luca hat zwei Tore geschossen. Verloren haben sie trotzdem. Und jetzt du, aber bitte in voller Länge.«

Dazu war sie zu hungrig. Außerdem schien er ja schon alles gehört zu haben. Also schilderte sie ihm nur das Ende.

»Das Geld haben sie gefunden. Bei Kevin zu Hause. Ganz zuunterst in seiner Fußballtasche. Mit Jörgs Tod will er aber nichts zu tun haben.«

»Was sagen deine Kollegen?«

»Kann stimmen, muss aber nicht.« Max seufzte. »Axel hat übrigens keine K.-o.-Tropfen verwendet, sondern vermutlich Melperon, auch ein Neuroleptikum, das oft alten Menschen verschrieben wird. Im Unterschied zu K.-o.-Tropfen lässt es sich aber nicht nachweisen. Je nach Dosierung schläft das Opfer nach zehn bis fünfzehn Minuten tief und fest. Nach etwa sechs Stunden ist der Spuk vorbei. Passt zu dem, was ihr erlebt habt, und war in seinem Gepäck. Ach ja, noch mal zum Geld. Das steckte in einem wasserdichten Rucksack mit Fingerabdrücken sowohl vom Opfer als auch von Kevin und Axel.«

»Wenigstens etwas.« Ellen kippte den Rest der kleinen Weinflasche in ihr Glas.

»Jep. Eine Theorie ist, dass Jörg mit dem falschen Beutel zur Übergabe erschienen ist. Vertauscht sind die ja schnell, wenngleich es schon komisch ist, dass er nicht noch mal reingeguckt hat.«

»Vielleicht wollte er den Kabelbinder nicht zerschneiden. Immerhin war das Ding so sicher verschlossen.«

»Ernsthaft? Das ist doch dämlich.«

»Würdest du als Treffpunkt um ein Uhr nachts die Haller-Ruine vorschlagen?«

»Okay, ich verstehe, was du meinst.«

»Der Inhalt des Beutels hat sich wahrscheinlich richtig angefühlt.« Ellen erzählte ihm von der Szene an Kaiser Karls Bettstatt, wo Jörg und Philipp die Jutesäckchen vermutlich vertauscht hatten, ohne es zu merken.

»Kevin stört die Übergabe«, fuhr Max fort. »Axel schießt auf ihn, um ihn sich vom Leib zu halten. Dann haut er mit dem Beutel ab und schaut erst später hinein, stellt fest, dass Jörg ihn verarscht hat, und kommt zurück.«

»Da ist Jörg aber schon tot und das Geld weg.«

»Genau. Kevin folgt Jörg, will ihm das Geld wegnehmen, doch der lässt seine Beute nicht los. Kevin stößt ihn, oder er stolpert, reißt die Hände mit dem Geldrucksack nach vorne, doch da ist nichts, er greift ins Leere und landet mit dem Kehlkopf auf der Wegmarkierung. Die Luft bleibt ihm weg, Kevin nimmt den Sack an sich und haut ab. So oder so ähnlich könnte es gewesen sein.«

»Klingt plausibel, ist aber schwer nachzuweisen. Es sei denn, Sophie packt aus, berichtet, was Kevin ihr erzählt hat, und daraus ergibt sich etwas.« Nachdenklich sah Ellen aus dem Fenster. »Und genau dazu hätte ich eine Idee.«

»Eine, die ich hören will?«

»Hey«, protestierte Ellen. »Was denkst du, wer ich bin?«

»Superwoman, wer sonst?«

»Stimmt.« Ellen grinste. »Und zur Belohnung darfst du auch mitmachen, wenn du willst. Dazu müsstest du allerdings morgen früh um sechs Uhr zum Startplatz für die Ballonfahrt kommen.«

»Kein Problem, Ballon fahren wollte ich immer schon mal.«

»Ich hoffe doch, so weit wird es nicht mehr kommen.« Ellen leerte ihr Glas und weihte Max ein. Er würde morgen wieder Hannes sein. Die anderen kannten ihn bereits und dürften längst vergessen haben, dass er bei der Kripo arbeitete. Max-Hannes würde Sophie mitbringen. Sie hatte in Euskirchen in der Nähe des Krankenhauses übernachten wollen, in das man Kevin eingeliefert hatte. Ellen würde den NaKuLis und Margot klarmachen, dass es nur fair sei, Sophie auf die Ballonfahrt mitzunehmen. Schließlich hatte sie ja nichts verbrochen. Oder wie war das mit »Im Zweifel für die Angeklagte«? Zu Margot würde Ellen sagen, dass sie mit etwas Glück von Sophie erfahren würden, was in der Nacht, in der Jörg zu Tode kam, wirklich geschehen war. Wenn sie es geschickt anstellten. Und dafür würde Ellen sorgen. Und wenn es nicht klappte, wären sie auch nicht dümmer als jetzt. Dazu müsste Margot nicht mal mit in den Ballon, wenn sie wie Ellen lieber auf die Fahrt verzichtete. Ellen würde einfach Frieda bitten, noch einen Beutelmoment abzuhalten, und im Anschluss daran das Gespräch lostreten.

Sie verabschiedeten sich voneinander, und Ellen klickte sich weiter durch Macys Fotos. Das Mädel war wirklich gründlich. Keine schlechte Eigenschaft für eine Privatdetektivin, aber sie würde sie dennoch nicht einstellen. Ellen ging auf das nächste Bild, stutzte, sah genauer hin. Verdammt! Sie rieb sich die Augen. Damit hätte sie nicht gerechnet.

TAG 7

AUS DER NAKULI-TOURENBESCHREIBUNG:

Heute fassen wir uns kurz. Und am siebten Tag
sollst du fliegen! Ja, wir gehen in die Luft.
Wir lassen los, wir genießen, wir freuen uns.
Vielleicht entdecken wir Teile unseres Weges
aus der Luft wieder. Sicher gewinnen wir noch
mal neue Eindrücke. Der perfekte Abschluss
einer hoffentlich wunderbaren Wanderreise.
Auf uns, auf die Tour, auf unser Buch!
Auf weitere gemeinsame Unternehmungen und
ganz besonders auf die nächste Wanderung!

BALLONFAHRT

Das Frühstück hatte Ellen sich geschenkt, sie hatte nur eine Tasse Salbeitee getrunken. Um fünf Uhr brachte sie nichts runter. Danach war sie in den Bus gestiegen, der die Gruppe zum Startplatz bringen sollte, wo Sophie, Max und das Ballonteam sie bereits erwarteten.

»Bevor ihr startet, wollte ich kurz was sagen.« Wie abgesprochen versammelte Tina die Gruppe um sich. »Zu Beginn der Tour habe ich euch doch diese Juckt-mich-nicht-Sticks gegeben. Es hat sich leider herausgestellt, dass die Charge einen Defekt hat. Der Hersteller ruft sie zurück. Ich müsste sie also wieder einsammeln. Wenn ihr sie nicht mehr habt, ist es auch gut. Hauptsache, ihr benutzt sie nicht mehr.«

»Oh nein, können sie das Handy schädigen? Sind sie gefährlich?« Rita kramte in ihrem vorderen Rucksackfach, zog den Stick vom Handy und reichte ihn Tina. Sie tippte in ihr Handy. »Ich geb Philipp gleich Bescheid.«

Günther, Florian und Ellen hatten ihre nicht mehr. Frieda wusste nicht, wo ihr Stick war, und Sophie drückte ihren still Tina in die Hand.

Ellen nickte Frieda zu. Sie hatten vereinbart, dass Frieda die Loslass-Zeremonie durchführen würde und Ellen danach übernahm. Doch anstelle von Frieda klatschte der Ballonführer in die Hände, begrüßte sie und erklärte ihnen, was zu tun sei.

»Einen Moment.« Ellen unterbrach ihn. »Wir wollen erst unsere Zeremonie abhalten.« Erneut schaute sie zu Frieda.

»Aber doch nicht hier unten.« Frieda runzelte die Stirn. »Wir steigen auf, und dann legen wir los.«

Ellen schloss für einen Moment die Augen.

Sachte fasste Max ihren Arm und führte sie zurück zum Bus,

wo keiner der anderen sie hören konnte. »Sollen wir die Sache abblasen?«

Als ob sie gleich umkippen würde! Es war eben nur so, dass sie das Ganze besser am Boden durchzogen. Ellen atmete tief durch. Dann zischte sie Max zu, dass sie unmöglich in die Luft gehen konnten. »Wer weiß, ob die da oben nicht aufeinander losgehen.«

»Wen genau meinst du? Sophie und Margot?« Max schien zu überlegen. »Wir sind zu zweit. Da sollten wir doch mit den beiden fertigwerden, denkst du nicht?«

Ellen starrte ihn an. Hinter ihnen bollerte die heiße Luft in den Ballon.

»Ist es wegen Patrick? Bist du seit seinem Tod überhaupt schon mal irgendwo hoch oben gewesen?«

»Wer hat dir das denn erzählt? Etwa Uta?« Ellen riss sich los.

»Okay, wir brechen ab.«

»Tun wir nicht.«

»Ellen, du bist doch nicht ganz bei dir. Du hast recht. Es ist zu riskant.«

»Eine Ballonfahrt riskant? Dass ich nicht lache! Wir ziehen das jetzt durch. Ende der Diskussion.« Ellen drehte sich um und ließ ihn stehen. Sie würde auch ohne ihn aufsteigen, wenn es sein musste.

»Ellen!« Max lief ihr nach. »Lass uns Verstärkung rufen.«

»Unsinn.« Sie stapfte zum Korb und kletterte als Erste hinein. Die anderen folgten ihr.

»Viel Spaß und eine super Aussicht!« Tina winkte ihnen zu, als sie abhoben.

Unter ihnen waren Wiesen, Felder, Bäche, Wege, Straßen und Orte zu sehen. Nicht dass Ellen hinuntergeschaut hätte.

Sie schwebten über einen Berg. Der Ballonführer zeigte ihnen, wo der Eifelsteig verlief. Dann übernahm Frieda. Sogar ihre Klangschale hatte sie mitgebracht. Sie schwang den Klöppel und wartete, bis der Ton verklungen war.

»Auf der Website des Ballonfahrtunternehmens habe ich folgenden Spruch gelesen, der auch sehr gut zu uns und unserer

Zeremonie passt. Deswegen bin ich so frei und leihe ihn mir aus.« Sie lächelte den Ballonführer an.

»Nur zu. Ist alles im Preis inbegriffen.«

»›Manchmal muss man erst Ballast abwerfen, um wieder fliegen, träumen und lachen zu können.‹ Der Verfasser dieser wunderschönen Zeilen ist leider unbekannt.« Frieda räusperte sich. »Genau das wollen wir heute machen. Ballast abwerfen. Auch, was die schlimmen, die schrecklichen Ereignisse betrifft. Ihr wisst, der erste Schritt des Loslassens ist das Hinsehen. Eine Frage, die uns alle nicht loslässt, ist die, was Montagnacht geschehen ist. Warum musste Jörg sterben? Wie ist er gestorben?«

Rita berührte Friedas Unterarm und schaute Margot mitfühlend an. »Jörg kann uns nicht mehr sagen, was er in seinem Beutel hatte, aber wir alle wissen es inzwischen: die Diamanten, die vorgeblich gestohlen wurden. Liebe Margot, es tut mir, es tut uns allen unendlich leid. Ich weiß noch, wie Jörg kam und gesagt hat, dass er es geschafft hat, uns einen Termin für die Ballonfahrt zu reservieren. Dass nur noch das Wetter mitspielen müsse für den Höhepunkt zum Abschluss unserer Tour. Jörg hat so vieles möglich gemacht, das sollten wir nicht vergessen bei all dem, was passiert ist.«

»Danke.« Margots Stimme klang gepresst.

»Möchtest du was trinken?« Ellen hielt ihr eine kleine Wasserflasche hin.

Margot nahm einen Schluck. »Vielen Dank, dass ihr mich gebeten habt, mitzukommen. Die letzten Tage waren nicht leicht. Für euch sicher auch nicht. Ich weiß gerade überhaupt nicht, was ich denken soll. Das Schlimmste ist die Ungewissheit. Nicht zu wissen, was wirklich passiert ist. Wenn er mir nur noch sagen könnte, warum … Vielleicht war doch alles ganz anders, als wir glauben.«

Ellen nickte. »Aber es gibt auch einiges, das wir wissen. Er hat sich in jener Nacht mit jemandem getroffen, der ihm die Steine abkaufen wollte.«

»Axel.« Günther schüttelte den Kopf. »Antwerpen, *der* Umschlagplatz für Edelsteine. Dass mir das nicht früher aufgefallen ist. Ich hoffe, er kommt mit seinen Lügen nicht durch. Selbst wenn Kevin ihn gesehen hätte, stünde immer noch Aussage gegen Aussage.«

»Kevin?« Überrascht sah Frieda zu Sophie. »Wusstest du etwa, dass Jörg die Diamanten hatte?«

»Ich … na ja, er hat in Monschau so komische Andeutungen gemacht, aber sicher war ich mir nicht. Sonst hätt ich doch was gesagt.« Sophie spielte mit den Enden des Tuchs herum, das sie sich um den Hals geschlungen hatte. »Echt, da braucht ihr jetzt gar nicht so zu gucken.«

»Und woher wusste Kevin davon?« Wieder war es Frieda, die nachfragte.

»Gewusst hat er es nicht, aber er hat Jörg nicht getraut.«

»Das wundert dich?« Frieda, die friedliche, immer versöhnliche Frieda, ging plötzlich in die Luft. Okay, in der Luft waren sie schon, sie alle. Ellen atmete tief durch, während Frieda explodierte. »Ich versteh's einfach nicht. Wie kannst du deinen Mann mit zur Wanderung mit deinem Lover bringen?«

»Er ist nicht mein Mann«, fauchte Sophie und machte einen Schritt nach vorn. Sofort hielt Max sie zurück, während Rita ihre Hand auf Friedas Unterarm legte. »Kevin ist mein Bruder. Das mit dem Paar haben wir euch nur vorgespielt, damit keiner draufkommt, dass Jörg und ich …«

»Lover? Du wusstest davon? Habt ihr es etwa alle gewusst?« Margots Stimme klang schrill.

»Nein, um Himmels willen.« Rita wollte zu Margot, doch der Ballonführer wies sie an, auf ihrem Platz zu bleiben.

»Ach, tut doch nicht so … so scheinheilig.« Sophie schluchzte auf.

»Na, ich glaub, das ist ja wohl eher andersherum.« Florian musterte Sophie mit dem Interesse eines Wissenschaftlers, der Verhalten in außergewöhnlichen Situationen untersuchte.

Doch dieses Mal ließ sich Sophie nicht provozieren. Sie tupfte sich die Tränen ab, hob den Kopf und schaute Margot direkt an. »Er hat mich geliebt. Er … wir wollten ein neues Leben anfangen.«

»Wieso ist Kevin ihm dann gefolgt?« Günther verschränkte die Arme. Fehlte nur noch, dass er sich ungläubig zurücklehnte, aber dazu war die Korbwand nicht hoch genug.

»Weil Jörg das mit den Diamanten allein durchziehen wollte. Kevin war misstrauisch. Wieder einer, der dich nur benutzt, hat er gemeint. Und als er gesehen hat, wie Jörg Montagnacht in den Ort gelaufen ist, ist er ihm eben gefolgt.«

Günther warf Ellen einen raschen Blick zu. Sicher hatte auch er bemerkt, dass sich Sophie in Widersprüche verwickelte. Sie hatte also doch von den Diamanten gewusst. »Und du?«, fragte er jetzt weiter.

»Ich hab geschlafen.« Sophie streckte ihr Kinn vor und funkelte ihn an. »Wie ihr alle.«

»Kevin schleicht Jörg also nach, beobachtet die Übergabe, will eingreifen«, Ellen formulierte bewusst vage, »und wird angeschossen. Axel verschwindet mit den Diamanten, also Philipps Schottersteinchen, in die eine Richtung, Jörg mit dem Geld in die andere.«

»Genau.« Sophie nickte eifrig. »Und als Kevin sich wieder aufgerappelt hatte, wollte er nur weg. Er ist zum Weg, und da lag Jörg. Tot. Da hat er den Kopf verloren und ist davongelaufen.«

»Kopf verloren, Geld gewonnen?« Florian rückte seine Brille nach oben, die ihm mal wieder von der Nase gerutscht war.

Sophie presste ihre Lippen zusammen. Offensichtlich wusste sie noch nicht, dass die Polizei das Geld gefunden hatte.

Ellen schaute zu Max. Er nickte ihr unmerklich zu. Sie fuhr fort. »Nehmen wir einmal an, das stimmt. Und auch, dass Kevin noch jemand anderen bemerkt hat. Was zu dem passen würde, was man sich in Monschau erzählt. Die Leute dort sagen, sie hätten mehrere Stimmen gehört in der Nacht. Alles zusammengenommen hieße das: Es war noch jemand dort oben. Eine vierte Person.«

»Jörgs Mörder.« Frieda schlug sich die Hand vor den Mund.

»Ja, Jörgs Mörder.« Ellen wartete einen Moment, bevor sie weitersprach. »Und die Frage ist: Wer von uns war es?«

ENE, MENE, MISTE

»Wieso denn einer von uns?«

»Was ist mit Axel?«

»Das kann nicht sein.«

Der Tumult war groß und der Ballonführer sauer. Ellen konnte es ihm nicht verdenken. So eine Ballonfahrt hatte er sicher auch noch nicht erlebt. Es dauerte eine Weile, bis sich alle wieder beruhigt hatten. Nun ja, bis sie mehr oder minder still waren.

»Und was ist mit dir?« Sophie reckte ihr Kinn vor und schaute Ellen herausfordernd an. »Wer bist du überhaupt, dich hier so aufzuspielen? Du bist doch mindestens genauso verdächtig. Nehmen wir einmal an ...«, äffte sie Ellen nach.

Ellen lächelte beinahe. Das war also jetzt ihr James-Bond-Moment. Gestatten ... die Wahrheit. »Tut mir leid. Ja, ich hab euch auch was vorgemacht. Ich bin Privatdetektivin und im Auftrag von Margot ...«

Weiter kam sie nicht. Wieder schaukelte der Korb.

»Wo glaubt ihr eigentlich, dass ihr hier seid?« Der Ballonführer herrschte sie an. »Wenn das so weitergeht, gehen wir runter. Und zwar so bald wie möglich.«

Das half. Ruhe kehrte ein, und Ellen übernahm wieder. »Wir alle haben unsere Geheimnisse mit auf die Wanderung genommen.« Sie nickte zum Beutel in Friedas Händen. »Frieda, du kannst mit allen gut, nur mit Sophie nicht. Warum? Weil sie den Mann hatte, den du heimlich geliebt hast?«

Damit hatte keiner gerechnet. Ellen spürte die Blicke der anderen auf sich, wie sie von ihr zu Frieda und wieder zurück schauten. Die Köpfe schüttelten. Sogar Max hatte die Augenbrauen gehoben. So fühlte es sich also an, Hercule Poirot zu spielen. War wohl doch nicht ihr Ding.

»Jörg und ich?« Frieda lachte.

Ein echtes, offenes Lachen. Das hatte Ellen gehofft. Erleichtert wartete sie ab.

Frieda wurde ernst, blickte auf ihren Beutel, hob ihn vors Herz. »Nein, aber es macht mich wütend, wie du«, jetzt sah sie zu Sophie, »mit anderen umgehst. Mit der Liebe. Glaubt mir, ich weiß, wie weh das tut, wenn man vergeblich liebt und hofft … Deswegen steckt in meinem Beutel ein Herz aus Holz. Symbolisch für eine Liebe, über die ich lange nicht hinweggekommen bin.« Freimütig schaute sie Florian an. »Ich hatte mich da in was verrannt. So lange habe ich davon geträumt, dass wir beide zusammenkommen, ich glaube, ich hab schon immer für dich geschwärmt, und als ich dich dann endlich so weit hatte … Du hattest recht, Flo. Ich hab nicht dich geliebt, sondern das Bild, das ich mir von dir gemacht hatte. Hat lange gedauert, aber so langsam hab ich's kapiert.«

»Tut mir leid.« Florian senkte den Kopf.

»Hey.« Frieda stieß ihn in die Seite. »Komm mir jetzt bloß nicht so.« Sie drehte sich um und beugte sich über den Korbrand, hielt ihren Beutel darüber, nickte und ließ los.

Rita legte den Arm um sie und drückte sie fest.

»Liebe ist ein starkes Motiv.« Ellen wandte sich Rita zu. »Und wenn sie plötzlich zurückgewiesen wird, schmerzt das.«

Rita lächelte. »Ja, das tut es. Auch wenn Jörg und ich nur Freunde waren. Und jeweils auch nicht mehr als das füreinander sein wollten. Trotzdem hat es mich verletzt, als er keine Zeit mehr für mich hatte, sich auf den Treffen ausschließlich um unser neuestes Mitglied kümmerte, auch dann noch, als sie gar nicht mehr neu war. Märchen statt Lyrik. Nichts gegen Märchen, aber … Egal, darum geht es jetzt nicht. Ich war es nicht. Und Philipp auch nicht.«

»Natürlich war Papa es nicht.« Frieda presste sich an ihre Mutter. »Und du genauso wenig.«

Ellen betrachtete Mutter und Tochter. »Das denke ich auch. Beide hätten vor der Tour sicher bessere Möglichkeiten gehabt, Jörg etwas anzutun. Warum ausgerechnet auf der Wanderung des Vereins, der ihnen so sehr am Herzen liegt? Genau das habe ich mich auch bei dir gefragt.« Ellen schaute Günther an. »Warum hier? Warum jetzt? Warum überhaupt?«

Günther verschränkte die Arme vor der Brust und blieb sich selbst und seiner Rolle als Beobachter treu.

Ellen unterdrückte ein Schmunzeln. »Ich habe lange überlegt. Mord aus Eifersucht? Nein. Aus Gier? Nein. Um für Recht und Ordnung zu sorgen? Schon eher. Jörg war euer Schatzmeister, beim letzten Kassenbericht fehlte Geld. Etwas, das insbesondere dich aufgeregt hat – auch wenn bei der erneuten Prüfung eine Woche später das fehlende Geld plötzlich wieder da gewesen ist. So etwas beunruhigt dich, nicht wahr?«

Günther blieb völlig ruhig. Nicht einmal seine Augenbrauen hoben sich. »Ja, aber würde ich deswegen töten?«

»Nein, aber vielleicht für deinen Sohn. Du erfährst von einem Streit zwischen Florian und Jörg, machst dir Sorgen, willst ihn schützen …«

Günther schwieg.

»Bin jetzt also ich dran?« Florian schob seine Brille hoch. »Dann mal los. Warum war ich es?«

»Zum Warum kommen wir gleich. Erst mal warst du auffallend oft an der Haller-Ruine. Gleich am Dienstag in aller Früh, als noch keiner von Jörgs Tod wusste, wolltest du dorthin.«

»Der Sonnenaufgang soll dort so schön sein.« Florian grinste ironisch.

»Mag sein, aber dir ging es um was anderes. Etwas, das du am Tag zuvor dort verloren hattest.« Ellen pokerte, aber das leichte Zucken in seinen Augen war ihr trotz Brille nicht entgangen.

»Ach ja?« Florian verschränkte die Arme vor der Brust wie sein Vater vorher. Manchmal waren sich die beiden einfach lächerlich ähnlich.

»In der nächsten Nacht kletterst du wieder dort hoch, doch dieses Mal bin ich es, die dich stört.«

Florian hob die Schultern. »Und ich habe wirklich geglaubt, du suchst einen Schatz.«

Ellen nickte langsam. Natürlich, das war es. Wenn man sich nicht von seinen Vorstellungen den Blick verstellen ließ, war es offensichtlich. »Wir waren beide auf ›Schatzsuche‹ da oben.« Sie malte Anführungszeichen in die Luft, ließ ihn dabei aber nicht aus den Augen.

»Wie …? Das kann nicht sein. Woher weißt du es? Hast du etwa die Seiten gefunden?«

»Wovon sprecht ihr?« Günther legte seine Hand auf Florians Schulter und schob sich vor ihn. »Sei still, Flo … sie rät nur.«

Florian seufzte. »Alles gut, Papa, ich hätte es dir schon lange sagen sollen.«

ES RAPPELT IN DER KISTE

Es rappelte im Korb, als Florian zugab, dass er M. Stone war. Günther kapierte es als Letzter. Sein Sohn war der Bestsellerautor, von dem sich alle fragten, wer dahintersteckte: Mann, Frau, ein Paar, eine KI? Am Montag nach der Wanderung hatte er in Monschau Schauplätze für sein drittes Buch, Arbeitstitel »Schatzsuche«, recherchiert, hatte sich an der Haller-Ruine in den Schatten gesetzt und dort im Manuskript gelesen. Eine Windböe hatte ein paar Seiten erfasst. Die meisten hatte er wieder einsammeln können, aber nicht alle. Zwei oder drei waren übers Geländer gesegelt und hatten sich in einem Busch am Abhang verfangen. Exakt in dem Moment, als eine Gruppe fotografierwütiger Asiaten gekommen war. Dorthin zu klettern hätte sicher einige unbequeme Fragen nach sich gezogen. Daher hatte er sie am nächsten Morgen holen wollen, war jedoch nicht durchgelassen worden. Dienstagnacht hatte er es erneut versucht, die Blätter aber nicht gefunden. Stattdessen hatte Ellen ihn »erwischt«.

»Und worum ging es in dem Streit mit Jörg?«, fragte Frieda. »Er sah richtig wütend aus.«

»Um das Vereinsbuch. Jörg war doch auf Verlagssuche. Er hatte mich bei meinem Verlag gesehen und wollte mir nicht glauben, dass ich keine Kontakte hatte – wie ich auf dem Treffen zuvor behauptet hatte.« Florian verzog das Gesicht.

Rita schob sich zu ihm und drückte ihn. »Mensch, Flo! Und jetzt hör auf, dich dafür zu schämen, dass du so tolle Bücher schreibst.« Sie schaute zu Günther. »Guck nicht so. Kannst stolz auf deinen Sohn sein!«

»Bin ich doch.« Günther rückte seine Mütze zurecht.

»Dann zeig das auch.« Rita trat wieder an ihren Platz zurück.

»Diese Frauenfiguren. Ich hätte mein letztes Gedicht darauf verwettet, dass M. Stone eine Frau ist.«

»Eine ältere«, stimmte Ellen Rita zu. »Wie machst du das?«

»Hinschauen.« Florian betrachtete den Horizont, als würde da gleich ein zweiter Ballon mit einem anderen Bestsellerautor auftauchen.

Ellen grinste. Günther und er waren schon zwei Beobachter vor dem Herrn. Ob Günther wohl auch so schreiben konnte?

»Oh Mann! Ihr tut ja alle so, als wäre es unmöglich, sich in eine Frau hineinzuversetzen.«

»Frauen sind nicht kompliziert, es sei denn, sie durchlaufen gerade die Menopause.« Rita zwinkerte Ellen zu.

Hatte Max das Zwinkern bemerkt? Schwer zu sagen.

Ellen beschloss weiterzumachen. Die Anspannung hatte sich etwas gelöst, genau wie sie gehofft hatte. Sie sah zu Margot.

Die bemerkte Ellens Blick, nickte und räusperte sich. »Ich stehe ja heute für Jörg hier.« Sie schluckte. »Was mir nicht leichtfällt. Vorhin, als Ellen zum Bus zurückgegangen ist, wollte ich ihr folgen. Nur nicht in diesen Ballon steigen. Ich bin wütend, verletzt, traurig.« Sie machte eine Pause, sammelte sich, zog einen Briefumschlag aus der Tasche und hielt ihn hoch. »Ich habe das mitgebracht, was Jörg als Letztes gekauft hat.«

»Magst du uns sagen, was es ist?«, fragte Ellen behutsam.

Margot ließ den Umschlag sinken und atmete durch. Sie sah Sophie an. »Hier drin befindet sich ein Flugticket nach Thailand. One-Way. Für eine Person.«

»Ein bitte was?« Sophie starrte auf den Umschlag. »Das glaub ich nicht. Das sagst du doch nur, weil du wütend auf mich bist. Er wollte mit mir ein neues Leben anfangen. Mit mir und nicht allein.«

»Das sagst du doch nur«, äffte Margot Sophie nach, »damit wir dich nicht verdächtigen. Fakt ist, dass er nur ein Ticket für sich selbst gebucht hat. Außerdem ist Jörg davon ausgegangen, dass du nicht mitwanderst. Kevin und du, ihr standet nicht auf der Teilnehmerliste.«

Die beiden Frauen sahen sich an. Max hatte die Hand schon

erhoben, um Sophie gegebenenfalls zurückzuhalten, doch sie schien fassungslos.

»Hatte Kevin recht?«, fragte Ellen leise. »Hat Jörg dich ausgenutzt, Sophie? Hat er mit deiner Hilfe die Diamanten gestohlen und anschließend Schluss gemacht?«

»Nein!« Sophie schluchzte auf.

»Du warst wütend und verletzt, bist zur Wanderung gekommen. Jörg war sauer. Ich habe gesehen, wie ihr euch gestritten habt.«

»Ja, er war sauer. Er hatte Angst, dass wir auffliegen. Er hat mich geliebt.« Sophie ließ ihren Tränen freien Lauf. »Wir haben uns versöhnt.«

Dass Ellen auch das gesehen hatte, ließ sie aus. »In der Nacht bist auch du zur Ruine hochgeschlichen, schließlich warst du am Nachmittag schon oben, du kanntest dich also aus. Als Jörg den Berg heruntergelaufen kam, hast du ihn zur Rede gestellt.«

Neben ihr zog Margot scharf die Luft ein.

»Ich erklär's dir‹«, sagte Ellen.

Verständnislos schaute Sophie auf.

»›Du Mistkerl‹«, zitierte Ellen weiter. »›Es ist nicht so, wie es aussieht.‹ Eine Männer- und eine Frauenstimme. Ein Schrei. Der Mann stürzt. Wenig später ein unterdrückter Aufschrei.« Sie drehte sich zu Margot. »War es nicht so?«

»Woher soll ich das wissen?« Margot umklammerte den Korbrand. Sie sah zu Sophie. »War es so?«

»Keine von euch hat ein Alibi, aber eine hat dort oben etwas verloren.« Blitzschnell griff Ellen Margots Hand und zog den Nagelring ab.

»Was soll das?« Margot rieb ihren Finger.

»MF31.« Ellen deutete auf die Inschrift. »MF7 wurde an der Ruine gefunden.«

Margots Faust schoss vor.

Ellen riss den Kopf zur Seite, fasste Margots Hand, wirbelte sie herum, sodass sie sie im Haltegriff hatte. Margot wimmerte, doch Ellen ließ nicht locker.

Max tauschte den Platz mit Florian und übernahm Margot.

»Ich … ich wollte das nicht«, schluchzte sie. »Es war ein Unfall. Bitte, ihr müsst mir glauben.«

»Das hätte ich vielleicht, wenn du in der Nacht den Notruf verständigt hättest.« Ellen schaute auf den Nagelring in ihrer Hand und hätte das Teil am liebsten aus dem Korb geschleudert. Die Frau hatte sie alle reingelegt. Und sie hatte Ellen benutzt.

Ellen starrte auf den Horizont, während Margot auspackte.

Nach dem Telefonat mit Ellen war sie wütend durchs Haus gelaufen, durch den Ort, den Wald. Schließlich hatte sie sich beruhigt und beschloss, mit Jörg zu reden. Und zwar noch in derselben Nacht. Sie fuhr nach Monschau, parkte ein paar Meter vor dem Hotel und wollte Jörg gerade anrufen, als er aus dem Gebäude kam, sich umschaute und dann an der Häuserfront entlang in die Stadt schlich. Sicher wollte er sich mit dieser Sophie treffen, dachte sie. Bevor sie aussteigen konnte, um ihm zu folgen, tauchte noch jemand auf und lief ihrem Mann hinterher. Verblüfft heftete sich Margot an die Fersen der beiden Gestalten, kletterte hinter ihnen zur Haller-Ruine, beobachtete, wie der Verfolger sich im Wald versteckte, während ihr Mann auf dem Weg hinter der Ruine verschwand. Dann ging alles ganz schnell. Sie versuchte noch, sich näher heranzuschleichen, um wieder etwas sehen zu können, als sie Jörg hörte. Und einen anderen Mann. Der Verfolger sprang aus seinem Versteck, forderte das Geld und die Diamanten, ein Schuss fiel, jemand schrie. Margot schob sich tiefer ins Gebüsch, hörte Schritte, spähte zum Weg. Jörg kam angelaufen. Sie fuhr hoch, wollte wissen, ob er okay war, da geriet er ins Stolpern. Sie streckte die Hand nach ihm aus, konnte ihn jedoch nicht halten. Der Ring sprang von ihrem Finger, und Jörg stürzte.

Vor ihrem inneren Auge sah Ellen, wie Patrick fiel. Wie angewiesen, hielt er die Arme über den Kopf. Sie wartete auf den Rebound, darauf, dass das Seil ihn noch einmal nach oben ziehen würde. Ihre Finger verkrampften sich. Sie wartete …

LOSLASSEN

Sie schwebten über dem Boden. Die Balloncrew kam angelaufen. Mit ihnen Henne und Jankowski. Sie hielten den Korb, nahmen Margot in Empfang. Max half Sophie heraus, sprang auf die Wiese und redete mit den beiden Kommissaren. Dann kehrte er zurück und kletterte wieder in den Korb. Dachte er, sie würde es allein nicht rausschaffen?

Der Korb bewegte sich. Die Crew ließ die Leinen los. Hoben sie etwa wieder ab? Was zum Teufel sollte das?

Max schob sich neben sie. Der Ballon gewann rasch an Höhe.

»Na, dann schauen wir mal, ob jetzt jemand ein Auge für die Schönheit hier oben hat. Ein bisschen Zeit bleibt uns ja noch.« Der Ballonführer brummte vor sich hin.

Mit weichen Knien hielt sich Ellen am Korbrand fest.

»Von wegen Sophie verrät uns, wer es war …« Max sprach leise, legte den Arm um ihre Schultern, als würde er gemeinsam mit ihr die Aussicht bewundern wollen. »Hast du Margot schon länger verdächtigt?«

Ellen konzentrierte sich auf seine Worte, drehte sich zu ihm um. Das half.

Fragend hob er eine Augenbraue.

Ellen strich darüber. »Nein. Hätte Macy nicht den Nagelring gefunden …«

»Macy? Was hat Macy denn damit zu tun? Du lässt sie doch nicht etwa für dich arbeiten?«

»Bin ich eigentlich der Einzige, der seinen Beutel noch hat?« Günther schwenkte sein Jutesäckchen und sah fragend in die Runde.

Erleichtert wandte sich Ellen ihm zu.

»Bist du sicher, dass das deiner ist?« Florian betrachtete den Beutel. »Sieht nicht so aus, als wär da was drin.«

Verlegen rückte Günther seine Mütze zurecht. »Tut mir wirklich leid, Frieda, aber mir ist einfach nichts eingefallen. Ich dachte, ich tu unterwegs was rein, aber wir haben den Beutel ja gleich am ersten Tag verschlossen.«

»Und damit ließen sie sich kaum auseinanderhalten, wenn ihr Inhalt sich ähnlich anfühlte, wie es bei Jörgs Diamanten und Philipps Schottersteinchen der Fall war.« Ellen seufzte. »Die beiden haben ihre Beutel vertauscht, ohne es zu merken. Axel hat bei der Übergabe den Beutel mit dem Schotter erhalten. Er hat vergeblich unser Gepäck durchsucht und sich daraufhin der Gruppe angeschlossen. Als Ersten schaltete er Florian aus, tauschte in dem anschließenden Durcheinander dessen Beutel gegen einen von ihm vorbereiteten. Oder hattest du tatsächlich Kieselsteine dabei, Florian?«

»Dieser Dreckskerl! Nein. Was hat er uns gegeben? K.-o.-Tropfen?« Florian runzelte die Stirn. »Aber bei der Blutprobe wurde nichts festgestellt.«

»Du kennst das Ergebnis und sagst nichts?« Günther schaute seinen Sohn finster an.

Der hob die Hände. »Sorry. Hab nicht mehr dran gedacht.«

»Du bist echt ein Geheimniskrämer.« Günther stöhnte, zwinkerte dabei aber. »Was in deinem Beutel war, verrätst du uns wohl auch nicht.«

»Datteln.« Florian nahm seine Brille ab, zog ein Taschentuch aus der Hosentasche und putzte sie damit.

Die anderen sahen sich verwirrt an. Sollten sie jetzt raten, was er damit meinte? Frieda war es, die schließlich nachfragte.

»Datteln.« Florian setzte die Brille wieder auf und nahm sein Smartphone aus dem Rucksack. »Daddeln.«

»Was? … Oh nein.« Rita lachte. »Und, hat es geklappt?«

»Auf der Tour ja.« Florian steckte das Handy wieder weg. »Und die Datteln hab ich ja offenbar seit der Urftstaumauer hinter mir gelassen.« Er grinste schief.

»So wie ich meinen Zucker.«

Ellen nickte. »Nach Florians Beutel hat Axel Ritas Säckchen vertauscht. Und dann Philipps. Endlich hatte er, was er wollte. Ich nehme an, dass er dann gierig geworden ist. Erinnert ihr euch, wie Anouk auf Kevins verbundenen Arm gedeutet hat? Axel hat die Story mit den Insektenstichen nicht geglaubt, wollte zu den Diamanten auch noch das Geld. Er hat Kevin am Matronenheiligtum in einen Hinterhalt gelockt, indem er sich Sophies Handy ausgeliehen hat, während wir Rast machten. Dumm von ihm, denn sie hat dabei die Zahnpastatube mitgehen lassen, in der Axel die Diamanten versteckt hat.«

»Aber am Matronenheiligtum hatte sie die Diamanten schon nicht mehr.« Max stöhnte und sah Ellen an. »Woher wusstest du, dass du die Zahnpastatube nehmen musstest und nicht den Beutel?«

»Gar nicht. Oder doch, weibliche Intuition.« Ellen lächelte. »Als ich die Beutel vertauschen wollte, habe ich bemerkt, dass Sophie weder auf ihren Beutel noch auf ihr Handy oder Portemonnaie geachtet hat, als die Sachen auf dem Boden lagen. Stattdessen hat sie hektisch nach der Zahnpastatube gegriffen. Da konnte ich nicht widerstehen und hab die auch noch eingesteckt.«

»Mann.« Max raufte sich die Haare. »Gegen eure Tauscherei ist das Hütchenspiel gar nichts.«

»Aber wieso ist Sophie auch zum Matronenheiligtum gelaufen?« Florian runzelte die Stirn. »Wenn Kevin gemerkt hätte, dass es ihm an den Kragen ging, hätte er doch nicht sie zu Hilfe gerufen. Und selbst wenn. Sie hätte doch spätestens dann stutzig werden müssen, als sie die Nachricht gelesen hat, die Axel von ihrem Handy an Kevin geschickt hatte.«

»Keine Chance«, schaltete sich nun wieder Max ein. »Auf Sophies Handy war die SMS nicht mehr. Vermutlich hat Axel sie gleich nach dem Versenden gelöscht.«

»Das geht?« Günther runzelte die Stirn und musterte Max. »Und Sie hatten den Auftrag, undercover bei uns zu ermitteln?«

Max wurde tatsächlich rot. Ellen schmunzelte. So ein richterlicher Blick hatte es aber auch in sich.

»Maximilian Johannes Fürst«, stellte sich Max vor. »Ich arbeite zwar bei der Kripo, wie ihr wisst, bin aber nicht mit dem Fall befasst.« Er sah zu Ellen. »Wir kennen uns privat.«

»Oh, seht nur, die Urftstaumauer!« Rita deutete nach unten, nicht ohne Ellen vorher zuzuzwinkern.

Na, vielen Dank auch. Ellen spürte, wie ihr heiß wurde. Rasch wandte sie sich um, als wollte sie die Aussicht bewundern. Doch das war keine gute Idee. Vor ihrem inneren Auge lief erneut jener Film ab, von dem sie gehofft hatte, dass sie ihn endlich hinter sich gelassen hatte. Sie sah Patricks Gesicht, entschlossen.

Ich springe zuerst.

In Ellens Ohren rauschte es. Sie tastete nach dem Korbrand, fühlte Max' Arme um sich, hörte seine Stimme, die warm und beruhigend auf sie einredete.

»Hier, ich habe einen Beutel für dich mitgebracht. In den kannst du deine Erinnerungen packen und ihn dann loslassen.«

Ellen lehnte sich gegen Max. Es war gut, ihn in ihrem Rücken zu spüren. Sie merkte, wie sie sich entspannte.

Loslassen, ja.

Sie schmiegte sich an ihn.

Loslassen wäre gut.

AM ZIEL
Nachwort

Liebe Leserin, lieber Leser,
das Ziel ist erreicht, wir sind am Ende angekommen! Und so
wie ein Wanderweg nichts ist ohne die, die ihn gehen, sich an
ihm erfreuen und ihn vielleicht auch ab und an ein wenig ver-
fluchen, ist ein Buch nichts ohne euch, die ihr es lest und euch
daran erfreut. Zum Fluchen ist es hoffentlich nicht gekommen.
Oder doch? Dann schreibt mir unbedingt, und vor allem, wie
und worüber ihr geflucht habt. ☺ Noch lieber ist mir natürlich,
wenn euch das Buch gefallen hat. Gute Bewertungen sind nicht
nur für Wanderwege wichtig. Über Sternchen und Rezensionen
freue ich mich sehr! Mehr über mich und meine Bücher findet
ihr auf meiner Website unter carlacapellmann.de.

Auf einer Wanderung trifft man viele Leute, tauscht sich aus
und hilft sich gegenseitig. So ähnlich ist das auch beim Schreiben
eines Buches. Mein Dank geht insbesondere an:
      Andrea und Frank Pfeiffer vom Haller Hotel für ihre Gast-
freundlichkeit und die Tipps zu den Schauplätzen in Monschau.
      Gabriel Rittel von der Touristeninformation Monschau und
die Herren Steffens und Kaulen für das bereitwillige Beantwor-
ten meiner Fragen zu Monschau.
      Gabi für die geniale Marmelade und die tolle Unterkunft in
Einruhr sowie all die anderen wunderbaren Gastgeber, auf die
ich in der Eifel gestoßen bin.
      Anne Mai fürs Nicht-müde-Werden bei der Tatortsuche.
      Judith Jeske für die ärztliche Notbetreuung – und das am
Wochenende!
      Peter Niemann für seinen Namen. ☺
      Pia Herzog fürs Kümmern um die Kummerstellen und so
manche geniale Lösung.

Ursula Hahnenberg fürs rasante Speedplotten und die stete Einladung zum Co-Working.

Meine Meerschreibzeit-Freundinnen Antje Backwinkel und Caroline Mascher für den Tritt in den Figurenhintern und das Verhindern anderer Fehltritte.

Omschakelen, die weltbeste Schreibgruppe – Pia, Susanne, Antje, Marci. Mit euch würde ich mich auch ins Hochgebirge trauen! (Was ist wohl die buchige Entsprechung?)

Meine liebe Schreibfreundin Ulrike Schmied für Le Link und unser wöchentliches Schreibtreffen.

Dr. Christel Steinmetz, Steffi Rahnfeld, Hannah Naumann, Jana Budde, Sophie Olk, Nina Schäfer, Leslie Schmidt, Inka Stirnagel, Nora Dutz und das gesamte Team vom Emons-Verlag für die gute Zusammenarbeit.

Meinen Buch-Engel Julia Lorenzer fürs gründliche Hinterfragen und Sortieren meiner Satzstellung.

Angelika nicht nur, aber vielleicht auch für den Titel.

Meine Familie fürs Mitfreuen über jedes Buch.

Meine treuen Leserinnen und Leser – ohne euch wäre ich nicht da, wo ich jetzt bin (am Schreibtisch ☺)!

ZUSATZETAPPE
Lieblingslieder der Figuren

Ich habe die Figuren gebeten, doch bitte ihren Lieblingssong mit zur Wanderung zu bringen. (Ritas Idee, dass jede und jeder hier ein Haiku vorstellen darf, fand keinen Anklang.) Hier sind sie – in alphabetischer Reihenfolge. (Philipp wurde überstimmt mit seinem Vorschlag, nach gelaufenen Kilometern zu listen.)

Anouk: »Je veux« von Zaz
Axel: »Goud« von Bazart
Ellen: »Forever Young« von Alphaville
Florian: »Ouwe wie jaemerliche …« von Ougenweide
Frieda: »If You Want To Sing Out, Sing Out« von Cat Stevens
Günther: »The Köln Concert« von Keith Jarrett
Henne: »Der Weg« von Herbert Grönemeyer
Hoody: »Kein Liebeslied« von Kraftklub
Jankowski: »Heute hier, morgen dort« von Hannes Wader
Jette: »Home« von Edward Sharpe & The Magnetic Zeros
Jörg: »Go Your Own Way« von Fleetwood Mac
Katja: »Leichtes Gepäck« von Silbermond
Kevin: »1000x COOLER« von TJ_beastboy
Laura Lellekins: »Falling Down« von Lil Peep
Macy: »Wildberry Lillet« von Nina Chuba
Margot: »Love Of My Life« von Queen
Max: »Time to Wonder« von Fury In The Slaughterhouse
Peter Niemann: »Creep« von Radiohead
Philipp: »I'm Gonna Be (500 Miles)« von The Proclaimers
Rita: »River Deep – Mountain High« von Ike & Tina Turner
Sophie: »Let It Go« von Demi Lovato
Tina: »Whatever It Takes« von Milow
Uta: »Stairway to Heaven« von Led Zeppelin

Carla Capellmann
TOD IN ZEELAND
Broschur, 288 Seiten
ISBN 978-3-7408-1113-6

Eigentlich will Freddie auf dem Yogaseminar in Domburg an der
zeeländischen Nordseeküste den Kopf frei bekommen, um in Ruhe
über ihre Beziehung zu Jan nachzudenken. Doch noch bevor sie den
ersten Sonnengruß machen kann, stolpert sie über eine Tote. Und
ausgerechnet Jan soll mit der Frau ein Verhältnis gehabt haben.
Als ihr die örtliche Polizei einen Mord aus Eifersucht unterstellt,
sieht sich Freddie gezwungen, auf eigene Faust zu ermitteln. Dabei
gerät sie zwischen vermeintlich friedlichen Yogis immer tiefer in
einen mörderischen Schlamassel.

*»Augenzwinkern und unverkennbare Liebe zum Yoga machen die
Mischung aus Krimi, Satire und Urlaubsroman zu einer kurzweili-
gen Sommerlektüre.«* Yoga Journal

www.emons-verlag.de

Carla Capellmann
MIESMUSCHELMORD
Broschur, 256 Seiten
ISBN 978-3-7408-1609-4

Statt sich bei Onkel und Tante an der zeeländischen Nordseeküste
zu erholen, schlittert Freddie geradewegs in einen Mordfall. Ihr
Onkel Holger wird verdächtigt, seine Nachbarin umgebracht zu
haben, ihre Tante Gitti ist verschwunden, und Freddies Romanze
mit Hoofdinspecteur Julian Doorn scheint auf Sand gebaut zu sein,
seit der ausgerechnet gegen Holger ermittelt. Verzweifelt stellt
Freddie eigene Nachforschungen an, doch das geht gehörig schief.

www.emons-verlag.de

Carla Capellmann
AUF EIFELWOLKE NUMMER SIEBEN
Broschur, 336 Seiten
ISBN 978-3-7408-2210-1

Liane hat ihre Erbschaft spontan in ein marodes Ferienhaus in der
Eifel gesteckt – sehr zum Ärger ihres Freundes Matthias. Kurzer-
hand lässt sie den Beziehungsstress hinter sich und nimmt eine
Auszeit in ihrem Haus am Maar. Ein Flirt mit Makler Joop und eine
Begegnung mit den herrlich verschrobenen Eifelhexen zeigen ihr,
wie befreiend es ist, einfach sie selbst zu sein. Doch dann steht
Matthias überraschend vor ihrer Tür, und Liane wird klar, dass sie
einige weitreichende Entscheidungen treffen muss …

www.emons-verlag.de